INK

文學叢書
116

呂赫若小說全集 下

呂赫若◎著
林至潔◎譯

目次

【附錄】

月夜

我重新體認到結婚是女人一生最大的任務。如果是男人，因不幸的婚姻而過著不幸的生活雖是不爭的事實，卻不會像女性那樣，導致自己全部生涯都破滅。至少，一次婚姻失敗的男人，也有可能再度過著幸福的婚姻生活。可是，換成女性時，單是社會上與道德上的因素，似乎被認定只能有更不好的婚姻。一位非常有教養的小姐，只要一次解除婚約，就已經喪失能選擇理想中結婚對象的資格。一超過二十五歲，只能淪爲做人家繼室的命運。這些都是我們所看到的許多事實。因此，無怪乎台灣女性的雙親們冷淡處理女兒的心情。翠竹的情形，是這次婚姻再失敗的話，就是第二次的婚姻災難，考慮到第三次再婚的事時，到底有哪一種的結婚資格呢？我逐漸感同身受。當然，我個人的意見，既然對方如此不像話，就沒有必要勉強在一起。不過，考慮到翠竹是舅父女兒的立場，與其第三次不幸地再婚，倒不如忍耐目前的婚姻，找出某個融合點，方爲上策。我沒有反省自己的無力，竟然不自量力地承擔下此一任務。最後決定由我當舅父的代理人，去翠竹的婆家交涉。除了我外，翠竹十四歲的侄女金蓮，暫時充當翠竹的侍從。原本在作決定之前，舅母是反對派的急先鋒，大發雷霆地說就算翠竹死了也不要再回到夫家。不過，在舅父的強壓與我的說明下，下決心姑且信賴我。再一次抱著淡淡的期待，翠竹也點點頭。正因爲如此，自覺自己的責任重大，一整個早上都在演練作戰方式。

我們三人在舅父們殷切的期盼下出發。到達翠竹的夫家是在翌日的午後。我認爲與翠竹的丈夫男人交涉，會比與女人們接觸更爲恰當，於是鎖定爲他下班時的行動。金蓮拿著翠竹的包袱走在前頭。翠竹垂頭無力地走在我的後頭，我必須頻頻回頭與她談話。當我佇立想聽清楚她微細的聲音時，翠竹也佇立著，絕不肯走到我的前面。我逐漸懶得說話，眺望眼前芭蕉林立的山巒，路旁樹林裡鳴啾啾的小鳥，谷底白色的溪流，以及山頂皎潔的浮雲，試圖掩飾這種僵硬的氣氛。這天陽光不會很強，山麓一帶白色氤氳繚繞，異常安靜。我們沿著由山麓流下來的小河走著。彼此沒有交談，只是默默地走著。耳際縈繞著自己踩在柔軟草地上的跫音、鳥鳴聲、風拂過甘蔗梢的聲音、溜過腳底的潺潺流水聲。不過，在萬籟聲中，察覺後腦有翠竹的微弱呼吸聲，但也莫可奈何啊。此時，我想從現在鬱悶的狀態下掙脫出來。突然有種孩提時帶著翠竹走在山間小路的錯覺。那實在是非常快樂、如夢的瞬間。也許是我的主觀印象，有種愛人跟隨在後面的喜悅感，不禁心旌蕩漾。縱貫道路終於出現在田地的對面，看到飛駛於其間的汽車時，再度把我喚回現實。正想著要搭乘汽車時，腦海裡浮現今天的目的，竟然把瀕臨二度婚姻破裂的翠竹放諸腦後，連自己都這樣，不由得面紅耳赤。爲了翠竹的幸福，可以想成現在自己即將面臨戰場的悲壯豪情。我重新回想昨晚初次聽到翠竹的苦境。小姑與婆婆毫不通情達理，施予體刑，而丈夫則加以袒護。舅母說：那麼，翠竹到底做錯了什麼事？結果是沒有吧。總之，就是爲了想娶第九任妻子而要把翠竹攆出去。如果是這樣的話，我了解舅母的意思。不過，該怎麼抗議才好呢？我再度回想從翠竹口中聽到被虐待的具體事實。如果抗議這件事，最後是希望她們能疼愛翠竹，那麼除了低頭外，別無他法吧。我悄悄地窺視翠竹的表情。翠竹已完全死心，兩眼看起來格外大。到底是揭發事實，然後抗議請對方反省好呢？還是一開始就心平氣和地哀求好呢？遇到怎樣才算是對翠竹好的問題，我也不禁茫然。不久，我們搭乘汽車。始終無法理出個頭緒，終於要在城鎮下車時，我開始清楚地感覺到自己的無力。爲了助翠竹一臂之力，反問自己該採取什麼方式，眞是傷透了腦筋。不過，翠竹的婆家已經出現在眼簾。翠竹的表情越發陰暗，步伐漸漸沉重。或許我本身的步履比翠竹更疲憊。總之，我就這樣闖進了翠竹的婆家。

翠竹的婆家位在鎮的盡頭，約有十間密集店鋪裡的二樓建築物。來到要經過店鋪的途中，翠竹突然變了臉色，藏身於路旁不動。我漫不經心地說：怎麼一回事？一看到翠竹膽怯、陰鬱的表情，覺得自己多此一問。不用說，因爲翠竹害怕走進婆家。我不由得眼眶一熱，喉嚨哽咽，久久說不出一句話，只是眺望翠竹婆家二樓建築物的窗戶。它比其他建築物更高，掛著白色的窗簾，緊閉的玻璃窗沐浴在夕陽下。看到紅色夕陽映在閃閃發光的白色玻璃之反射中的影子，這才知道暮色已經開始迅速包圍周遭。蝙蝠幾乎碰上電線而飛翔著。後悔竟然這麼晚了，於是勉勵自己要堅強。

「那麼，走吧。」我催促翠竹。

附近的居民一看到我們，悄悄地竊竊私語。一位老太婆察覺遇到的似乎是翠竹，於是出聲嘆息，然後認眞地盯著我瞧。

「我是她哥哥。」我說。

「你好。眞的是……」

老太婆不時斜眼望著翠竹的婆家，邊向我訴說翠竹的婆婆之惡形惡狀。我的心情益發沉重。老太婆充滿同情的話，並沒有煽起我對翠竹婆婆的憎恨，因爲我已經決定只找翠竹的丈夫談話。

我們開門走進屋裡。屋子整理得井然有序，有四、五張圓凳，圓桌上鋪著桌巾，而且辦公桌上面的牆壁，有個大時鐘在滴答滴答響。翠竹大概是因爲回到自己家裡的習性使然，搬出椅子叫我坐下。我邊坐著邊有種無以言喻的錯覺。當翠竹走進裡面時，她的婆婆一副陰沉的表情出現在我的面前，接著小姑也出來露臉。

「我是翠竹的哥哥。我帶翠竹回來……」

慌慌張張打招呼後，我開始正面看著她們兩人的臉。那是多麼鬱悶、不愉快的臉啊。婆婆是六十多歲的老太婆，臉長得非常長，就像是馬臉，細小的雙眼緊挨著額頭向上吊，一副壞心眼的模樣，頭髮幾乎掉光，就像某家齒科醫院所掛的照片，四、五顆骯髒的暴牙埋在臉的下半部，瘦骨嶙峋的身體，配上一雙細腳，而且是纏足的小腳，好不容易才得以支撐身體。五官分明，令人覺得像豪傑婆般的銳利。不過，整個身體鬆垮垮地，看起來是個不乾淨的、吸食鴉片者。皮膚已經皺成一團，布滿雀斑。一副管他外面世界如何，君臨於自己爲所欲爲的世界之表情。照這麼看來，對翠竹施以肉刑也是毫不在乎的。

「不回來也沒有關係。」視線避開，惡毒地對我說。

「咦？」

我反問。老太婆始終不與我的視線相遇，而且用眼角瞪著翠竹。

「動不動就哭著回家，我們的臉皮要往哪擱啊？」

這次輪到小姑說，突然背過臉去。哎喲！來找碴了。不由得我怒火上升，不過還是得強顏歡笑。聽說小姑已經將近三十歲。乍看之下，不會讓人覺得是個姑娘，比老太婆稍微年輕一點的體型，表情卻更加惡毒。既不動人也沒有女性的魅力，臉與手一點也不光滑，乾乾癟癟的。濃妝艷抹更加滑稽，恰似有缺陷的男人化了妝。惡毒的表情只不過是讓人覺得因嫉妒他人，苦於自己的缺陷所作出的反擊。不管是傳言或根據翠竹的說法，這位小姑似乎是策動的中心人物。果眞如此，她是默默看到兄嫂這位女性幸福的婚姻生活，而無法忍受吧。

「不是！並不是這樣的。翠竹有事回家，而且任何人都可以回家……」

「回去得有點過頭了。」

老太婆說。小姑接口說：「說些中傷的話後才走的。不合我家的門風。」

兩人都看著外頭，異常興奮。看到此情景，我覺得很可笑。不過，一看到翠竹，這個憔悴、可憐的女人，側臉對著我們，眼睛向下看，洋傘還高舉到胸口握著，站著一動也不動。照這樣談下去，情形一定越來越複雜。因此，我用眼睛搜尋翠竹的丈夫。不過，二樓似乎沒有動靜。金蓮看不下去了，把自己的身體靠著翠竹的身體，一副防禦的姿勢。

「不管怎麼說，你看翠竹還很年輕，請原諒她吧。」我特意愼重地點頭。這麼一來，老太婆的氣焰越發高張。

「年輕？」然後發出空洞的笑聲。

「聽了會讓人笑破肚皮。什麼嘛！有兩任丈夫的人，還說什麼年輕。」

「因爲有預謀想再嫁一次吧。」小姑說。「因此，才能毫不在乎地做出這種事。」

不過，我始終必須讓步，黑的也要說成白的。我非常了解，翠竹再也無法忍受，呼吸急促不已。再加上，我的腦海裡浮現舅父的身影。

「翠竹的父親也說很對不起。再說，姻緣是天注定的。翠竹會當你們家的媳婦，也是某種緣分……」

這套說詞多笨拙啊，有點生自己的氣，老太婆立刻打斷我的話。

「不是。我們是被騙的。」

「因爲不知道她是這種貨色。」小姑說。

我實在很忿怒，被騙的是我們。不過……

「不要再談過去的事了。總之，從現在起要能圓滿。」

「這可傷腦筋啊。」

「因爲要對付壞女人可眞棘手啊。」

我也應該要抵抗了。

「不過，翠竹哪裡做錯了？事實上，你們沒有告訴她，而她本人也不明瞭……」

「哎呀！」這時老太婆才看著我的臉。我的視線一直落在她的泛黃暴牙上。老太婆似乎被觸到痛處，變得很急躁。

「那麼，你是說她都沒有錯囉。」

「不是。是因爲不知道哪裡做錯了。如果告訴翠竹的話，隨時都可以斥責她。」

「哎呀！」這次是小姑出聲。她的唾液噴到我的臉。

「你想看看吧。她不是屠殺前夫嗎？」

我有種晴天霹靂的感覺。翠竹的臉色比我更蒼白，用手帕摀著臉，肩膀直打哆嗦。我覺得還是保持沉默較好。老太婆終於一一數落她的不是。例如，懶惰！早上不起來煮飯。貪吃！吃飯時間外，打開菜櫥偷吃。說到不愛乾淨、不幫丈夫洗衣服時，翠竹突然哭了出來。

屋裡瀰漫著緊張的氣氛。只會提出前夫的事，眞是卑鄙的傢伙！我不禁瞪著小姑。瞬間，翠竹的哭聲使婆婆有點畏縮。不過，她立刻眼冒怒火，咬住嘴唇，伸出右手的食指，想去戳翠竹的額頭。然後大叫：

「哼！哭啊！你以爲哭的人就是贏了，那可是大錯特錯了。」

「翠竹！」我拉了一下翠竹的洋傘。「這樣會妨礙我們談話吧？」翠竹越發哭了起來，連金蓮都想跟著哭了。

「哼！眞的是惡人先告狀。」小姑冷笑地對我說。「演戲想使人相信她所說的話。」

我已經決定不再與女人們交手，而且也了解翠竹倔強的個性。照這樣看來，除了等待她丈夫的歸來外，別無他法。看了一下時鐘，已經五點半了。夕陽開始映在玻璃窗上。這時，不禁察覺我們的情形很奇妙。既沒有獲得一杯茶水，而且我放肆地坐著，與興奮站著的主人們起爭執。扮演著這麼奇怪的角色，不由得打了寒顫。不經意地看了一下外頭，藏身陰涼處、注意傾聽與投射好奇眼光的隔壁女人們之身影映入眼簾。從先前的氣氛來推測，她們不太與近鄰交往，而且似乎反目成仇。

門外響起走在石頭上的自行車之鏈子聲。聲音逐漸接近，一位中年男子走進來。我想他就是翠竹的丈夫吧。果然是翠竹的第二任丈夫。與母親相似，瘦瘦高高的，馬臉的不同處在於鼻下的小鬍子與凹陷的臉頰，頭髮很長、向後攏，國民服穿得筆挺，是個走在時代前端的知識分子與美男子。一雙眼神恰似社交家放出聰明的光輝，一走進屋裡，瞧見翠竹就瞭然於心。於是慇懃地打招呼道歡迎，然後屈身說聲「稍微失禮一下」，就走上二樓。不愧是在此鎮的青果公司做會計。既然這樣，應該是個容易溝通的男人，我暗自竊喜。

翠竹丈夫的出現，只是扼止了翠竹的哭聲而已，其他完全出乎我的期待。如今回想起來，他只不過是個厚顏無恥的男人。只是個換了八個妻子、不好惹的那號人物。乍看之下，擅長社交的他之行動完全與他的心理不相稱。隔了一會，他換好服裝下樓，也不正眼瞧翠竹一下，一坐下來就蹺腳抽菸。

「啊，歡迎光臨。您府上可好?」

彷彿把我當朋友般對待，追根究柢地詢問我的事，然後像商人般批評財經界。等他抽了一會兒菸，我委婉地提起翠竹的事，他以冷笑的表情，猛然吐出一口煙，視線移向母親，默不吭聲。於是母親與妹妹開始替他絮絮叨叨地批評翠竹的不是。聽著聽著，他的表情依舊是冷笑，似乎點頭同意她們所說的。我的忿怒勝於愕然。雖然他表現出偉大、超然，不想涉及這個問題的態度。不過，在我的眼中看來，他只不過是個與母親她們共謀、享受與妻子魚水之歡的好色之徒。我不由得怒火上升，想直搗黃龍、與他交談，他越發以無言的冷笑逃避我的詢問。或許是氣昏了頭，我挖苦地說出「大凡一個男人，對於尤其偏離世間常情的老母等，應該要善導，怎麼可以反而盲從老母的無知。自己應該非常了解自己的妻子。現在卻以佯作超然的態度，任憑老母爲所欲爲，這樣不是與妻子同衾，簡直是買女人嘛，而老母不正是鴇母嗎？」之類的話。

我想翠竹的丈夫應該可以聽出這番話的含意。就在我的話似乎要結束時，他突然離席走上二樓。這麼一來，老母與妹妹的眼中冒出火花。

「那是因爲翠竹是賣淫女。」她們胡攪一通。

我大吃一驚，後悔竟然產生反效果，卻又勉強露出妥協的笑容。

「不是，那只是比喻的話而已。」

不過，已經太遲了。婆婆與小姑口沒遮攔地開始辱罵翠竹。當然，罵翠竹的話中，多半是諷刺我的話。我一直保持沉默。手足無措時，腦海裡浮現舅父的臉，於是決定一個勁兒地賠禮。

「不，是我不對。向你們賠禮。一切都是我的獨斷，絕不是翠竹告訴我的。」

不過，聽了我的話，婆婆彷彿得勢，大發雷霆說一切都是翠竹告的狀。翠竹咬住嘴唇，淚水已乾的雙眼懊悔地望著外頭。婆婆與小姑更加盛氣凌人。翠竹越發無法忍受，嘴唇顫抖，臉上的肌膚縮小，開始驚惶失色，終於淚水一滴一滴滑落。我未曾看過翠竹如此痛苦的表情。雖然剛才哇一聲哭出來，卻不是如此愁眉苦臉的表情。到現在爲止，一直努力忍耐，卻孰忍孰不可忍，內心始終痛苦地爭戰。婆婆與小姑每一句尖酸刻薄的話，使她的臉部歪斜，呼吸狂亂，嘴唇不停哆嗦，數次有爆發的跡象。終於下定了決心，面對著婆婆，以激烈的淚聲大叫大嚷。

「如果我的存在妨礙你們，當初爲什麼要把我娶進門？嗯！大家都是這樣的。因爲八位媳婦都妨礙到你們了，所以被驅逐出境。如果嫉妒兒子睡在媳婦的房裡，爲什麼還要娶媳婦呢？」

瞬間，連婆婆都被翠竹出乎意料的洶洶氣勢嚇呆了。等她很快清醒過來時，這次輪到婆婆的臉色蒼白，手腳哆嗦。

「哇——這個惡魔！」伸手要打翠竹。小姑同時也與母親一起破口大罵來對抗翠竹，並且把她圍住，從自己的頭髮上拔下針簪。

「危險！」

我把翠竹推到牆壁，站在她們的面前，用雙手阻擋開始攻擊的婆婆與小姑，頻頻賠禮。

「是翠竹不對。請原諒她吧。」

「不。請讓開。」

由於我始終保護著翠竹，原本打算毆打翠竹的拳頭，紛紛打在我的身上。婆婆的口臭不斷地迎面襲來，眼中清楚地浮現幾近狂亂、奇怪的眼光。不過，翠竹也不甘示弱。

「不是這樣嗎？你不是嫉妒嗎？問題的癥結就在這裡。」

她在我的背後不斷地叫喚。

「翠竹！不要再說了。」

婆婆的氣憤似乎達到了頂點。「眞的是斬頭短命的。你不害怕下地獄被割掉舌頭嗎？」如此咆哮後，突然向後轉，纏足的小腳咯吱咯吱地向前衝，身體搖搖晃晃地走上二樓。小姑見狀也尾隨其後。因擔心而快哭出來的金蓮，此時終於鬆了一口氣，握住翠竹的手。

「姑姑，什麼都不要再說了。」喃喃自語。「被打的話，會很痛的。」

不過，翠竹一副什麼都已經不在乎的樣子，呼吸急促，咬住嘴唇。

「傻瓜！這麼一來，不是什麼都搞砸了嗎？」我說。

「沒有關係。反而一切……」

翠竹死心了。可是一想到自己代替舅父的任務，不禁感到切身之痛。不管怎麼說，翠竹的丈夫是多麼沒出息的男人啊。不由得我怒火上升。受母親與妹妹操縱，還能算是個社會人士嗎？照這種情形看來，我想談判已經完全破裂，對方不予理睬。完全不被當成一回事的我們三人，互相看著對方的臉。

不過，我的想法錯了。不久，從樓上傳來叩叩叩的聲音。冷不防抬頭一看，翠竹與我都大驚失色。

「天公仔！天公仔！」

頭髮散亂、外表看起來很恐怖的婆婆，兩手拿著一束線香，口裡念念有詞地走下來。透過線香的白煙所看到往上吊的雙眼，更加放出可怕的光芒。翠竹的臉色慘白。婆婆拿著線香向蒼天哭訴翠竹的惡形惡狀，我開始覺得很可笑。不過，翠竹的表情卻驚恐萬分。

「天公仔，請你顯靈聽我說。」婆婆站在門口拜天叫喚。「媳婦這個魔女竟然臭罵我一頓。請把她殺死。請打雷劈死她。請派吊死鬼來找她。」

我們除了愕然看著此一情景外，別無他法。最糟的是，此時翠竹的丈夫走下樓。我以爲他是要阻止母親的行爲，誰知他一走近我們，立刻毫不容情地摑了翠竹的臉頰兩、三下。

哎呀！之後所發生的事，此處無法長篇大論。總之，我的弱點就是非得把翠竹留在婆家不可。然後，我使盡了一切手段，極盡所能地賠禮。一小時後，總算成功地讓金蓮陪翠竹留下來，我終於可以踏上歸途了。

當我走出外頭時，太陽已經下山，街上亮起街燈。田裡傳來蟲鳴，街上建築物的上頭掛著明月，月光在田裡的水中蕩漾。仔細一瞧，今夜萬里無雲，皎潔的月光深深扣人心弦，令人頓覺神清氣爽。沒有風。在晴朗的夜裡，我靜靜地嘆息。

啊——雖然只是表面上，今天總算盡了責任。回想起來，宛如一場夢，能如此低聲下氣的自己就像換了一個人似的。

我穿過小巷來到街上，呆立於汽車站牌前。我當然不知道時刻表，只能漠然地等待。這時，突然有種不安的感覺。眼簾突然浮現告別翠竹夫家，與翠竹四目相交時，她充滿恐懼的表情。我相當了解那時翠竹希望與我一起回家的心情。不過，如果要把她一起帶回來，爲什麼要向她的婆家屈身低頭呢？沒有問題！要忍耐！我用眼神向翠竹呼喊，金蓮不是也留下來嗎。然後用眼神向金蓮示意，就向她們告別。如今想起來，多少有點不安。果眞這樣就算解決了嗎？如此深刻的關係，形式上是否過於妥協了呢？仰望夜空，我想或許會有奇蹟出現。貨車倏地穿過街道。在月光下，揚起的塵砂看似白煙。嘈雜的車輪聲消逝在黑暗的遠處。之後，耳際縈繞蚊子的嗡嗡聲。整個街道給人嘈雜的感覺。

我再次回顧好像是翠竹婆家的地方。就連小巷也是寂靜的，只能看到點點白窗。我望著白窗，心想無論如何都要漸入佳境。依稀可以聽到街道黑暗處汽車的引擎聲。汽車兩個前燈的紅色燈泡，看似眼球。是公共汽車。就在這時，引擎聲中，似乎聽到女人呼叫我名字的聲音。我退回來時路兩、三步。

「全福叔叔！全福叔叔！」

彎過小巷，金蓮在街道的燈光下狂奔而來。我的胸口激烈起伏。發生事故了！金蓮拉住我的手，在急促的呼吸中，好不容易才叫出來。

「快來！不得了了。翠竹姑姑！」

說著，金蓮又走回路上。我被拉著手，也跟著快跑。看了一眼在月光中奔跑的金蓮，她的臉縮小，面相也改變，眼神怪異。也無暇詢問她理由，奔跑中思索著，是否剛才的爭吵又反覆發生了？一想到要再次被捲入漩渦中，急奔的雙腳也越來越沉重。不過，金蓮猛力拉著我向前衝。

好幾次差點被小石頭絆倒。由於路上沒有行人，可以邊蹲邊跑。

「全福叔叔！再快一點！」

來到翠竹婆家的門前，金蓮以哭泣的聲音大叫。我睜大雙眼，望著浮在月光中的房子，可是沒有聽見任何動靜。等我們打開門要進入時，突然從裡面跳出一個人影。原來是翠竹。接著，從屋裡丟出竹竿，碰到門而落地。差一點就打到翠竹。翠竹也沒有看我們就往外衝。

「哎呀！翠竹姑姑……」金蓮拉著我的衣服叫喚。

這時，我看到婆婆從屋裡出來的身影，不由得愣然佇立。婆婆嘴裡念念有詞，手上撒著什麼東西。我似乎已經了解一切的情形。翠竹丈夫的身影在婆婆的背後一晃。

「姑姑！」金蓮對著翠竹走去的方向叫嚷。

「姑姑！快點！快點！姑姑要去尋死啦。」

然後拔腿就跑。現在我很清楚地感受到翠竹的苦衷。是的！翠竹就是要這樣做。我用心來回答金蓮所說的話。我也急奔起來，在翠竹的後頭追趕。很幸運地，月光皎潔。穿過一排房子，來到田地的翠竹之身影白花花的。

「翠竹！翠竹！你要去哪裡啊？」

我在後面呼喚。翠竹的身影映著月光閃閃發亮，像影子似地流向田地，只有我的呼喚聲空蕩蕩地回響。

「喂！等我。你不等我嗎？」

我也奔走在田間小路上。前方出現竹叢，看得到白色的河流，那就是埤圳吧。依稀聽到滔滔的流水聲。稍微靠近河邊，有兩、三點燈光的地方，就是部落的小賣店。顯然翠竹是朝河流的方向奔去。完了！我的胸口激烈地起伏，留下哭泣的金蓮，全力向前衝。沒想到田間小路溢滿水，很難追上翠竹。現在翠竹一定是要跳到河裡去。心裡一焦急，腳就顫抖，無法再追趕。因此，除了大聲呼喚外，別無他法。

「翠竹！不要做傻事！」

翠竹的身影消失在竹叢的陰暗處。就在我繼續追趕時，聽到撲通的水聲。翠竹跳下去了！沉住氣！我勉勵自己。屈膝透過從竹叢枝葉間流瀉下來的月光，仔細一觀看下，大波紋閃閃發光，好像是翠竹頭髮的東西，如同藻草般流動後沉下去。我急忙脫衣，並向部落的小賣店叫喊。

「有人自殺噢！快來幫忙！」

「我去叫人。」

月光中有人回答。仔細一看，金蓮向河邊奔跑過去。水是冰冷的。很幸運地，由於此處是埤圳的上游，是流水靜靜的淤積處，可以聽到由埤圳落下來的滔滔水聲。我潛入水中兩、三次。由於不擅長游泳，在水中也不知道有沒有睜開雙眼就浮上來。幾次深呼吸反覆同樣的動作，可是依然無效。我焦躁萬分，難道就這樣眼睜睜地看翠竹死去嗎？從來不曾有過像此時這樣強烈感受到自己的無力。不知不覺中，從我口中發出哭泣聲。

「翠竹！翠竹！」我站在河岸，邊擦掉臉上由頭髮滴下來的水珠，自暴自棄地對著水面呼喊。

水波粼粼，鮮明地映出一輪明月。

「翠竹！」大叫後，我再度跳入水裡。這次只感覺腳觸到水底的泥土，立刻就浮出水面。強烈的寒意逐漸裹住我的身子。

「在哪裡？在哪裡？」

四、五個農夫跑過來。不久後，很快就找到翠竹，把她拉上岸。有一會兒時間，我連挨近察看的力氣也沒有，邊擰乾衣服邊哭泣，卻一籌莫展。

「沒有問題了。讓她吐出水就可以了。」

其中一位農夫安慰我說。在寧靜的月光下，只有金蓮的哭泣聲劃破夜裡的氣氛。

啊——我無法止住流下來的淚水。此時，我格外感受到翠竹必須投水自盡的心情。既然娘家與婆家都無法安身，除了求死外，還能有什麼方法呢。尤其對像翠竹這樣沒有獨立能力、只能受環境支配的女性而言，更是如此。一思及這是她唯一能做的抵抗，除了憎恨翠竹的丈夫外，別無他法。那個有紳士外表的懦弱男人，實在不值得我們憎惡。不過，考慮到世上像這樣的男人不只是翠竹的丈夫一人而已，而像翠竹這樣想自殺的女性何其多啊。我不禁爲台灣女性感到義憤塡膺。

全身赤裸時，感覺冰涼刺骨。

「啊！醒來了。」農夫大叫。「姑姑！姑姑！」接著金蓮放聲大哭，重新造勢。

我擠入人縫中。在月光的照耀下，翠竹的臉很蒼白，靜靜地閉上雙眼，水滴從頭髮上落下來。用手去摸她的鼻子，有呼吸的微弱熱氣。

「翠竹！」

開口的同時，熱淚重新盈眶，喉嚨哽咽。

站起來回頭一望，街上的建築物靜靜地沐浴在月光下。也不知道是從哪裡聽來的，走向田地的人影越來越多。翠竹快點醒過來！我方寸全亂了。

「到底發生什麼事？會跳河自殺啊。」

農夫們異口同聲。我無法回答。於是，金蓮以厭惡的口吻說：「被婆婆虐待啦。」

我用自己的上衣蓋住翠竹的身體。此時，舅父的臉突然浮現眼前。該如何說明才好呢？

我不禁嘆息，千頭萬緒湧心頭，手腳凍得直打哆嗦。

〈廟庭〉(《台灣時報》一九四二年八月刊載）之續篇

原載一九四三年一月《台灣文學》三卷一號

合家平安

范慶星在慶祝六十大壽時，眼見親生的次子與三子喜色滿面，從酒席包辦到敬神儀式，而養子即長子的范有福卻不見人影，只以六圓爲賀禮的情形，不由得破口大罵，逢人必數落他的不孝，憤慨到一連數日飯菜都難以下嚥。

「翅膀已經長硬囉。視雙親如糞土。」

「畢竟不是親生子，就是不一樣。那個有福是養子，多少有點不一樣啊。」

「現在看起來還好。那是因爲做個樣給別人看。」

「對父母來說，親生子與養子都是一樣的。不管怎麼說，像萬傳與萬成……」

「不孝子。那小子從小就是不孝子。」

經他這麼一說，老妻玉鳳在爲親生子高興之餘，雖然也附和老夫的話，卻不像老夫那樣憎惡長子。長子雖說是養子，玉鳳迄今仍強烈地感覺他是前妻的兒子，而且也不是自己親手拉拔長大的，罵他不孝，內心自然有些愧疚。之所以有這樣情愫的另一半原因，實是明白自己親生的次子與三子每月菲薄的薪水，到底無法滿足父親的吸食鴉片，只有長子范有福憑一身木匠的手藝，除了維持一家六口的生計外，還可應付老父每月的糾纏。

玉鳳被范慶星迎娶爲後妻時，范有福才不過七、八歲。雖然是亡妻的養子，並沒有得范慶星的疼愛。前妻撒手人寰時，就把他送回前妻的娘家，沐浴在外祖母的愛中成長。因此，蒼白、營養不良、羸弱少年的身影，依然鮮明地浮現在玉鳳的腦海裡。如今長子倔強的神情，眞是不可思議啊。所以，她沒有對方是自己小孩的感覺。當時謠言滿天飛。當范慶星與年輕的後妻恣情享樂、視前妻子爲眼中釘的風評傳到耳際時，玉鳳的臉紅到耳根，意氣用事之餘，決心把有福帶來膝前扶養。不久後，她帶著謝禮去說服有福。可是，早已習慣外祖母家的有福，說什麼也不肯親近這位年輕的繼母。有時瞧見特地來拜訪的繼母身影，一整個下午就躲進內院的廁所裡不出來。儘管如此，玉鳳依然不死心。身懷六甲時，也依然很有耐性地挺個接近滿月的大肚子，來到前妻的故鄉。到了親生的次子范萬傳出生後，雖然熱情稍褪了，依然割捨不下對有福的愛。三子范萬成出生後，最初想收養有福的決心已消失。不過，玉鳳想把他當作是自己的長子一般疼愛的心情，依然濃得化不開。放棄這種疼愛的心情，轉生憎惡之情，常常迎合丈夫所說討人厭的話，動不動就數落有福的不是，是在次子、三子蹣跚學步後的事。某個風和日麗的日子裡，前妻的母親陪伴有福，難得來她家拜訪，所以玉鳳裡外忙得不可開交。爲了煮頓豐盛的大餐，把自己的小孩放在一旁，作些準備的工作。由於小孩哭鬧不停，怎麼哄都哄不聽，她突然想起什麼，趕忙把次子、三子帶到有福的旁邊。

「囉！和哥哥好好地玩耍。來！來！他是個好哥哥啊。」

從語氣中透露出她想努力做個令人稱讚的母親，拉近有福與她親生子之間的距離，希望能如親兄弟般的相親相愛。可是，當她還沒有回到廚房時，就已經響起三子的哭聲。出來一看，捕捉到有福狼狽逃往柴房的背影，而三子滿嘴塞滿砂子，正咧嘴大哭。玉鳳憂心忡忡的把三子帶到井邊，讓他一股腦兒地吐盡砂子。

「怎麼一回事？傻瓜！爲什麼要吃砂子？」

「是那個小孩做的啦。阿母！」

次子猛吸了一口鼻涕，然後邀功似地指向有福躲藏的柴房。

「萬傳！你在說什麼！不是那個小孩，他是你哥哥啊。」

斥責次子後，定神凝視，有福嚇得縮著臉，在柴房門口半掩著臉窺視動靜。一時之間，不由得玉鳳燃起怒火。猛然想起，這是孩子的事，而且雖說是兄弟，卻分開各自生活，所以才會如此惡作劇。玉鳳故意大聲說，讓躲在柴房的有福能夠聽得見。

「一起好好地玩耍吧。他不是哥哥嗎?哥哥會疼愛弟弟的。」

有福似乎在小屋中屏神凝聽，沒有發出半點聲音。雖說是兄弟，自幼沒有在一起生活，他們之間哪會有什麼感情，何況是個孩子呢。由於更加看透這一點，玉鳳有茫然的感覺。既然如此，自己身爲母親的責任更加重大，爲了想教育有福，意氣用事地再度留下次子與三子。已經聽到從田裡傳來製糖公司正午的汽笛聲，午餐卻還沒有弄好，玉鳳在廚房裡異常狼狽地忙得不可開交。開始煮飯洗鍋時，這次是次子著火似地發出哭泣聲。剛好前妻的母親也在場，於是兩人一起出去探個究竟。次子萬傳雙手摀住鼻子，乍看似乎非常痛苦。玉鳳以嚴厲的目光環視周遭。發現有福依然還在原地，瞬間不由得面帶愁容。有福這次看到外祖母在場，也不逃跑，哈哈大笑地抓緊外祖母的手。

「怎麼一回事?」

撥開覺得厭煩的次子之手，發覺他的鼻樑紅腫，害怕被摸到似的，頻頻把臉避開。

「是那個小孩。那個小孩。」

「啊!他是你哥哥啊。」

玉鳳硬是要看他的情形，結果是含笑花的花蕾塞住兩個鼻孔。

「哎呀!」

玉鳳不由得氣血逆流。她不想再聽下去了!忿怒地瞪著有福，眼裡的淚水竟然是乾的。

玉鳳憎惡有福就是從這時候開始。從此以後，玉鳳將有福徹底逐出心中。這種憎惡的記憶，一直持續到一家沒落、每月的生活費都必須向已獨立的有福索取時爲止。不過，如今托有福的福，感謝他減輕了次子與三子扶養雙親的負擔。儘管如今仍比例配合讓三個孩子負擔，這主要是老夫那根紫黑色的鴉片菸管作祟，不由得怒火對著老夫。奇怪的是，讓不是自己孩子的有福扶養，良心有點過意不去，更何況還呼喊他不孝。回想自己過去對待他的情形，羞愧於心。

范慶星是當地聞名的范老舍之長子，巨萬財產的繼承人。傳說他年輕時，把當時人們罕有的百圓紙鈔，像銀紙般地任意揮霍。等他一貧如洗時，二圓、三圓也好，常常向長子索討如同要榨他血的金錢。有時因某些原因而無法順利拿到錢時，就氣得大罵有福爲「不孝子」。目睹這種情形，玉鳳覺得無聊又滑稽。這次的祝壽，恐怕長子是因爲經濟困難，所以才拿出六圓。不過隨著時間的消逝，玉鳳也就不認爲老夫的忿怒是過於苛刻的。如果站在長子的立場來考慮，六圓的支出加上每月的零錢，已經是他能拿出來最大限度的金額了。因此，沒有相當的孝心，是不可能做到的。何況迄今范慶星又是如何對待長子呢？一想到這些，玉鳳油然而生對長子的憐憫之情及對老夫的鴉片菸管充塞滿腔的憤慨。如今范慶星已經對城鎮盡頭的陋巷生活，不引以爲苦，一副滿足的神情。年輕時有錢人的傲慢態度也早已銷聲匿跡了。白天躲在陰暗、狹窄的屋子裡，吸食鴉片直到把錢花光，簡直像個廢人。唯一能作爲昔日過著富裕生活的佐證，就是六十歲的今天，皮膚依然細緻。不過，呈現鴉片吸食者常有的不正常臉色，像猴子般削瘦。一整天關在房間裡，沉溺於鴉片中的情形，依然如昔日。可說是有改變的，就是鴉片的吸食量減少，而所喝的茶也由鐵觀音變成普通的烏龍茶。所居住的陋巷一帶，幾乎是貧苦人家，房間只有兩間，寢室及廚房兼正廳，也沒有如同昔日拜訪他的人，連親生的次子與三子也去台東工作而不想回家。因此，他吸食鴉片到半夜，一直睡到隔天的中午。一醒來後，就勞動老妻，又是香菸又是茶，消磨了一整個下午。當黑夜來臨，又緊緊抓住鴉片盤不放。等資金殆盡，終於從床上起來，去住在近郊的長子那兒，死皮賴臉地大聲叫喚。玉鳳大部分的煩惱就是源自此時。偶爾從長子處索討來的錢不夠時，箭頭就指向親生的次子與三子。「爲什麼不送錢來？不孝子。啊！翅膀已經長硬了囉。視雙親如糞土。」玉鳳一反駁，他就指責「都是你教導無方」。最後，雖然鴉片只斷了一天，他頻頻慵懶地打哈欠，結果力氣全失，昏倒般地喪失意識，玉鳳才稍微拿出次子與三子按月悄悄送來的錢。玉鳳不曾有過像此時這般強烈憎惡老夫的心情。次子與三子將近三十歲了，依然獨身，玉鳳打算把每個月的零錢存起來，當作他們的結婚費用。她早已看透，如果把錢交到這個父親的手中，他們一輩子都無法娶妻。鴉片一入口，范慶星的精神再度奮起，一連數日不離睡榻。

「喂！萬傳已經二十九歲，而萬成是二十六歲。你不覺得他們該早點娶妻嗎？」

「嗯，是啊。我絕不拿他們兩人的薪水。該存起來當聘金了。」

這時，話談得相當投機。不過，等鴉片不足時，就把一切都拋到九霄雲外。玉鳳氣不過，常常想丟掉老夫的鴉片道具。一考慮到後果，如今生活困苦，沒有辦法再湊齊道具，除了忍氣吞聲外，別無他法。有點悔不當初，住「大厝」、過著奢侈的有錢人家生活時，爲什麼不偷藏私房錢？自己的愚蠢眞是可悲。

如今已歸別人所有的那棵大埔厝部落的「大厝」，是這個地方最豪華的建築物，正身前後兩棟、護龍四棟，建築用地總面積一甲步，加上五個查某嫺的服侍，玉鳳貴夫人的生活，如今回想起來，宛如一場春夢。光是起居室就有兩間，裡面是臥室，外面是休養室。臥室是夫婦睡覺的地方。房間的正中央放置一張雙層的睡床，豪華、以金絲描繪，有大蟒模樣與花鳥浮雕的大紅靠背上，鋪了有美人畫、刺繡的深紅色毛氈。靠窗的化妝台兩側，併排了塗漆、有梅花形狀的椅子。即使日正當中，房間裡也微暗。外面的休養室，正面擺了一張雕有螭的紫檀中型桌。上面擺飾著刻有八卦的青綠色古銅鼎、筷子、湯匙、香盒、畫有美人圖案的酒杯形花瓶、碗。上面的牆壁，正中掛著有財子壽的畫幅，兩旁是寫著「常在祖德永流芳」「遠接宗功慶澤長」金字的對聯。左右兩側各擺放八張楠木的交椅，上面的牆壁還掛著「錦瑟聲中鸞對語，玉梅花際鳳雙飛」「鶯語和諧春風帳暖，桃花絢爛疊酒杯浮」的聯幅與花鳥的畫幅。天花板上懸吊有八仙畫像的深紅色八角花燈，更是平添幾許色彩。丈夫范慶星大致在豪華的床榻上睡到中午。一點左右，一睜開雙眼，就打哈欠，連聲呼喚「玉鳳！玉鳳！」，然後才開始用早餐。查某嫺們手忙腳亂，有人準備用餐，有人端來盥洗用水，有人幫他穿衣服，有人準備鴉片盤等，只見一群人在房間裡跑來跑去。而玉鳳只要化好妝、斜坐在床榻邊看著丈夫的臉即可。光是這樣就足以使范慶星如孩子般地滿足與喜悅。抓住妻子的纖纖玉手，然後起來，眨眨仍睡眼惺忪的雙眼，勉強洗臉後，就在玉鳳的面前吃起遲來的早餐。吃過早餐，范慶星習慣與玉鳳一起去逛庭園，而夏天拿扇、冬天則拿火籠的查某嫺尾隨其後。位於「大厝」內庭與外庭的庭園，有許多菊花的盆栽，到處都擺設了樹木山石等，並且掛了鳥籠。夫婦兩人逍遙地聆聽鳥鳴和聞桂花香。玉鳳在大頭鬃上插了青玉圍繞菊花圖案的髮簪，穿著群蝶戲花的藏藍色長衣，縫上五色粗絲直線的紅色上衣，以翡翠色爲底，依舊是縫上五色粗線的裙子。范慶星則穿著黑緞子厚底的黑色短靴，菊花突出圖案的普通長衫。兩人的腳步輕盈，風一吹來，柔軟的衣服微微掀起波紋，心情格外愉快。從庭園眺望周遭，建築物的考究，青紅色鮮明的雕樑畫棟，屋頂上的人偶、龍卷、鯉尾等，一切都很美輪美奐。玉鳳沉浸在頗自傲自己幸福的八字之滿足感中，頻頻瞇眼窺視丈夫細緻雪白的側臉。散步完畢後，范慶星躺在豪華的床榻上，讓玉鳳躺在鴉片盤的對面，經由她的手來吸食鴉片，一直到晚上。晚餐後，勉強審核家計，現金當然歸玉鳳掌管。她非常信任丈夫，遵照他的命令，坐在他的面前，只是清點紙幣。這項工作一直持續到范慶星蕩盡家產。玉鳳是如此的熱愛著丈夫。

如今玉鳳有點懊悔當時爲什麼不偷偷存下一些錢。不過，如今回想起來依然令人羨慕，當時自己相信一輩子都能過著這種幸福的日子。仔細思量，一切情況變得惡劣，是在丈夫因只有兩個人的生活而遠離家族後。

剛好次子萬傳在此時出生。從產褥中起床的玉鳳，驚見自己在產褥臥床休息中，丈夫的堂兄弟、表兄弟等多人占據「護龍」的客廳吸食鴉片，逐漸連生面孔的人也混雜其中，終日圍繞著丈夫而陶醉於鴉片中。不過，她並沒有生氣，反而覺得能誇示為君臨他人之上的富貴人家也不錯。因為目睹丈夫在家庭裡受人尊敬，對外同樣也是鶴立雞群、集眾人之尊崇於一身的情景，除了了解丈夫的偉大外，同時越發充滿自己幸福的八字悸動心靈的滿足感。因此，即使鴉片的份量比以前增加數倍，玉鳳也不吝惜這樣的浪費，反而害怕一時之間鴉片賣光，來不及供應眾人吸食，讓丈夫臉上無光的話，可就不得了了，所以自己買進鴉片大量貯藏。當時范慶星在妻子的面前有點忌憚，後來得知玉鳳絲毫沒有反對的意思，於是從原本與玉鳳只有兩個人的生活，耽溺於周旋在鴉片夥伴的熱鬧生活中。日復一日，寬敞的大厝內，到處可見像猴子般削瘦的人影，而且常常突然響起咳嗽聲劃破寧靜的周遭。原本很少有人氣的大厝，因這些人而出現未曾有過的熱鬧。最初只有白天，逐漸延續到夜晚。不久後，有客廳的一棟護龍提供那些人住宿。大多數為心地善良、能夠交際往來的范氏一族。不過，逐月增加了一些陌生的面孔。這些人中，有的能以優美嗓子高唱《吳漢殺妻》，有人擅長拉胡琴，有人精於講演《今古奇觀》、《山伯英台》、《雪梅教子》等。當范慶星與玉鳳無聊時，立刻打從心底珍惜他們。月明的夜晚，把長椅子擺到隱約有桂花與夜合花花香的院子前面，欣賞這些人的絕技，夫婦兩人常常忘了已到三更半夜。因此，玉鳳的心裡竊喜讓他們吸鴉片是對的。不過，這些人的消費不只是鴉片而已。除了正餐外，一天還要有兩頓「點心」，長久每天這樣持續下來，絕不是些許數目而已，依然是龐大的消費。尤其是深夜點心的做法，不是查某嫺能力所能及的，玉鳳哄次子睡後，與加入幫忙的丈夫兩人親手料理，全部都是使用些奢侈的材料。日經月累，吸食鴉片的人逐漸增多。玉鳳這才驚覺吸食鴉片者之多。她的娘家是在不遠處的農村。在該村生活時，不曾聽過與看過吸食鴉片的人。可是，一嫁入范家，竟然出乎意料的多，她認爲完全是因爲富貴人家的緣故。自己的娘家是農家，所以沒有餘閒吸食鴉片。而富貴人家就是有閒暇時間，除了吸食鴉片來消磨時間外，別無他法。一思及此，她有種接觸到炫目東西的錯覺，貧窮出身的她對富貴人家的風俗，完全感到無力。因此，後來知道家產瀕臨崩潰時，她也沒有說出半句怨言。

總之，范慶星的沒落就是從這時開始的。三子萬成出生時，他家已是近鄰部落馳名的鴉片巢窟。不管是遙遠地方的鴉片吸食者或經濟拮据者，都毫不客氣地聚集在范慶星的家中。就在這樣的幾年之間，那群人不只是吸食鴉片而已，還拚命討范慶星夫婦的歡心，向他們借錢或邀他們出資於事業，一有虧損，就一律歸咎是范慶星的責任。這種事遇到兩次時，范慶星已到了非得處理數甲步家產的地步。就這樣，祖傳的田地年年減少。

不過，多少有點受到影響的，只是點心的材料而已，鴉片依然有增無減。范慶星陶醉在鴉片中時，完全一副羽化登仙的狀態。有時恢復神智時，腦海裡也只是龐大的家產，所以他沒有正確家產的觀念。他作夢也沒有想過有朝一日會到破產的地步。等他的經濟開始走下坡時，收支已無法平衡。再加上那時開始對鴉片吸食者施行鑑札制與制限吸食的份量，銜接不及的范慶星，只要有鴉片，就投入財產購買囤積，因此一再出現龐大的赤字。迄今受他照顧的鴉片吸食者，這次反而拿著自己的指定份量，以加倍的價格賣給范慶星。假稱要幫范慶星加工鴉片，卻盡情與他一起吸食，叫他如何承受得了。玉鳳開始擔心，卻爲時已晚，家產的田地已一甲步一甲步化成范慶星鴉片菸管的煙消失了。不久後，當足以誇示的遼闊田地全數化成雲煙時，原本的夥伴都拋棄范慶星。爲鴉片所苦的他只能頻頻打哈欠。次子已經公學校畢業，由於不準備參加考試，每天遊手好閒。三子是個頭腦非常聰明的人，卯足勁在準備考試。級任老師也常常到他家拜訪，商量有關參加哪一所學校考試的事。所以，深感痛苦的，只有玉鳳一個人而已。她在丈夫蕩盡家產的現在，試圖至少要在伶俐的三子身上找出將來的希望。

「喂！萬成特別聰明，一定可以通過考試。老師這樣說噢。」

「是啊。這一點和我很像。」

「那麼，是要讓他進中學校、師範學校，還是女校呢？」

「傻瓜！又不是女的，怎麼能讀女校。老師是這麼說的嗎？」

「或許是我記錯了。那麼，要讓他讀哪一所學校呢？」

「師範學校不錯啊。因爲五年……」

瞬間，范慶星的腦海裡浮現五年後三子的薪水，內心盤算著鴉片的購買量。

「不過，老師說讀師範學校就不能上大學。讀中學校比較好噢。」

「上大、大學？」

一聽到大學，范慶星胸口一震，初次發覺自己無法讓兒子上大學的悲慘情景，不由得悲從中來。現在所剩下、可說是財產的，就是目前所居住的家宅。由於幾年沒有整修，任其荒廢，牆壁的雕刻已因風雨而傷痕斑斑，所有紅色與青色的色彩已褪色，土磚有洞，麻雀利用它來做巢，柱子色彩的變化有明顯的擦傷。室內的日常用品在不知不覺中被盜光了，缺腳的椅子倒在房間的一隅，玻璃的碎片格外顯眼。不管看哪一個房間，都是無法修繕的古老建築物，牆壁因漏雨的痕跡，有幾處泛黑。留下來的三個查某嫺，如今已到了非得賺聘金的年齡。沒有什麼東西可以作爲三子讀書期間的費用。即使有鴉片的資金，范慶星無論如何也不肯把它充作兒子讀書的費用。

結果，隔年次子當莊裡信用合作社的書記，三子經由學校的推薦，離家當州的見習辦事員。玉鳳一想到讓兒子們吃苦，看丈夫的眼光逐漸不同，不由得開始對迄今仍令人目眩的鴉片菸管產生忿怒之情。夫婦間的爭吵就是從那時開始。

范慶星雖然看到生活艱苦、日復一日生活費捉襟見肘的情景，依然默默拚命攢下自己的鴉片錢。偶爾有錢進帳時，就偷偷地花光，然後一副全然不知沒米沒菜的表情。鴉片越是悲鳴，他就一、兩天不離床榻，緊緊抓住鴉片盤不放。這種情形屢次發生，抗衡玉鳳為生活費奔走的情形，他只著眼於自己的鴉片錢。如今恬不知恥地走訪親戚間，僞稱借生活費，錢一拿到手，全部化成鴉片的煙。很幸運地，前妻的娘家在當地也算是相當不錯的資產家。由於兄弟有五人，范慶星拿著鴉片道具一一拜訪前妻的五位兄弟，投宿四、五天而沒有要離開的意思。等到鴉片用罄時，像死人一樣動也不動。前妻的兄弟們無計可施，只好給他錢打發他回家。不過，這種手段無法持續運用。首先是前妻的哥哥頻頻勸他去工作，還幫他在部落賣米的豐裕記商店謀個書記的職務。如同一般富豪子弟，范慶星自幼也讀四書五經，對於書法頗有心得。只因為熱中於鴉片，而沒有參加秀才的考試。不過，依然算是一位了不起的讀書人，所以這種工作難不倒他。尤其他擅長寫一手細字，從以前就頗受到前妻兄弟們的讚美，再也找不到這麼適當的職業了。當個傭工，月薪四十圓。在當時，這樣算是相當優渥的待遇，也可說是足以誇示雇用了慶星舍的好條件。如今范慶星的身上已經找不出富貴人家的神態，他卑屈地低著頭，或許是鴉片中毒的緣故吧。只有所穿的衣服全部是富豪人家的好東西，不過外出時已經打赤腳。心地險惡的農夫等，在路上遇到他時，甚至說：「哎喲！慶星舍！今天也去巡視嗎？」

他依然很乾脆地回答：「嗯。」

一副也不知道到底有沒有聽懂談話內容的表情，流露出充滿懷念鴉片的眼神。農夫所說的巡視，就是當他是有錢人家時，每年一次去佃農那裡巡視。由於他經常以渴求鴉片的聲音來回答，彷彿無依無靠；因此，當他住進豐裕記時，部落居民已經沒有冷笑他的心情，反而因為能接觸到很難接觸到的人，以一種敬畏與好奇的感情與他交往，其中也有人沉溺於鴉片的氣氛中，終日與他酣睡於鴉片盤中。

不過，在豐裕記的職員生活維持不到五個月。並不是范慶星這方脫逃，而是豐裕記的老闆透過前妻的兄長說要解雇他。根據豐裕記老闆的說法，范慶星錢一拿到手，就換成鴉片，化作煙霧。因此，一整天無法靜下心來工作也不是什麼稀奇事。更糟的是，例如派他拿現金到莊的鄉公所等處繳稅時，他把零錢全部拿來買鴉片。前妻的兄弟們七嘴八舌、異常憤慨。而當事人范慶星只說聲「是嗎」，用包袱巾包住全套的鴉片道具，急忙回家，鑽進床榻，用薪水所換來的鴉片沒有抽完前絕不離床。

日子一天比一天拮据。唯一所剩下的財產「大厝」，虎邊早就讓給別人，就連考究的庭園也面目全非，變成耕種的水田。好不容易得以保有龍邊，卻因長久荒廢，連房間的屋頂也開了大洞。對目前渴望鴉片錢甚過修繕費的范慶星來說，除了出租房間外，別無他法。不過，出租也不是什麼大不了的收入，無法作為生活的津貼。前妻的兄弟們建議他再度出來工作，范慶星再也不敢嘗試。生活的事就靠兒子們的作為，他緊抓住鴉片盤不放。可是，次子的信用合作社書記與三子的州實習辦事員，並沒有領到多少薪水，再加上住宿生活，頂多只能寄些生活費。三子雖然沒說鴉片是父親唯一的安慰，次子在之後從母親口中得知他們所寄的生活費幾乎都化成父親鴉片的煙時，認為不值得而不願意再寄錢。那時，長子離開舅舅們家，當鎮上木匠的學徒，收入也不多，光是養飽自己就要煞費心血，所以不會寄來生活費。

「總之，那個人不抽鴉片就無法活下去。可是，我，我……」

玉鳳去前妻的娘家，經常如此哭著說。雖然無血緣關係，前妻的兄弟們也把溫順的玉鳳視同死去的妹妹一樣疼愛。一聽到她的哭泣，因為錯在范慶星，只要她能拿白米袋，就讓她裝滿白米帶回家。夫婦總算可以在鄉下過活。

就在這時候，在州工作的三子，說是市內有人要轉讓飲食店，詢問父母是否要承接過來自己營業。由於自己熟悉州的許可申請手續，只要五千圓就綽綽有餘。事到如今，范慶星忽然發覺自己已衰老，油然而生想把分散的兒子們聚集在同一個屋簷下、全家平安地度過餘年的心願，因此立刻找前妻的兄弟們商量這件事。當然，對范慶星的生活深感頭痛的前妻之兄弟們，自然拍手贊成這件事，立刻著手實行。至於五千圓的資金，現在所住的「大厝」之龍邊連同建築用地一起賣掉，大致可得三千圓，剩下的兩千圓就由前妻的五位兄弟負擔。

搬去的飲食店是位於市的妓館集中區之大街的兩層樓建築物。說是兩層樓，只不過是加上天花板的兩層樓。頂樓的二樓只能安排爲廚房與兒子們的臥房，當然沒有客房。凡是有前家商店獨特風格的東西，一律拆除，四壁塗上風格高雅的白漆，煥然一新地開張。不只是把桌子與椅子磨亮，也重新做個新灶。白色的牆壁上掛了兩、三幅有美人畫的玻璃窗；親戚們祝賀他們開張送來的時鐘，很有精神地滴答滴答響個不停；前妻兄弟們送的留聲機，從早到晚唱著〈雨夜花〉、〈李阿仙思君〉等歌。始終笑臉迎人的范慶星，像猴子般坐在櫃台內。辭掉工作的次子擔任採買工作，三子負責爲客人點菜與送菜，而玉鳳則忙著在廚房洗碗盤與洗青菜等。雇了一位有雙可愛眼睛與嘴唇的女孩當招待。三子建議讓她穿著白色的圍裙，整個店裡洋溢著清新的氣氛。只有長子謝絕了這種安排。或許是因爲那時他已是能獨立作業的木匠，而且與師傅的養女結婚，育有兩名子女，另外開了一家木器家具店，所以沒有回應父親的呼喚。不過，這樣反而造成玉鳳母子等的生活沒有受到干擾的結果。因此，范慶星的內心無寧是喜悅的。新開張的飲食店店頭，掛了一塊白底紅邊、以墨寫著「富春園」的招牌。開張後生意相當興隆。白天因賣東西的鄉下人來光臨而熱鬧非凡。到了傍晚，來妓館集中區遊玩的遊客絡繹不絕。晚上後，突然有來自於附近召藝妓作樂租用的房間蜂擁而至要點菜，次子與三子都出去送菜也應接不暇，有時連范慶星都要親自出馬。在廚房的油鍋放水的聲音片刻不歇中，裡面傳出來嘈雜、女高音的嬌笑聲，以及遊客經過門外的腳步聲。夜晚在鄉下生活中無從得知的花街柳巷之熱鬧與絢爛，令范慶星有種如夢般的喜悅。玉鳳也忙碌到無暇覺得辛苦，驚愕於周遭令人耳目一新的一切，心中充滿萬成是個偉大傢伙的幸福感。從宴席到裡面的井邊有一條狹小的通路，右側是廚房、材料堆積倉庫、夫婦的臥室、廁所。由於在井邊與後面召藝妓作樂租用的房間相連，每天到了十一點左右，長衫鈕釦脫落、令人目眩的女招待們，啪嗒啪嗒的拖鞋聲音，沿著後面奔跑過來，或是吃些三十錢的湯麵，或是幫忙洗盤子、開開玩笑。不到幾天，玉鳳就與女招待們混得很熟。她們爽快地談天或唱歌，一整晚使得店裡生氣盎然。由於范慶星自己親自監督傭人且努力工作，緊緊守著櫃台，所以支出與收入間產生了很大的差距，令人有種繚亂的「大厝」時代再度來臨的錯覺。次子、三子與玉鳳眼見范慶星表現出前所未有的認眞態度，深具信心，一切都很順利發展。

「阿母！看起來阿爸也有相當的覺悟了。」

「因爲已經到了山窮水盡的地步了。如果還不能覺醒，還算是個人嗎。」

「鴉片似乎也減少很多了……」

「此時如果能完全戒掉就値得慶幸了。不過……」

「不！阿母！阿爸很認眞在工作，而且店裡也經營得有聲有色，就算阿爸要抽鴉片也是沒有關係的。」

「是啊！阿母！因爲鴉片是阿爸唯一的樂趣啊。」

聽次子與三子這麼說，玉鳳突然眼眶一熱，簌簌淚下。

「你們眞了不起啊。阿爸只熱中於自己的鴉片，什麼也不能給你們。不過，阿爸也上了年紀了，只想跟你們同在一個屋簷下過活，所以才變得這麼認眞吧。」

「是啊！再也沒有什麼可以比得上一家人能團聚一起生活了。」

「有福兄如果也能搬來就好了……」

「他反對你阿爸啊。」

「爲什麼？」

「因爲不想一起生活啊。」

「啊！總之，令人値得慶幸。今後要孝順阿爸。」

在最初開張的兩、三個月間，范慶星的鴉片吸食量的確很少，而且在指定量以下。不過，這是貧窮時的時勢所趨，不會永遠如此的。等他逐漸厭倦了都會的喧囂生活時，每天坐在櫃台裡的例行功課也開始動搖，越來越常在裡面的臥室睡覺。次子出去採買回來時，父親還沒有起床。三子送菜回來時，看不到父親在櫃台管錢的身影，這種情形再三出現。這時，只要去臥房一探究竟，可以看到范慶星獨自一人用鴉片燈照臉、忙著吸鴉片的情景。如今他覺得坐在櫃台裡是件痛苦的事，早上早起也很痛苦。起初，兒子們認爲是過於勞累的緣故，所以什麼話也沒有說。這麼一來，范慶星也就毫不在乎地恢復了昔日的生活。他睡到將近中午，冷不防眺望窗戶，看到後面鄰接的出租房間之窗口有女招待們露胸化妝的身影。他急忙把眼睛張大，毅然打了一個懷念鴉片的大哈欠。從隔天開始，不到這個時刻絕不起床。夜晚則沉浸於嬌笑聲與醉聲交織的氣氛中，再也無法坐在呆板的櫃台內。尤其無法忍受要坐到夜深。他把金庫帶到臥室，與鴉片盤擺在一起，客人要結帳時，就叫女服務生一張一張送到臥室。不知不覺中，來吃湯麵的女招待們，與他隔著鴉片盤睡在一起。某夜，玉鳳目擊拿帳單前往丈夫臥室的女服務生出來後掩口竊笑的情景，納悶不知發生了什麼事，突然手裡拿著洗到一半的碗，想前往一探究竟，結果一陣目眩，搖搖晃晃的身子勉強斜靠著牆壁。之後，玉鳳流著淚說：

「你仔細想想看，你已經幾歲了？」

「五十六歲。已經沒有多少日子可活了。因此，老後要更加享樂啊。」

「哎呀。小孩與店員看在眼裡，這算什麼。那個金庫會成爲眾人窺伺的目標啊。」

「好，我知道了。」

「請再回想以前的情景。還不能了解貧窮的滋味嗎？」

「了解啊！了解啊！不過，現在做生意賺錢了，而且孩子們也在膝下，一家平安度日。再也沒有這麼幸福了。因此，讓我享受一下人生嘛！一坐在櫃台裡，老骨頭就疼痛不已。」

這時，玉鳳從丈夫的表情中，突然看到了沒落時代的散漫交織著厚顏薄恥的陰影，不由得臉色沉下來，又老調重彈了，家運要走下坡了吧。胸口隱隱作痛。玉鳳的預感不是杞人憂天。范慶星的鴉片癮突然又恢復了從前的情景。早上晏起還沒有關係，傍晚也不坐在櫃台裡。一到晚上就躺在床上吸鴉片，眼中完全沒有該照顧店裡生意的意思。不過，它始終不是只有范慶星個人的問題，也影響到整個店裡。不知不覺中，從前的鴉片同伴頻繁出入店內。一到晚上，幾盤特選的菜從廚房端到范慶星的臥室。在那裡，一群臉上洋溢著吸飽鴉片表情的人，笑到眼角都出現皺紋，口中咀嚼著食物，發出豬叫的聲音。因爲是父親的朋友，次子與三子勉強保持沉默。正因爲玉鳳鑒於過去的經驗，沒有給丈夫好臉色，一直嘮叨個不停。不過，那時范慶星吸食鴉片的量已達指定的三倍，除了以加倍的價錢購買同伴的指定量外，別無他法。情勢演變至此，與其挑別人的毛病，倒不如抑止丈夫的鴉片量，玉鳳決定從丈夫手中取回帳簿。這麼做的結果，范慶星悄悄起床，從當天的進帳額中偷偷藏下十圓、二十圓。更糟的是，次子與三子已經賺些錢之後，他們又偷偷地與花街柳巷的妓女有染，結果兩人都必須接受外科醫生的開刀手術。一時之間，整個店開始動搖。店員畢竟是店員，結帳的帳目有點奇怪。稍微夜深時，就擺滿一桌的菜，大家圍著桌子，醉到神智不清。唯一力挽狂瀾的，只有玉鳳一個人。幾個月之內，她的眼眶塌陷、臉頰消瘦、頭髮變白。

「忘了貧窮的滋味了。想再度變窮嗎？我們家不是富豪嗎？你的父親不是被叫成范老舍嗎？沒有志氣！把祖先的田地連同房子都賣掉了，還不知羞恥，不想把它們再度買回來。

啊！老的與年輕的都一樣。到這般田地，想變成乞丐吧。」

玉鳳如此呼喚。不過，只是消耗她本身的肉體，依然無效。

這樣興隆一時的富春園，不到一年期間，第二年夏天突然衰敗，第三年時，收支已不能平衡。沒有拿到全額薪水的廚師，不只是工作怠慢，還把好不容易買到的豬肉拿來做菜供自己享用，也毫不在乎地喝酒。由於付款紀錄不良，很難買到材料。到了夜晚，後面傳來的嬌笑聲與遊客的腳步聲，依然熱鬧非凡。不過，由於無法做出他們想要的菜，所以來自召藝妓作樂租用的房間之訂貨驟減。而上門的客人一聽到「只有湯麵、炒麵、燒賣……」，扭頭就走出去。富春園變成只賣麵，每天的收入有多少可想而知。兒子們看到這點連明天要採買都不夠的收入，開始驚慌，想到店的命運，臉色不由得暗澹下來。如今很後悔自己的行爲，但爲時已晚。因此，對父親也沒有半句怨言。焦急地想挽回店之頹勢的，只有玉鳳一個人。不過，單憑現在這麼少的收入，只會縮小生意，也找不到肯借他們資本再度擴張生意的人，而且也不能再給前妻的兄弟們添麻煩。結果，即使變成只是當天的小飯館也好，如果不能維持下去就無法生活。因此，玉鳳緊緊看管著每天的收入，自己站在櫃台內，防止錢變成丈夫的鴉片菸。不過，這麼一來，范慶星十分謹慎地監視玉鳳的行動，選在她月經來或去吃飯時間，偷塞二、三圓，然後當天就整天賴在床上不起來。經過兩、三個月後，廚師抱走能換成錢的東西，離開店裡。由於沒有付給他薪水，無法指責他的不是，玉鳳哭著睡著了。從那天起，玉鳳親自下廚做菜。由於顧客大量減少，店裡冷冷清清。湯匙生鏽了，碗盤有缺口，白色牆壁上的污垢極爲顯目，玻璃窗如同陰天般布滿厚厚的灰塵，灶口的磚有缺口，木柴的煙瀰漫整個室內。次子萬傳對店的前途早就死心了。剛好在這時候，以前認識的朋友，在台東種甘蔗非常成功，他決心藉此機會到那裡工作。反正店裡不需要人手。

「阿母！開店有所得的只有阿爸而已。」

萬傳在即將出發前的早上，寂寞似地笑著說。玉鳳好不容易才得以與兒子們在同一個屋簷下生活，一想到兒子今日又將遠離，從早上就開始哭泣。就連范慶星知道了次子的決心後，臉色蒼白，因嘔氣而躺在床上不肯起來。次子離開後兩個月，三子與次子聯絡上，也決心去台東。

「這個店只靠阿母與阿爸就綽綽有餘了。如今沒有什麼客人，我們賺多一點錢，可以作爲資本，再度重新豪華地開張。」

三子如此安慰眼睛哭腫的玉鳳。不過，三子也離去後，收入還不夠付房租。因此，下個月就把店讓給別人，老夫婦開始回去過小巷生活。些微的讓渡金，大部分握在大發雷霆的前妻兄弟們之手中，老夫婦的手中只剩下三個月份的生活費。外面謠傳，前妻的兄弟們說這筆錢是最後的財產，所以要交給長子有福。范慶星也不知道從哪裡聽到這個消息，如果是交給長子，就等於是自己拿到手，因此笑容滿面。從這時開始，范慶星非常注意長子的動靜。他對長子的關心，恐怕是迄今不曾有過的。

這時，長子范有福的木器家具店，由於受到時勢潮流的洗禮，陷入經營困難的狀態。再加上很難買到材料，嫁妝也趨向簡便，所以訂貨的人減少。他從舅舅們的手中接過可說是父親財產的若干金錢。不過，也不是多大的數目。有福就照舅舅們說的，斷了開木器家具店的念頭，當個建築工人，每天出去工作。工作的內容主要是在建築用地做些細格子或拉窗，依照加工的件數計酬，所以有福每天也能賺到將近四圓。如今對舅舅們更加尊敬與信賴。當養母去世時，他被外祖母接去撫養，因此對舅舅們越發敬畏。外祖母死後，從當木匠的學徒、結婚，到開木器家具店，一切都是舅舅們照應的，他們就像親生父親般。范慶星雖說是父親，卻沒有給予任何的照顧，一切都是舅舅們照顧他的。因此，對舅舅們有極深厚的親情，對父親的觀念逐漸淡薄，甚至毫無親情可言。當父親的飲食店開張而要求他一起同住時，舅舅們的不贊成也是原因之一，不過他本身也沒有這個意思，於是斷然拒絕。這種感情並非從孩提時就存在他的心中。他當范慶星的養子是在兩歲時的春天，腦海裡沒有任何記憶。養母去世時，他已經七、八歲了，而且之前也與父親間有過親情的生活，當然有孝敬的念頭。不過，當他由外祖母領養後，那份愛就消失了。不只是由於父子分離生活，自從記憶中出現他想依偎著父親撒嬌，父親卻輕易躲開他的情景，他推測父親是冷酷的、不認爲自己是他的兒子，這種悲傷的心情把他推到谷底。就在外祖母領養他的隔年，某個傍晚，有福與舅舅同年紀的小孩一起在後門的竹叢蔭下玩耍。在他仰臉的瞬間，不由得胸口怦然，向前跑了兩、三步。眼前有兩個男人肩膀扛了一頂轎子，搖搖晃晃來到竹叢蔭下。由於來自平常看慣的地方，孩子們立刻知道轎中的人是誰，歡呼地跑過去。有福看到舅舅的孩子們跑過去，也大聲呼喚、雙手朝空揮舞、雙腳跳得很高之後，率先圍在轎子的周圍。喂！大家集合！這是我的父親。他在心中叫喚。孩子們圍成一團，轎夫停下步伐，范慶星從轎子小小的四角窗裡露出蒼白的笑臉。

「姑丈！姑丈！」孩子們大叫。

「阿爸！」有福想叫，卻被大家的聲音蓋住，錯失了叫喚的機會，無法捕捉到父親的視線，於是保持沉默，胸口起伏不定。

「好！好！大家都很聰明。來！這個給你們。」

聽他這麼一說，孩子們一起把手伸向轎子的小窗，然後用力大聲叫喊「姑丈！姑丈！」，從范慶星的手中接過糖漬柑橘與些許銀幣，彷彿看到神明似地仰望著姑丈，邊舔起柑橘。有福傲慢地看著大家爭先恐後的情景。自己在最後時要大聲喊叫「阿爸」，一定可以得到最好的東西吧。過了一會兒，看到大家都拿到了，他站在轎子的小窗前，盯著父親的臉直瞧。胸中感慨萬千，無法言語。不過，有福認為父親一定會給他非常好的東西。范慶星只是稍微看了一下他的臉，然後放下轎子窗戶的簾子，催促轎夫離去。有福覺得自己的臉縮小了，在轎子後面追了兩、三步。應該不會這樣的。父親一定沒有發覺自己的存在。不過，剛剛已經與自己的視線相接了，所以應該不會這樣的。有福如此認爲。爲了更加愼重起見，他用力大聲喊叫。

「阿爸！」

轎夫稍微回了一下頭，不過轎子依舊沒有停下來，消失在竹蔭裡。有福佇立著，咬緊嘴唇，淚水簌簌流下，凝視逐漸消失的轎子。

「有福！怎麼了？沒有拿到嗎？」

「你看！有福什麼也沒有拿到。」

到了後來，他只聽到舅舅孩子們的聲音與津津有味吃著東西的聲音。淚水分外湧出，手腳因氣憤而開始發抖。淚眼汪汪立刻使視線變得模糊。

「好！」

有福用力跺了一下腳，盲目地奔跑，然後藏身於別人看不見的甘蔗園裡。當天直到夕陽西下後才回去舅舅家。

由於這個遺憾的記憶，從當天起，有福斷了對父親的愛，他相信自己是讓外祖母扶養的孤兒。可以說他的孤獨癖是這樣產生的，而且認爲自己和一般人不同，對一切事情都斷念也是從這時開始。不能上學，他也不覺得奇怪。雖然身爲富貴人家子弟，當木匠的學徒或與木匠的女兒風情結婚等，他完全不介意。反而看破一切，認爲這樣比較適合自己。當聽舅舅提起父親在市內開設的飲食店經營不善時，他只是垂下視線，引以爲可惜，卻不覺得與他有何相干。因爲那時他已經有四個小孩，自然所有的煩惱都在家庭上，而且每天爲生活繁忙，立刻就把這件事遺忘了。不久，自從那時未曾露面的父親數度來訪後，無關於父親開設飲食店失敗或蕩盡財產，他突然懷疑這就是自己的父親嗎？有種沒有眞實感的厭惡。不過，在對方以強大權力的哀求姿態下屈服，於是把錢給對方。後來越來越覺得懊惱。舅舅知道這件事時，生氣地說：

「你眞是笨蛋。你還打算熱起那枝鴉片菸管嗎？仔細看看自己的小孩。一副營養不良的樣子。」

他這才想起父親吸食鴉片的可怕。不過，他還是無法拒絕父親的要求。當父親要求的金額過於無理時，他流露出要父親看他目前處境的表情，然後拚命地、默視自己的小孩與自己所居住的地方。

小孩四人，一人一個模樣，個個營養不良，眼裡滿是眼屎。上面三個是女孩，老么是男孩。所住的房子是挨近舅舅們部落的國語（按：指日語）講習所板壁、低矮的稻草小屋。到了冬天，寒風從木板縫中吹進來；夏天則無法承受激烈的驟雨，屋頂一漏水，板壁就傾倒。由於土地與建築物都歸舅舅所有，所以不需要付房租。不過，只有修繕要自行負責。目前在貧窮的生活下，沒有餘力來修繕。不忍目睹的舅舅們給他當修繕費的錢幾乎都被父親敲詐光了，因此建築物只有任其荒廢。可是，有福像雨中的雞不斷忍耐，唯一的安慰，就是由於靠近國語講習所，年幼的女兒們能夠講兩、三句自己聽不懂的國語。舅舅們說女兒似乎頭腦很聰明，從現在必須開始存她們將來的學費，使有福笑逐顏開。身體的健康勝於一切。只要能工作就工作，有福希望孩子們的將來比自己更好。

某個涼爽的夜晚。有福工作後疲憊回家，來到國語講習所前時，有個男人站在檳榔樹蔭下的暗處眺望夜星。對方似乎熟悉他的身影，一句話也沒有說就來到他的面前。看到浮現在由國語講習所流瀉出來的燈光中的臉龐，原來是父親范慶星。

「啊！阿爸！」

「怎麼樣？有福。我需要十圓……」

突然聽他這麼一說，有福和往常一樣，默不吭聲，內心非常鬱悶。腦中浮現現在所擁有不到十五圓的紙幣。范慶星打了一個大哈欠，然後若無其事地，視線移向檳榔樹，不需要有福回答似地說。

「檳榔大概都成熟了。趕快割下來就可以賣掉了。」

心中充分地判斷有福表情的變化。根據迄今的經驗來推測，照這樣子看來應該沒有問題。

「聽說現在的價錢相當好呢……」

「啊……?」

有福回答，一副不懂父親現在所說的話有何含意的表情，不禁皺起眉頭，再度看著父親的臉。

「不……大家都好嗎?」

「是的。勉勉強強啦。」

有福眉頭的皺紋開始舒解，他站在前頭引導父親。表情依然黯淡，一副好像被什麼東西拉住的走路姿態。

范慶星在屋子前就止步了。屋頂上映出傍晚微白的天空。

「壞了差不多了嘛。這樣孩子們會感冒的。」

「不過，還可以忍耐……」

「不行的!這樣子太嚴重了。不搬家是不行的。」

「搬家?」

有福眼也不眨地瞠目看著父親的臉。由於太暗，無法看清楚他的臉。有幾隻蝙蝠從屋簷下飛出來。有福立刻由鼻頭發出傻笑的聲音，然後走進屋裡。要搬到哪裡?哪裡有不需要房租的家呢?范慶星的眼光稍微跟隨消失在黑暗屋裡的長子之背影，然後屏神聆聽。他想或許長子已經在拿錢了。

「阿爸！請進來坐！」

長子的媳婦走出來。抓住她衣服的女孩把手指含在嘴裡跟著出來。

「不用了。我在這裡就可以了。」說著范慶星難得地把雙手伸向女孩。「來！讓祖父抱抱。」

女孩卻逃走了。媳婦道歉似地斥責女孩，然後離開。兩人錯開，有福搬出長板凳。

不過，范慶星一直站著沒有坐下來。雖然是涼爽的夜晚，還是有一群蚊子。父子兩人沉默了一會兒。有福默默望著父親的背影。范慶星忽而打哈欠忽而輕咳，彷彿無法鎮定。好不容易再輕咳後，他說：

「這間房子已經不能再住了，會弄壞身體的。哪裡還有這麼殘破不堪的家。」

「不過，是舅舅免費……」

「不！即使免費，也要考慮生命是一切的根本。怎麼樣？有福！搬到我住的地方去吧。」

「咦？」

有福不由得把手扶在長凳上。同時范慶星也坐下來。由於天色越來越暗，看不到對方的臉。有福只感受到范慶星懇切的聲音。

「你出去工作實在辛苦。因此，如果搬到我那兒，可以再開業，而且也可以和我一起生活。再說，我也想含飴弄孫。哈！哈！哈！事實上，我也到了這個年齡了，希望孩子們能承歡膝下。一想到如今一家人四處分散，內心實在悲痛。我還沒有告訴你，事實上，萬傳與萬成都說已厭倦了台東，要去南洋。似乎心意已決。這麼一來，我就孤零零一個人了。想起來，不能與子孫在同一屋簷下生活的我是個不幸者啊。萬傳與萬成選在這個節骨眼，我內心也相當清楚。只有你可以和我一起居住。要不然，我搬來這裡也可以。嗯，不！還是你搬到我那兒比較好吧。因為房租是一樣的。怎麼樣啊？老實說，一直和你分開生活，想把對你的愛補償給孩子們。怎麼樣啊？有福！」

有福正苦於不知該如何回答時，不知在什麼時候，三舅嘴裡叼著菸管、吐出白煙，從背後黑暗處出現。糟了！范慶星察覺了，有福慌慌張張站起來，請舅舅坐下。

「說得相當動聽嘛。」

「不，什麼也……」

范慶星難為情地站起來。不過，三舅叼著菸管悠然地坐在長凳上。

「事到如今還有什麼話好說。有福的命都用來點燃那枝鴉片菸管啊。」

「這、這件事……」

「那麼，又是怎麼一回事？」

范慶星沉默不語，三舅緩緩用菸管敲地面，把火抖落後說：「有福。」生氣似地呼喊：

「你不要被迷惑了。不可以搬家。」

聽他這麼一說，有福突然覺得眼眶發熱。幸虧是在黑暗中，可以任憑溢出的淚水簌簌落下。不過，不只是感激舅舅對他的疼愛，主要還是因爲目睹是自己父親的人以可憐的姿態出現在眼前，同時更加深刻感受到自己悲慘的立場。他靜靜地閉上眼睛，想起非手足的二弟與三弟。自己如果也能像二弟與三弟一樣逃離家庭的桎梏而到南洋去就好了。不過，慌忙想到自己沒有學問，還是只具備爲二弟與三弟擦屁股的價值。不過，立刻又反省，或許這就是被叫做長子者的立場。如今二弟與三弟已去遠方。被留下來六十多歲的老父與老母，不依靠自己的話，又有誰可以依靠呢？這麼一想，突然覺得老父非常可憐，油然而生出一種未曾有過的親情。不過，自己的力量又是如何呢？四個小孩已經壓得苦不堪言，又如何能扛起那根鴉片菸管呢？父親爲何會落到如今這般田地呢？是父親自業自得吧。想著想著，淚水已乾，有福睜開雙眼，在黑暗中以嫌惡的眼光找尋父親的身影。突然有種魔鬼的念頭，想取笑父親連親生子都不要他的可憐情景。

這時，舅舅突然怒聲大叫。他猛然清醒似的，側耳傾聽。

「怎麼樣？還不明白嗎？去！如果明天沒有勇氣住院接受戒掉鴉片的治療，那就無藥可救了。已經到了今天這般山窮水盡的地步，還不能清醒，倒不如死掉算了。怎麼樣？我幫你出費用。」

因。

聽到舅舅說的這番話，瞬間，有福若有所悟，似乎已清楚了解到父親之所以不幸的原

原載一九四三年四月《台灣文學》三卷二號

一年級生

①

「媽媽，還有幾天呀？」

陳萬發每天總是要像這樣問媽媽好幾次。媽媽會笑著說：

「只要再乖乖睡上兩天便是了。」

陳萬發鬱鬱地想，那一天要是能夠早點到來該有多好。雖然說只有兩個晚上，但總覺得好長好長。而且他好想早一點在老師面前得意地大聲講出那好不容易向媽媽學到的國語（按：指日語）。爸爸跟媽媽常常跟他說：

「我們在上學之前可是連一句國語都不會講呢。」

這讓他更想早一點去上學，去講他會講的國語，這樣就能夠勝過媽媽了。

「我好厲害，我在上學之前就會講國語了。」

陳萬發今年八歲，是今年春天進入國民小學的男孩子。家裡沒有哥哥或姐姐。爸爸任職於鎮裡的公司，但他們住在鎮外的郊區。陳萬發在還沒有入學之前，每每看到那些上學的鄰居孩子就覺得羨慕得不得了，覺得要是自己也能像他們那樣趕快上學就好了。而這個願望終於得以實現了，有一天，爸爸下班回來對媽媽說：

「我今天幫萬發辦入學了。」

萬發聽了高興得忍不住跳了起來。

「我要變成一年級囉！」

從那天起，陳萬發就纏著媽媽不停地問學校的各種情況，媽媽邊回想著自己過去的事情邊告訴萬發，然後媽媽教了他一些最簡單的國語，陳萬發高興得不得了，每天努力重複著那些句子。

「是，老師。我叫陳萬發。」

「我的父親叫做陳大川。」

「我的家在六塊厝十二號。」

「我有兩個妹妹與一個弟弟。」

這些是媽媽教給陳萬發的話。媽媽爲了讓陳萬發在上學後遇到老師問問題可以馬上回答出來，就先教了這些最簡單最重要的話。

「聽好了，萬發，如果老師問你話，要仔細想想再好好回答，知道嗎？」

陳萬發剛開始不太能記得這些很長的話。每天晚上上床後一定要媽媽再教他直到記起來爲止。連續好幾個晚上，陳萬發在漆黑之中睜著眼睛，緊緊抓著棉被一直重複練習好幾次，直到媽媽發出微微的鼾聲，怎麼叫都沒有回應，才停止練習準備睡覺。一直到入學的前一週，他才終於全部背了起來。如此一來，他便一刻也待不住了，很想趕快去學校讓老師聽聽看。也就每天每天問媽媽他可以去上學的日子。爸爸從鎮上買來了制服、帽子、鞋子和書包，他就每天玩弄著那些東西，對著媽媽朗誦他學會的國語。

——是，老師。我叫陳萬發。

——我的父親叫做陳大川。

——我的家在六塊厝十二號。

——我有兩個妹妹與一個弟弟。

媽媽聽到便笑著說「哇，說得眞好。」

陳萬發就突然得意起來，用台灣話說：

「我比媽媽厲害呢！媽媽在上學之前還不會說國語，我還沒上一年級就會說國語了喔！不信，就用國語問問看，我會說喔。」

「是嗎，你眞厲害。」

這時媽媽會爲了要讓他回答那些她教過的話而故意問他：

「你的名字是……」

「是，老師。我叫陳萬發。」

「你父親叫什麼名字呢？」

「我的父親叫做陳大川。」

「你的家在哪裡？」

「我的家在六塊厝十二號。」

「你有幾個兄弟姐妹。」

「我有兩個妹妹與一個弟弟。」

「你眞是太厲害了。」

媽媽忍不住笑著說。其實陳萬發只是從記憶裡掏出這些話說出來而已，當然他根本不知道媽媽問他的那些話是什麼意思，不過他仍舊因爲被稱讚而越發有自信起來，認爲自己一定可以當上班長。再加上連媽媽都這麼說，後來陳萬發逢人便大聲朗頌給人聽，而鄰居也都說：「那孩子一定能夠當上班長。」陳萬發就這樣開開心心過了好一陣子。

終於到了三月三十一日的晚上，陳萬發因爲明天就開學而高興得睡不著覺，整晚都得意地在被窩裡背誦著媽媽教他的國語，還因此被爸爸責罵了一頓。他一心惦著「明天一定要在老師面前說給他聽。」

他興奮緊張怎樣也睡不著，恨不得馬上就天亮。但不管他如何巴望，天總是還不亮。將近黎明時分，陳萬發才累得沉沉睡去。

四月一日是晴空萬里的好天氣。媽媽叫他起床時，陳萬發一看到窗外明亮的光線，竟然放聲大哭起來，他以爲他遲到了。就算媽媽說「傻瓜，還沒有呢」他還是不相信。終於在看到同樣是今天入學的鄰居小孩時才停止了哭泣。十點的時候媽媽帶著他去上學。有很多的小朋友都來上學。陳萬發一邊在心中默默複習媽媽教的國語，一邊聽到別的小朋友們的談話，便發現這也是那也是，不都是在講台灣話嗎。他心想，大家一定是都不會說國語，就覺得會說國語的自己突然變得好偉大。

「我可是班長喔。」

陳萬發站到了老師的正前方，期待著老師向他問些什麼，他就可以用國語回答老師，但老師卻連看也不看他一眼。第一天就這樣，在一句話都沒有跟老師說到的情況下被媽媽帶回家了。陳萬發覺得寂寞又無趣。媽媽笑著誇讚說：

「哎呀，上了學變乖了喔。」

他卻沮喪得根本不想回嘴。

隔天早上，他仍生氣勃勃地站在老師面前，目不轉睛地看著老師，但這一天老師仍舊沒有向他問話。回到家，陳萬發幾乎要哭出來了。

四月三日是神武天皇日，而四月四號是星期天，連續兩天都是假日，陳萬發覺得這兩天眞是無比的漫長，放假在家卻一刻也靜不下心來。他一心只想要趕快去學校，想著要是沒有星期天該有多好呀！

四月五日星期一，陳萬發帶著殷殷的期盼緊緊盯著老師。但是老師的目光好像投到了他的身上卻又馬上轉了開去。陳萬發一心想著要怎麼樣才能引起老師的注意，最後他不顧一切地站了起來，其他人都坐下來了他還不肯坐下。果然老師馬上就注意到他了，陳萬發很開心笑臉盈盈地看著老師，準備這次一定要用國語回答，讓老師大吃一驚。

終於，老師來到了他的面前。

「怎麼了？請坐下。」

老師說。陳萬發一聽到老師開口，便自豪地回答：

「是，老師。我叫陳萬發。」

老師驚訝地瞪大了眼睛，老師是位內地來的女老師。接著老師又對著他說：

「眞乖，請坐下吧。」

「我的父親叫做陳大川，」陳萬發更是大聲有勁地回答。

老師的帶著奇怪的表情再度說：

「是嗎，你好會，快坐下吧。」

陳萬發意氣風發地回答，「我的家在六塊厝十二號。」

「哦，你好會，那麼要乖一點。今天教的是如何打招呼，請大家一起跟著唸吧。那麼就從你開始唸看看。您好——」

老師講的話出乎意料的長，陳萬發一時愣住了，但一看到老師把嘴巴閉上——

「我有兩個妹妹與一個弟弟！」

陳萬發馬上吼似的說完後直直地看著老師，心想這下老師一定會誇獎他了。老師也直直地盯著陳萬發的臉看，突然浮現了一抹微笑。看到老師的笑，陳萬發馬上洋洋得意了起來，像是被老師誇獎了一番似地看了看四周的同學，然後慢慢地坐了下來。

原載一九四三年四月四日《興南新聞》〈文化〉版

①本篇作品爲特別收錄新譯稿，由曾育勤譯，曾健民校譯。

石榴

1

當金生把肥料桶藏入廁所走出來時，周遭已一片漆黑。連隔壁豬舍的內部也伸手不見五指，黑暗中只聞噗—噗豬仔的喧鬧聲。金生上半身打赤膊，邊揮打著成群的蚊子，邊仰望龍眼樹上的星空。因爲今夜是好天氣，晚餐後，想利用這段時間處理稻草。正走到前庭時。

「阿兄，等一下。」

聲音非常惶恐，彷彿從鼻孔發出來。仔細凝視，眼前只能看到黑色人影的輪廓。

「是大頭嗎？」

「是。」

沒想到在鄰村黃福春家當長工的二弟這時候會出現。向來不慌不忙、沉默寡言的金生，現在卻亂了陣腳。

「有什麼事呀？」

話裡含有雖然他是家裡三兄弟的長兄，但現已入贅別人家，希望他不要常常來拜訪的意味。幸虧周遭黝暗，看不見弟弟聽到冷淡的言語後表情的變化。不過，可以想像他對於唯一可信賴的兄長表現的態度一定深不以爲然。昔日兄弟泣別的悲哀現在突然湧上心頭。但是，自己既已被招贅，就是別人家的人，不論何時何地都不應再管親弟弟的事，這種意識強映入他的腦海。

大頭沒有立刻回答。激動得說不出話來，保持了瞬間的沉默。金生也覺得有點喘不過氣來。

「有什麼事？」金生重複問一次。幾乎是在同一時間，大頭扼要地說：

「木火失蹤了。從昨天離開家就沒有再回來。」稍帶哭泣、顫抖的聲音激盪著金生的心胸。

「嗯，還是因爲那個病……」

「是的。」

「好。我們一起去。」

把大頭留在那裡，金生匆忙走進家門。他覺得淚水盈眶，難道上蒼也不見憐自己兄弟嗎。三弟木火是三兄弟中的老么，是大頭雇主黃福春同族的螟蛉子。二十二歲，有副魁偉的體格。但從今年初開始精神異常，常常啃食相思樹皮，頗令兄弟操心。養父在工作的地方養個女人，所以從不回家，只留下他與瞎眼的祖母過著貧困的生活，後來他的病越發嚴重。這些事金生也略有所聞。雖然天下孤涯的三兄弟必須面臨各分東西的命運，但人類社會並不曾改變了兄弟間的情誼。從十歲起，金生就代替雙親撫養他。一想到木火現在除了眼盲的祖母可依靠、只有自己兄弟會為了他的事奔走的情景，金生穿衣服的手竟然不聽使喚。

小聲告訴妻子：「木火終於發瘋了，」匆忙催促大頭吃完晚飯，沿著河岸，走在黑暗的小路上。木火的家就在隔河鄰村南端密集的房屋中。平常只要十五分鐘的路程，金生恨不得更早一點到達，邁開雙腿大步急驅。由於伸手不見五指，任憑雙腿踩踏。儘管腳底有踢到東西而發出的聲音，甚至踩到圓滾滾的東西而腳底一滑，他彷彿無感覺似的踩過。大頭幾乎是用跑的，在大哥的背後追趕，然後一面低聲娓娓道出直到知道木火失蹤的經緯。今晚他工作完畢路經木火的家門前時，不加思索進屋探望，卻看不到木火的身影。詢問眼盲的祖母，說是從昨夜就沒有歸來。驚問附近的鄰居，誰也沒有瞧見他的蹤跡。擔心之餘，一直找到現在，但大家都說不知道，所以只好來找大哥，金生邊聽邊嗯嗯地點頭，但腦海中彷彿前方有顆大而耀眼的星星，不由得想起數日前木火的狂態。那時正當日落前他從廁所來到田圃施肥的時刻。也不知道是在何時，遇見塊頭大的木火低頭在芋田追趕什麼東西。原本就聽說木火多少有點怪異，但那天並沒有特別想起這件事，所以為了農忙時刻，他卻在芋田不知做了什麼而頓覺氣憤，斥責說：

「你在做什麼！沒有工作可做嗎？木火！」

木火只以刺目的表情看了大哥一眼，再度像孩子似地突然在芋田上跳來跳去。威力未減、狠毒的陽光，斜照在木火的背上，彷彿什麼事也不曾發生。金生這才想起弟弟精神異常的事，趕忙放下肥料桶，追入芋田。

「木火！木火！」

由於呼喊得不到回應，他使勁力氣高聲呼叫。大概是因為瘋狂的緣故，把他的下巴抬起來一看，布滿血絲的雙眼凝視蒼穹，有著呆滯、異樣的光芒。把他閉著好像在嚼著東西的嘴敲開，發現塞滿許多樹根與枯枝。一時間金生咬緊牙關，用力摑了他的臉頰。

「傻瓜！」

他想藉此喚回弟弟迷失的精神。但是，木火只用手摀著臉頰，眼神依然沒有改變，反而張開了嘴巴，流出白沫。金生沒有料想到弟弟竟會發瘋。好不容易費盡千辛萬苦，才把他撫育成人。憤怒之餘，突然粗暴起來。

「傻瓜！這身裝扮……」

木火被推倒在芋田上時，做出個第一次知道恐怖爲何物的表情，喘了一口大氣後，站起來，一眼也不瞧大哥的臉，急奔向田間小路。金生手插在腰上，目送弟弟的背影，直到消失了蹤跡。他永遠也無法忘記那時弟弟逃走的情景。現在一回想起那一幕，思及弟弟終於發瘋了，無限懊惱使他咬緊牙關。

處處可聞高昂的流水聲，看不見的河岸草叢裡蟲鳴不絕。跫音接近時，響起沙沙聲，突然從暗黑的水面上傳來撲通聲，原來是烏龜。

或許木火已經回家了，懷著一絲的希望，金生最先來到木火家。入口處有石階，部落北端四、五間並列草屋的第三間，就是木火養父的家。裡面有個頂好的內庭，庭院的右側是豬舍，盡頭就是正房。即使在黑暗中，也依然知道哪裡是哪裡。走上階梯，經過豬舍門前時，金生出於本能地瞧了漆黑的豬舍一眼，覺得豬似乎不在裡面。猶記得兩個月前剛放入兩隻豬仔。暫停下腳步，邊瞧著暗黑的正房，金生立刻直覺地思索，是不是因爲一個瞎眼、一個發瘋，所以連豬都逃跑了。大頭在背後劃根火柴，藉著那亮光，再一次仔細看一下，還是看不到豬的影子，更加留意時，竟然連豬糞也找不到。三弟失去條理、黑暗的家庭生活，促使金生的呼吸更感沉重，刺痛了胸口。

瞎眼的祖母年近七十，二十幾年來大門不出二門不邁。金生現在已想不起她的模樣，不曾正面與她照過面。雖說是黃福春堂兄的媳婦，家境極爲貧困，年輕時似乎是個女中豪傑。如今一個人在黑漆漆的屋裡喀哧喀哧地走動，偶爾拉長尾音，呼喊木火的聲音長達半小時。部落的人民聽到呼聲，這才想起原來那位阿婆還活著。金生之所以答應讓木火做這家的螟蛉子，是爲了回報黃福春的恩義。再則，他認爲自己兄弟們坐困愁城，不論去什麼地方，或許都會比現況還好。

大門開著，他們走進去時，漆黑屋裡的某處，有竹床的咿呀聲，以及響起老婆婆嘶啞的咳嗽聲。

「祖母！我是金生。木火回來了嗎？」

「還沒有啊！」黑暗中有聲音回答。

這時，人聲中夾雜著豬叫聲。大頭覺得很訝異，於是點起燈來。朦朧、昏明的屋裡浮現竹床，眼盲的祖母就坐在邊緣。受光明驚嚇到的兩、三隻老鼠，急奔到竹床裡。房間角落有兩隻豬相偎在一起，前面有一堆糞乾硬了。目睹此一情景，金生不覺得眼眶熱熱的，催大頭將豬趕進豬舍，自己也將糞弄出門外，然後清掃髒污的室內。

祖母一個人喃喃自語木火最近不常回家。看樣子她似乎不知道木火異常的事。如果是這樣的話，怕祖母擔心也是多慮了。他們吹滅燈後就離開。

穿過部落櫛比鱗次的房子，來到保甲路時，金生突然感覺異常忿怒，但也無計可施。木火這傢伙，有事無事竟然得這種病，還驚動別人，不由得怒火燒上心頭。自幼失去雙親，無法與一般人一樣過著相同的生活，在人後謙卑、微不足道，而木火竟然非得到這種病不可，究竟這是怎麼一回事呢？越想越忿恨難平，怒火遠離木火，想向某種眼睛看不見的東西席捲過去，內心焦躁萬分。突然發覺大頭還跟自己在一起，不由得發怒起來。

「大頭！你是有工作的人。立刻回家。」

「可是，木火還沒……」

「好了。由我來找。」

蒼穹布滿星星，田圃的水面看似淡淡的白色，畦道也整個浮現出來。大頭垂頭回去的影子，一直在白色的田圃上浮動。一會兒仿若線斷了，被黑暗吸進去了。金生開始反省，強迫心痛的二弟回家是否是正確的作法。二弟與三弟恐怕都把自己當作是唯一的支柱。從前如此，今日亦同。果眞如此，自己就必須更加堅強。思及連自己也失去重心時，弟弟們的哀傷，金生猛然使力，在暗黑的路上急奔。

然而，在這種鄉下，而且是在這麼一個夜裡，要去哪裡尋找木火呢？要尋得精神失常的木火蹤跡，畢竟不是件容易的事。思及剛才自己狼狽、倉皇離開家的情景，不知不覺步履沉重，佇立在暗黑的路上。或許是年輕時養成的癖好，每當愁眉不展、手足無措時，他會咬緊牙關，瞪著眼，低著頭，彷彿這樣就會出現什麼好主意。現在他也是在不知不覺中又做出這個舉動。好像是起風了，竹叢開始沙沙作響。不管如何絞盡腦汁，不曾有過像樣交際，不曾有過離開田圃一步、出去戶外經驗的他，想不出什麼好主意。最後下了結論，除了找經常是他心靈依託的黃福春舍外，別無他法。想到這裡，他又開始後悔剛剛把大頭趕回去。

黃福春舍正巧在庭前納涼。他們出現在由房間門口洩出一道照著暗黑庭園的白色光線中。看到金生進來的人影，狗激烈地猛叫猛跳，福春舍連忙出聲制止狗。在狗聲中，剛剛離去的大頭也出現在白色的光線中。桂花飄香，即使在黑暗中，也讓人感受到井然有序的庭園所烘托出的氣氛。踏入有錢人家的緊張感，使他仿若全身淋到冷水。挨近時，狗又狂吠威嚇他。或許牠隨時會從黑暗中跳出來，他惶恐小心警戒，卻佇立難安。

「怎麼樣？找到了嗎？」

正當金生不知如何啓齒時，福春舍先發制人地說。

「還沒。這麼暗，而且地這麼廣……」

奇怪的是，在福春舍的面前，受其威嚴所震懾，金生想說的事只能說出一半。不只是因爲福春舍是個有錢人與讀書人，或許是由於日常生活蒙其指導與照顧吧。

「是啊！是啊！」福春舍冷笑說：「我聽大頭說了。在這麼個夜晚，應該是找不到的吧。如果這麼簡單就能找到，或許他就已經沒有發狂了。」

「不過……」

「你擔心也沒有用。發瘋這種病是要長期治療的。」

福春舍以滿不在乎的口吻說。白色的光線中吐出白色的煙，在連呼吸也幾乎聽不到的寧靜中，只聽到吸菸管的聲音。金生這次做出刺目的表情。

「但是，半夜不知在哪裡徘徊，或許……」

「論語曰：『商聞之矣：死生有命，富貴在天。』因此，吉凶禍福死生壽夭的命運，都可說是天之所司。不管是在這麼一個夜半，或是什麼時候，都是沒有關係的。只要是有生命的人，就能生存，也不會發生什麼狼狽事。明天如果找不到的話，就委託警察幫忙吧。」

經他這麼一說，金生積鬱的心胸彷彿水到渠成般的舒解開來，感到心靈的某處射入光明。福春舍不愧是個偉人。

金生安心後，急忙奔向歸家路。或許因爲眼睛已習慣的緣故，覺得夜空更加霽明，風似乎也靜止了。走到畦道，隨著跫音的接近，水蛙的鳴聲戛然而止，待走遠時，鳴聲又起。蟲鳴不絕於耳。經過漆黑的樹蔭時，他忽然有木火就藏在那一帶啃樹皮的錯覺，不由得停下腳步，再三眺望。看著看著，想到弟弟在這麼個夜半還在某處徬徨，悲傷不禁湧上心頭，整顆心跟著沉下去。自己還算好，木火十歲時就失去雙親，後來全憑長兄的雙手，過著悲慘的生活。金生一方面感受到些微的溫情，一方面又被悲傷封鎖住。如福春舍所說，明天也沒有關係。不過，能夠的話，想早點發現他。這種焦躁不由得充塞整個心胸。

考慮到這裡時，不知不覺已來到自宅的竹叢後。朦朧的稻田間，突然有個黑影故意似地急現於眼前，即使是素來大膽的他，也不禁嚇得向後跳了一步。黑影走出來，仔細一瞧，那不就是木火嗎？他突然挨近，把弟弟的右手扭到背部，然後按著他的肩膀。

「喂！木火，你去了哪裡？」

木火一點也沒有抵抗，只是將嘴張得很開，保持臉朝向蒼穹的姿勢，動也不動。這時就著微光，金生才發現弟弟的口中有發臭的東西，手裡拿著樹枝。仔細一瞧，當然會臭，因爲是牛糞。瞬間金生燃起無名火，「傻瓜！吐出來！」

用力拉他的耳朵，卻沒有任何反應，依舊保持不變的表情。看著看著，他突然覺得弟弟已經和自己完全沒有關係，變成另外一個世界的人。驟然間，悲哀使得他的唇顫抖。但立刻又想到，木火在這個地方被他逮到，或許是因爲在瘋狂中，也想到思慕的長兄吧。同意這種想法後，頓覺情何以堪，思及他的現況，悲傷湧上心頭，熱淚盈眶。

2

金生再度回到家時，夜已深，三個小孩早已進入夢鄉。只有妻與岳母、嫂子一起在廚房煮藷葉。金生自己提著水桶在後院沖洗身體。然後草草地吃了四、五碗晚飯。

「怎樣了？」

妻問他。他沒有回答。以溫順的口吻對默默不語的岳母說：

「他終於發狂了。不記得曾做過什麼壞事，爲何會得此因果？」

他詳細地敘述今晚發生的事。說著說著，過了一會兒，他覺得自己悲傷得有點不像樣。他抓到木火時，硬把他帶回家，押入柴房裡，從外面上鎖。木火並沒有變得粗暴，眼睛經常沒有焦點，掃瞄所有的地方，一副萬物的聲音皆不入我耳的表情。嘴張得很大，隨手就把東西放入口中。把他押入柴房時，金生再一次大聲呼叫弟弟的名字，他依然嘴裡念念有詞，使人無法接近。

「木火！」

悔恨與忿怒促使他用力摑木火的臉頰。瞬間金生發覺自己的叫聲轉爲哭聲，他抑住聲音，咬緊牙關，唇不停地顫抖，淚流下來。不知道是否因木火心有靈犀一點通，突然眼神似乎恢復清醒，目不轉睛地仰視長兄的臉，嘴也緊緊閉起來。金生正爲弟弟恢復清醒而欣喜時，「木火！你知道這是什麼地方嗎？你知道嗎？」他在弟弟耳邊喊了這麼兩句話，然後凝視他的表情。

但是，木火的表情在一瞬間又立刻消失了，接著又開始念念有詞。金生有被騙的懊惱感覺，不由得猛烈搖晃弟弟的肩膀。

「木火！木火！」

情況依舊不變。刹那間的喜悅立刻又被重重的愁雲遮住了。他又覺得眼眶內有新的淚水，頓覺手腳無力。不管怎麼看，還是覺得弟弟是個與自己完全無關，另一個世界的人，他才死了這條心，站了起來。彷彿演了一齣無聊的戲，再看了坐在屋內的弟弟一眼，然後鎖上門鎖。

飯後，金生到漆黑的牛棚燃燒稻束。四面是土塊造的，剛踏入一步的刹那，蚊子的嗡嗡聲縈繞耳際，成群的蚊子攻擊他的臉部。不久後，稻草發出的白煙瀰漫整個房間，蚊子總算安靜下來了。反之，呼吸越來越困難，淚水不停地流下來。雖然看不見水牛的影子，但能感覺到牠正揮動著尾巴。金生任憑淚水亂竄。漸漸地么弟悲慘的狂態，在他的腦海裡，如潮水般不停地沖激，不由得回想起自己兄弟們的不幸。

他們的父親在木火兩歲時過世，撫育兄弟的母親在木火十歲時與世長辭。自那時起，二十歲的金生背負起養育兩位幼弟的運命。雖然有一位叔父，但因爲是個農夫，無法扶養他們兄弟，只能帶些四季的農作物，給予杯水幫助。金生讓兩位弟弟幫忙做些輕鬆的工作，自己耕種一甲步田地。幸運的是地主就是黃福春舍，兄弟總算能勉強餬口。當然根本上還是由於黃福春舍同情的結果。以黃福春舍的立場來說，他對這位帶著兩個幼弟，每天默默工作，精神不輸水牛的青年農夫頗有好感，同情他可憐的遭遇，不時給予幫忙與照顧。

「默默認眞工作，日後上天會眷顧的。」

金生很感激福春舍的這一番話。但是，他決心不求他人幫助，憑自力來生活。兩位弟弟一個十歲、一個十六歲，瀕臨寂寞、無依的生活，他強忍住被自己兄弟悲慘命運牽引出的淚水，鞭策著自己，一心一意努力要成爲弟弟們的支柱。即使在田圃工作，他也儘可能將弟弟們帶在自己的身邊。到了夜晚時，三個兄弟就一起回到暗澹的家。正因爲知道在無人氣、暗黑的家中，弟弟們始終是面帶悲淒的表情，所以不讓弟弟們一個人回家。不僅如此，覺得弟弟們回家後也常常保持沉默的態度極端恐怖，即使是芝麻小事，他也故意發出笑聲，無庸置疑的事也特意告訴弟弟們。雖然是遼闊田圃中，被竹林包圍的獨屋，但因爲鄰居農夫住著一家人，多少能排解孤獨與寂寞。到了夜半人靜時，連弟弟們的呼吸聲也充滿著憂愁。不知爲什麼，他覺得弟弟們在黑暗中一直睜大雙眼，似乎追尋殘留幼小記憶中亡父母的身影。金生再也無法忍受。這時候他突然抓起壁上的胡琴。

「木火！」

「大頭！」

把兩個弟弟叫出院子。

「讓你們聽聽胡琴吧。我現在拉得很好。拉什麼好呢？對了！就拉〈目蓮救母〉吧。」

一個人自問自答，開始拉起胡琴，努力以明朗的聲音唱出。但是，立刻察覺這首不忘亡父母孝思的〈目蓮救母〉，反而使弟弟們格外沉靜。他覺得很狼狽，立刻換另一首歌。

「〈目蓮救母〉接下去的一段我忘了。這次拉〈飛虎山〉吧。」

小木火立刻被逗得笑出來，頻頻發問。金生乘興繼續拉下去。那時他的嘴裡笑著，心卻在泣血。偶爾想哭，任憑淚水在黑暗掩護下直流的情形不少。當淚水流入口中時，有鹹鹹的味道，他用手拭去淚水，眼光凝視夜空裡閃爍的星星。看著看著，他突然有星光就是亡父母微笑眼光的錯覺，夜空彷彿是溫柔關懷著自己兄弟們的雙親容顏。這時，他突然停止拉胡琴的動作，唇緊緊抿著。

「阿爸！阿母！」

金生在心中呼喚。以想屈膝跪下的心情，邊迎望蒼穹邊抽噎。當驚覺弟弟們的呼吸聲夾雜著驚愕與不安的情緒時，再拉起胡琴繼續吟唱未完的歌。生活就這樣反覆的度過。

雖然貧窮，但三人能健康的成長，比什麼都可貴。

金生二十五歲時，由福春舍作媒，入贅到同是小佃農的這個家。最初聽福春舍提起時，因不忍與弟弟們分離而反對。經過他再三懇切的開導，弟弟們已達能獨立的年齡，而且生活這般貧困，如果不入贅他家，是無法娶妻的。金生有點動心，但約定只要能安頓好弟弟們的前途，一切都沒有問題。兩、三天後，福春舍開出這麼個條件：木火就給福春舍的同族當螟蛉子，而大頭就由他收留作爲僱農。木火作爲別人家的小孩使他頗放心不下。但是，雖說是貧困，也留下二分左右的土地，再加上他們的生活的確貧困，於是就答應那個提議。從此以後，金生都在暗中爲福春舍祈福。

入贅的條件只說是八年，之後就無條件讓他獨立。是個母親一人、兄嫂有兩個小孩的家庭。爲妹招夫的動機是希望有個勞動的幫手，所以看中金生默默勤奮工作的優點。當然，並沒有說生下的小孩歸屬他們家。

距離兄弟離別，不能一起度日的日子越來越近的某天，金生帶領弟弟們去祭拜雙親在山上的墓，兄弟三人聚齊去掃雙親的墓，恐怕也是最後一次了。一想到這裡，金生的心情充滿悲傷，責備自己竟然爽快允諾福春舍。只有這天，即使在弟弟們的面前，他能毫不在乎地任臉上表露自己的感情。

墓就在山崗的斜面。山崗正好剛燒過雜草，泛著蒸過的草味。踩到燒剩的粗莖，就發出啪─啪的響聲。兄弟們從彷彿要頹圮的許多土饅頭中，找到亡父平坦的墓。以細長石塊代替墓標，上面寫的字大概被風雨洗刷掉了。金生將墓標的前面整理乾淨，擺上銀紙與茶；大頭拔除墓上的粗草；木火則拔除前後的草，丟擲石塊。

「這就是阿爸的墳。要好好記住。好嗎?!」

點燃香後，金生對弟弟們說。眼看著香的裊裊白煙吹向山崗下。木火屈膝三次跪拜。

金生指著一谷之隔、對面的山崗，大頭立刻伸個腰。

「啊！阿母的墓就在那裡。」

以喜悅的聲音說，眼光似乎在追尋記憶。那個山崗有許多梨田，白色樹林間，水牛揮尾的情景映入他們的眼簾。

在香燃盡之前，兄弟們在父親墓的周圍徘徊，不忍離去。他想起父親斷氣後到埋葬於這塊墓地前發生的事。金生原打算三兄弟聚集，向亡父母作最後的告別。可是，看到就在眼前父親的墓，他想父親一定不高興他們三個兄弟從此要分開過活，父親會認爲自己很窩囊吧。想到自己只爲了想討個妻子，就拋棄了弟弟們，情何以堪。但是，立刻心中又一轉念，雖說是分離，但也是在鄰村，隨時還是可以照應的。雖然住在不同地方，但心中有依然在一起的堅定信念，所以阿爸大可以安心，能夠好好地守住家嗣，想著想著，他的心情逐漸開朗。丟掉燃盡的香腳後，依依不捨地催促弟弟們去探望阿母的墓。

3

難得父母對坐在正廳。仔細一瞧，中案桌上的燈火通明。香的煙裊裊上升，一種莊重的香味撲鼻。

「怎麼了？」

金生進屋後就問雙親。一直坐得四平八穩的父母，故意臉朝旁邊，不回答金生的問話。他突然覺得自己被遺棄，不禁悲從中來。

「阿爸！怎麼了？阿母！怎麼了？」

他繼續纏著問。

父母這才正視他的臉。然後視線落到神桌下。尾隨著視線，他不由得「啊」叫出來。神桌下，塊頭大的木火像幼兒般，在地面爬來爬去。看到雞糞，立刻就把它放入嘴裡。

「喂！木火！」

大聲喊時，這才想起木火發狂的事實。連忙向雙親稟告，他們的臉上浮現冷淡的表情。

「你是個不可委託的傢伙，我是這樣拜託你照顧木火與大頭的嗎？」

「他會變成這樣，也是因爲送給別人家。金生，我看了判官的帳簿才得知的。」

「對不起！」

木火發狂還是與自己所料的原因相同。他覺得很後悔，請求忿怒的雙親原諒。

「把他送到別人家，我確實做錯了。」

涙水簌簌地滴下。但是，父母不正眼瞧他，站了起來，拉起木火的手走出房間。

「對不起！對不起！」

正想大聲呼叫時，被自己的聲音驚醒。醒了以後，胸口澎湃的情緒仍未平息，姑且讓涙留在臉上，一動也不動。

「怎麼了？」

妻似乎早就醒了，問他說。

「大概做了噩夢……」

金生沒有回答，手伸到睡在身旁六歲的長子與四歲的次子頭上，撫摸他們的圓頭。孩子們發出有規律、微弱的呼吸聲，但聽起來好像很大聲。手掌觸摸到小孩的實感，使他覺得是對雙親的孝行。一回想到夢中木火的態度，就充滿著不祥的感覺。

他起床，來到院子。旭日還沒東昇。庭前只有星影，天色泛白。他發出腳步聲時，雞鼓動翅膀，發出喧嘩聲。摸索著進入牛棚，抓起鐵鋤後，踩著自樹葉間篩下的星影，步上畦道。

露重使腳冰冷。但當腳踏入田圃中習慣了冰冷後，感覺就變得遲鈍。他把鐵鋤放入發出「咕嚕！咕嚕！」的水溝裡。

當水流被遏止時，稻株間細細碎碎移動的星影，逐漸整個映出倒影。不久，蒼穹依舊動也不動。當凝視這些情景時，金生的心中又想起夢中木火的事，但也只能束手無策。想到木火被父母帶走的夢，似乎意味著木火的死。自發狂以來，被軟禁的弟弟日漸消瘦的身影浮現眼簾。眼看著那般強壯的身體日漸衰弱，他也覺得很痛心。老早就有預感他或許會死，如今做了這麼個不吉利的夢，越發覺得木火的死是不可避免的。另一方面，覺得雙親在心靈的某處對自己說，木火確實會死。他的眼眶又熱了起來，不知不覺淚潸潸。

這都是自己一手造成的嗎？

因此，雙親要帶走木火。自己被雙親憎惡、拋棄的寂寞感，與自責的心情，使他回顧過去，嘴唇哆嗦。

不久後，天色漸明，黑漆漆田圃的每個角落，雞鳴聲處處可聞。金生把鐵鋤扛在肩上，巡了一回田圃。不知不覺中，發現自己正朝向木火住的鄰村。頭上竹林間小鳥婉轉歌唱。星星逐漸消失了蹤影，東邊山頂上越來越明亮。不久後，隱約但充滿氣勢的數條光線，倏地延伸到山麓的樹林上。薄明的蒼穹，白鷺靜靜地飛過。他渡過菜瓜棚下的小河，走進木火的家時，周遭已經一片清明，籠罩著淡淡的霧。腐朽的稻草屋頂，在霧中仿若棉絮般的輕柔。鄰家的農夫家，從煙囪裡冒出黑煙，廚房也可聽到鍋鏟的聲音。只有木火的家靜悄悄。

金生從木火被軟禁房間的窗口，看到坐在黑暗房裡的弟弟身影後，好像安心似的，一顆心落實起來。趕忙從坐起的祖母手中接過鑰匙，打開房門。在光線流瀉進來的光亮中，木火好似聽覺失聰者，呆呆地坐著，一副想著什麼的表情，凝視著窗外。偷覷他的眼神，閃爍著奇怪的妖光，簡直仿若他人。金生深深覺得已失去一位弟弟，今晨的夢境再度浮現腦海。或許木火的魂已經被雙親帶走了。心裡頓覺不安，呼叫：「木火！木火！」

但是，木火沒有任何反應。這時，他突然開始用手去追趕眼光所停留牆壁上的蟑螂。他的魂還是被攝走了，剩下的只是肉體而已。想到他真的是被忿怒的雙親帶走時，金生痛切感到寂寞。弟弟已經在自己無法到達的地方，他溫柔地將手搭在弟弟的肩膀上，彷彿這樣就能把他喚回似地。

「木火！肚子餓了嗎？有沒有睡飽？木火！」

一個人自言自語，眼眶又再度熱了起來，淚水不停地湧出。

等發覺時，黑夜已經遠離白晝，霧也消散了。金生覺得再這麼愁眉不展也於事無補，於是開始考慮到現實問題，只要依照養生之道，一定可以痊癒的。打掃了弄髒的屋子後就走出去。他看到老祖母在微暗的廚房，摸索著在灶裡點火。本來這工作都是由木火來做，現在他發狂了，變成不孝之人。金生內心充滿愧疚，幫她把米淘到鍋裡。做完了這份工作要離開時，沒想到與扛著鐵鋤迎面而來的二弟大頭碰面。大頭在鐵鋤的柄端掛著一顆椰子的果實。

「福春舍給的。聽說椰子汁是精神病的特效藥噢！他說只要喝下這個，心神就能安定。」

大頭的聲音充滿喜悅與開朗。看他不停地摸著椰子，金生也覺得弟弟的病已經快好了。他在心中對福春舍膜拜。

「是啊！我曾經聽過這種說法……」

眞是難得一見的大椰子，大頭說是取自福春舍的家，回到房裡，金生立刻把它剖成兩半，讓木火喝裡面的水，大頭緊緊抓住木火想要拒絕的雙手。

「很快就好了！很快就好了！」

他開始喃喃自語。金生突然覺得連自己的心情也變得極開朗，漸漸失去說出不吉利夢的勇氣。

附近被放置於小屋裡的鵝與鴨的喧嘩聲，熱鬧非凡。各自都有田圃的工作要做，兄弟倆默默一起走出屋外。總覺得再言及木火的事，會油然而生害怕的心情。兩人都願意相信因爲喝了椰子汁，弟弟的病已有轉機。來到保甲路，依依不捨道別時，大頭不走自己的路，卻跟在阿兄後面走了五、六步，好像有什麼難以啓齒的事。

「阿兄！等一下……」

好不容易才開口說。

金生回過頭，這才知道弟弟跟在自己背後。於是，停止腳步，看看他有什麼緊急事要說。

大頭的視線移到地面上，也是佇立不動，把玩竹葉一會兒。田圃一帶天色通明，竹叢間灑下白花花的陽光。

「昨夜福春舍又提起。嗯……就是馬力埔的事。想聽聽阿兄的回音。」

大頭好不容易才斷斷續續地說出。

「啊！對噢！」

一面偷窺二弟臉紅的表情，一面想起在爲三弟發瘋苦惱的期間，完全把二弟的親事拋諸腦後了。媒人還是福春舍，馬力埔的某個農家想招大頭入贅，這件事在數月前就已經提過。他好像現在才想起二弟已經二十七歲了，又多蒙福春舍的照顧，所以他非常放心。想起自己兄弟們無法獨力娶妻，必須入贅的命運，他早就贊成這件婚事。再看了一眼眼前略帶靦腆的二弟，還有一位這麼魁偉弟弟的事實，使他彷彿打了一劑強心針。或許是因爲對發狂三弟的反動吧。

「那很好。一直蒙福春舍照顧，而且只要你也中意，那就可以了。對方那個女人你見過了吧。」

「是的。不過……」

看他呑呑吐吐，金生立刻明白是爲了聘金的事苦惱。

「其他的事，就如同我平常所說的，由我來操心。我跟對方約定八年期間入贅。現在已經第七年了，長子六歲、次子四歲。還剩下一年的苦勞，此時要借個一、兩百應該是不成問題的。」

雙親沒有留下半點財產。但是，爲了幫助弟弟獨立，再剩一年就能自由工作的自己，總得代替雙親做些什麼事。何況現在一思及夢中雙親的態度，既然已經沒有善待木火，就該好好對待大頭啊。

「可是，木火的病……」

大頭好像格外擔心，但他沒有讓他說出來，他希望爲么弟的事操心的大頭，能夠心情愉快一點。於是不管三七二十一，讓他了解自己的想法後，就要離開了。走了數步後，回過頭來，看到大頭一步一步用力走著，不由得面露微笑。

4

木火的病是一種無法恢復正氣的衰弱病。當與莊裡的官廳交涉要不要入院時，病情卻逐漸惡化，四個月後終於去世了。年方二十一歲。正是金生爲了甘蔗收割後種甘藍的收穫期，日子異常忙碌。拂曉雞鳴時，以兩輪拖車將甘藍運到鎮上的市場，白天到來後才回家。與妻子的哥哥在甘蔗田裡除草，日落才荷鋤歸。在日復一日忙碌的日子裡，依然沒有忘記弟弟衰弱的身影。然而因爲實在太忙碌，一天拖過一天，耽擱了探望的日子。

從朝市回來大約九點左右。聽福春舍派來的人通知，金生才知道木火的死訊。在外庭聽到這個消息後，他也沒有走進屋裡，急忙狂奔到木火的住處。內心暗暗懼怕的事還是實現了，憑著直覺走著走著。剎那間，眼前浮現四、五天前，最後見到弟弟清癯的身影。整個人迷迷糊糊的，感覺有個重量壓下來。

也不知道走了多久。也不知道如何經過某些地方。在門口與福春舍四眼交接時，一瞬間恢復了意識，於是走進屋裡。屋裡沒有人，堆積甘藷的對側壁邊，有個勉強可視作人形的隆起物，用黑布團蓋住。那就是弟弟嗎？他有受騙的感覺。他突然認爲如果是木火，體格應該更魁梧，可是，房間整體給人的印象，確實是木火被軟禁的房間。

於是，金生屈膝，伸出粗糙的大手掀起可怕的黑布，看了一下木火的臉。依舊是清癯的臉，但肉已塌陷，膚色也變色了。雙眼微啓，嘴也張開，露出白齒。他將木火的唇合起來，然後用拇指與食指揑兩邊的臉頰。

「木火，這是沒有辦法的事。這是你自己要走的路吧？安息吧！」

一邊說一邊將他的眼睛闔起來。但是，由於血管已經硬化，無法閉攏。經過數次按撫後，眼睛終於閉起來。他想弟弟一定不甘心就這樣死去，回顧二十一個年頭，他睜開雙眼斷氣的悔恨，似乎也傳染給自己。刹那間悲哀湧上心頭，哽咽無法成語。突然一種對木火夭折極忿怒的感情油然而生，使他的淚水乾涸，甚至有種想仰天長笑的心情。凝視木火的死顏一會兒後，他再度把黑布蓋上。

「今天早上才知道的。或許是昨夜斷氣的。」

來到院子，福春舍如此說明。金生再度想起弟弟兩眼睜開的死顏。他感到不甘心也是不無道理的。突然靈光一現，假若木火是覺得不甘心而兩眼睜著斷氣，那就表示他的瘋病已經痊癒了吧。沒有恢復正氣，應該就不會覺得懊悔。那太好了，木火在另外那個世界就不會瘋癲度日了。於是，心情又愉快起來。

他看到院子裡有幾個福春舍一族的年輕人。也看到大約兩個是他的小佃農。金生走進老祖母的房間，看到老祖母坐在床上哭泣，從雙眼塌陷處溢出淚水。於是又默默走出來。拿著那一族人買來的銀紙，就在木火的腳邊燃香燒銀紙。一瞬間屋裡瀰漫著白煙，有種搖搖晃晃的錯覺。但一想到躺在其中的弟弟時，整個氣氛給人莊嚴的感覺，甚至有種安心的心態。由於來這裡哭泣的人很少，他爲弟弟感到寂寞。

不久，他再次走到外庭，與福春舍商議葬禮的運送方式。福春舍認爲還是有必要舉行一般的葬禮，金生主張弟弟因爲是夭折，只要招喚一位道士誦經即可，最後決定照他所說的。妻子的哥哥穿著田間勞動服來了，告訴他妻子隨後就到。如今會爲弟弟的死哀號的人只有妻子了，瞬間這個念頭閃過他的腦海。

照福春舍的指示，農夫們去街上買棺材時，他聽到部落一大排房屋的對面，傳來女人的哀號聲。最初以爲是一個人，後來才聽出是兩人的聲音。那聲音聽起來不像是妻子的，正想是什麼人時，金生站在院子裡眺望，不久眼眶通紅的大頭走進來。彷彿被打到似地，金生的眼眶頓時熱起來。大頭入贅到馬力埔後才經過三個月，因爲路途較遠，所以他只回來探望過木火兩次。看到他的臉的那一瞬間，金生認爲大頭也一定覺得很遺憾吧。他害怕視線與弟弟交接而避開他，凝視他進入放木火遺體房間的背影。剎那間，淚水使視野迷濛了。哀號聲越來越接近。不久後，大頭的新婦與金生的妻子把白布放在臉上，消失於木火的停屍間。

突然間，他聽到背後的房裡傳來越來越起勁的哭泣聲。金生彷彿被追趕似地，繞到豬舍的後方，手放到積土堝上時，再也承受不了的悲哀，一股腦兒的湧出來，聲音哽在咽喉裡。他咬著唇，忍著不要發出聲音。但一想到一個人寂寞死去的木火，「木火！」皺起眉頭，再也忍耐不住，放聲哭出來。

5

不久後，農夫們開始割稻。日影鮮明的田圃上，割稻機一成不變的迴轉聲音，從早響到晚。烏秋交叉飛翔的身影，構成竹林與相思樹間熱鬧的情景，金黃色的稻波逐漸減少，稻束立著的影子越來越多。農家忙得不可開交。男人在田圃割稻時，女人就在院子拚命地曬稻穀。

金生也竭盡心力在工作。家裡只有自己與妻兒兩個男勞工。佃耕面積是稻作有二甲，甘蔗田有一甲多，所以割稻必須假借村裡農夫們的力量。反之，自己的勞力也必須借給別人。總之，由數人組成割稻隊，按順序割成員們的稻田。割稻的工作必須忙碌將近一個月。每日回到家已三更半夜，淋水洗澡後要睡覺時，一直無法忘懷死去的木火。躺到床上，好像將雙親寄存物遺失的悲傷感覺，哽在他的喉嚨裡。每夜努力試著要看到木火的身影，但木火一直不曾入夢。這使得他感到極悲傷與寂寥。他暗自反省，是不是因為把他送給別人當養子，所以死後也與自己無緣，一直不曾出現在夢中。

日月如梭，他認爲在木火夭折、對養家無任何助益的今日，再把他當作是黃家一員已失去任何意義。於是，他開始認眞考慮要迎回他的靈牌。這種作法，雙親也應該很高興吧，而且也是木火的心願。考慮至此，他決心要這麼做。

稻穀的收穫告一段落後，他利用沒有工作的夜晚，去拜訪福春舍。在溽暑的夜晚，星影淡薄的庭前，他與福春舍碰面。話題儘是這期的收穫，一直無法言及核心。後來總算提到死去的木火，但數次都將到了嘴邊的話呑下去。他很氣自己的膽小。在養家擺了靈牌，卻沒有繼承人，他深爲木火覺得可憐又可悲，但他沒有任何動靜，只是坐著不想站起來。夜漸漸深了，天空裡星光閃爍。

「嗯！有關木火的事！」

他下定決心說出來。瞬間不知道該不該提這件事，但無論如何，希望自己的立場能讓福春舍知道。他的聲音顫抖，帶些哀求的口吻。

「那很傷腦筋啊！戶籍已無法更改。」

聽他大略把話說完，福春舍開口就這麼說，他在內心說戶籍等並不是什麼問題。

「我不知道事情會很棘手。我只是想請求送回木火的靈牌。木火未娶妻就死亡，也沒有繼承人，所以我想給他一個孩子。」

「是這樣啊！木火的養父也有這樣的顧慮。」

小狗舉起前腳，在院子裡跑來跑去。正想牠消失在黑暗中時，牠又突然出現在眼前。在福春舍思考期間，金生目不轉睛地注視那隻狗的一舉一動。他的心裡當然在思索別的事，但常常從外界的事物中返回自我，留心福春舍的反應。涼沁的微風拂過臉頰。

最後福春舍考慮到木火的靈魂，也同意這個辦法。爲了早點找出吉日，他走進屋裡。金生悲哀的心情一掃而空，不停地踱步，仰望星光燦爛的夜空，然後閉上雙眼。

「木火！阿爸！阿母！」

金生努力控制眼角，不使淚水溢出。

「木火！回來吧！」

彷彿遺失物找到，再度回到自己身邊，內心欣喜若狂。但突然襲來的悲傷，使他無法抑止聲音。於是，他咬緊牙關，抑制聲音，不停地顫抖。

依照福春舍選定的方法，同時也爲了節約，決定合爐與過房同日進行。之後田圃的事越來越忙碌。金生幾乎每晚都拜訪福春舍。過房字也漂漂亮亮地寫在紅紙上。有點迷惘，不知該不該通知馬力埔的二弟大頭。他剛結婚沒多久，在別人家過著新生活，大概不太適合常常回到父母的家。除了妻子外，他沒有通知任何人。日期定在期滿後。

這天終於到來，金生悄悄買了香、蠟燭與芭蕉。來到田圃，揮動鐵鋤時，他頻頻眺望太陽西傾的情景，期待黑夜快點來臨。時間定在戌時，所以至少要在合爐的一小時前去木火的養父家。太陽即將西傾時，他想起也欣喜答應讓次子過房的妻子。對於認爲好歹自己還有長子的妻子，他懷著無限感激的心情。到了傍晚，妻子好像有跟家人提過，大家都知道今天的事實，責備他的保密。岳母還訂做了餅，他的內心非常感動。想到樸實度日的自己兄弟們，越發覺得要感謝別人的濃情厚意。

入夜，金生帶回木火的靈牌，已是戌時後半小時，四周一片漆黑，西山頂端一彎明月散發出淡淡的光芒。因爲入贅，所以他祖先的靈位放入吊籠，設置在稻穀脫殼的房間。於是，他走進房裡。在點著昏暗石油燈的稻穀脫殼的房間裡，妻子在堆積穀籠的角落，抱著嬰兒，兩側站著兩個兒子，正等待他的歸來。金生從樑上把掛著的吊籠拿下來，擺在長椅子上，將祖先的靈位放入籠裡，前面擺著供物，悄悄告諸木火合爐的事。他也要孩子們撚香拜拜，目送香裊裊上升的煙，他呼喚木火永遠歸來。他一定在另外那個世界與雙親在一起。想得有點出神，但興致勃勃眷戀的心情，充塞整個心胸，熱血沸騰。

他聽見狗想進入房間外的門，用前腳亂抓的聲音。風從沒有玻璃的窗口呼嘯而入，蠟燭光向旁邊搖曳，好像即將熄滅，屋裡的光線非常怪異。在即將熄滅的光線中，金生屏息凝視著靈牌，他想是不是木火的靈魂現在已經回來了。香的煙向旁拉長，緩緩繞著靈牌盤桓。金生突然嗚咽，強力支撐著。遠處傳來狗叫聲。

他覺得妻子與孩子們也在背後屏息。

「木火還是想回到自己的家。」

他回過頭來對妻子說。

「是啊！向叔父拜一下。」

妻子的視線避開他，拿起孩子們的手。他察覺妻子特意逃避的心態，對著小手合十的孩子們露出微笑。

合爐的程序完成後，金生在靈牌前放下過房字，供上芭蕉等物。然後拉著變成木火兒子的次子的手，讓他手持香恭敬的拜拜，這次香的煙直往上升。他想木火一定是很高興。突然他覺得木火的臉浮現眼前，彷彿是要讓他看清楚，「你看！這是你的孩子喲！」他把次子推向前。

木火好像笑了，他覺得許久未曾見過弟弟的笑顏。總之，他為自己做對了一件事而感到高興，內心充滿著幸福感。

夜已夜，庭前的蟲鳴不絕於耳。抓著門的狗尚未休息，不停地哼著鼻音。

儀式結束了，忙碌的妻子獨自走出去。金生看著香燃燒成灰燼，於是站起來，再把靈牌放回吊籠，掛在樑上。拿著的手微微顫抖。他想是因為增加木火的重量傳達到手上。他覺得木火在黑暗中拉著自己的手，於是閉上雙眼，有好一陣子動也不動。木火的臉清晰地浮現眼簾。

「阿爸！」

突然間小孩的哭聲粉碎他的幻想。仔細一看，次子張大嘴在哭泣。看到長子獨自抱著香蕉，他才察覺次子是木火兒子的事實。

「喂！」

他對著長子吼一聲。木火的臉再度浮現於腦海。突然他覺得木火的臉出現責備他的表情，於是慌慌張張縮回手，把次子抱過來。

原載一九四三年七月《台灣文學》三卷三號

玉蘭花

即使到了今天，我也依然擁有二十餘張少年時與家人合照的相片。雖然說每一張都已經褪色而變成茶色了，而且其中一部分連輪廓都消失了，變得模糊不清。但是，只要看一眼那些舊相片，就足以使我想起少年時家人生活的氣氛。相片大多是今日已成故人的祖母與伯母、母親等人。她們總是把交椅搬到庭前，配上一盆植物作背景，穿上邊緣縫上粗五線花紋的上衣與裙子，然後才四平八穩的照相。大部分的相片都是由少年的我撒嬌似的依偎在祖母或母親的身旁。祖母或母親等人雖然是握著我的手，但頭卻很生硬地盯著照相機，好像是沒有時間注意到我。

我生於大正三年（西元一九一四年），照那些相片時，剛好約七歲，所以是在大正九年左右。那時，正當相片是個稀奇物的時代，而且我家遠離都市，位於交通不便的窮鄉僻壤，竟然照了這般爲數可觀的相片，對深知當時社會狀況的人來說，一定是件不可思議的事。而且從這些相片上的服裝與背景來看，並沒有隔多少時日。我本身的打扮幾乎如出一轍，就好像是在同一年間拍攝的。從連我手邊都還殘留二十多張相片的情形看來，當時，我們家一定照了相當數量的相片。位於僻地卻在一年間照了這麼多相片，確實也令人覺得訝異。那時，人們相信，照相會奪去自己的影子，使自己日漸消瘦，所以大概大家都討厭照相。然而我的家人卻頻繁照相，確實令人無法理解。但是，這並不能解釋成我的家人特別開化的緣故。到了今日，即使有必要照相時，我總是想起母親反對照相時說的話：「照相會使人消瘦。」照這樣看來，我的家人在內心也一定討厭照相吧。既然如此，爲何我們會照這麼多的相片呢？事實上，那是因爲當時我家有位名叫鈴木善兵衛的食客，他正好是個照相師。此外，再加上我唯一的叔父接受了新時代文化的啓蒙的關係，每一件事都對家人們採取高壓、強制的手段吧。那位叫鈴木善兵衛的人，是叔父從留學地東京帶來的日本人（當時，在家庭裡不稱內地人），他也就是現在開始我要敘述的男人。

只因要提及大正九年左右來我家作食客的鈴木善兵衛，所以才先引出照片的話題，實在是有點冗長。接著，我就要正式進入話題了。不過，在這之前，還是得先提提我那帶食客回家的叔父的事。而且在說明之前，我以爲最好是從相片的事開始著手。

祖父在定居於我們現在所住的那部落以前，生活相當貧困，到處流浪。雖然跟著曾祖父從事過各種的勞動，但日子似乎依然很清苦。從小，他就是個非常淘氣、充滿霸氣的人。十八歲與曾祖父死別後，就憑著一己之力，撫養四個幼弟，可見，從小他就是不簡單的人物。從零工到農民，最後流落到現在的部落，生活依然是捉襟見肘。他那剛結婚的妻子又遭病魔襲擊，由於窮於應付醫療費，終於香消玉殞。但失去祖母的祖父一點也不悲嘆，反而把它當作是一個刺激，越發奮起。由於弟弟們已長大成人，所以他就把田圃的事委託他們，自己開始從事賣米的工作。那時，資本只有五十圓，聽說還是跟別人借來的。由於賣米成功，祖父賺了大錢，終於積累了龐大的家產。但那時，他的年齡已超過四十了。然而，祖父還是再婚，她就是我們呼喊為「老祖母」的祖母。這位老祖母後來以八十一歲高齡去世。由於沒有親生兒子，她於是領養我的兩位伯父充當己子。沒有自己的親生子，祖父似乎感到相當寂寞。那時，他的生活已經非常富裕，祖父因而也跟大部分的富豪一樣，為了想要孩子而再度結婚。也就是娶了第三任夫人，這位祖母就是生下我父親與叔父的親祖母。為了與老祖母區別，我們就稱她為「年輕祖母」。父親、叔父相繼出世以後，祖父似乎感到被幸福包圍著。他於是放棄經營多年的賣米事業；這時，他的弟弟們也能各自獨立，當然也不做農夫了。於是他就開始建築我們現在所住的家。以祖父來說，在名利雙收的今日，他一定希望搬到豪奢的住宅，與幼子們一家團圓度日吧。

這個計畫可說是祖父一生的夢想。然而，在未看到新屋落成前，他就登往他界了。大概祖父與父親、叔父之間年齡差距太大是不幸的原因吧。當時，父親與叔父才只是個二十歲左右的青年。但祖父留下的財產卻出乎意料的多，他們當然不需要爲生活而操心。我的第一位伯父早已作古，因此，家計就由第二位伯父與父親共執牛耳。老邁的老祖母則過著安閒隱居的生活。年輕祖母除了照顧相繼出生的我姊、兄及我等，完全不干涉家事，過著恬靜的日子。叔父似乎對家計也沒有興趣。在他們兄弟中，畢業自公立學校的也只有叔父一人。他不但不識勞苦爲何物，而且不滿舊家庭的氣氛，於是就不停地將新時代的空氣引入家庭。由於伯父與父親都是在舊家庭成長的人，因此也默默守著家產，沒有任何野心。此外，他們對叔父的舉止也感覺很新鮮，認爲他是非常了解新時代的人，因而也就允許他我行我素。再加上叔父又是兄弟中的老么，不只是年輕祖母，也深受老祖母的寵愛。或許因爲這樣，孝心純厚的伯父與父親也深怕得罪祖母吧。

那時，正當台灣被占領不久的明治末年，脫去舊殼接受新時代日本教育的人逐漸增多，希望能成爲律師或博士的心願，點燃了受過教育的青年的心胸。以東京爲行程的留學風潮越來越興盛。向上心比別人強一倍的叔父似乎也按捺不住了。但是，在只聽到搭船就要悲嘆今生即將永別的年輕祖母面前，叔父也不敢提及留學的事；因此，數年來一直悶悶不樂。每次，陸續聽到友人們到內地的消息，他就無法抑制情緒。最後，他終於說動了伯父與父親，瞞著年輕祖母，偷偷跑到東京。後來，年輕祖母知道了，又驚又嘆地日夜呼喚叔父的名字，最後幾乎瀕臨瘋狂邊緣。伯父與父親的悔恨因而無可名狀。老年後的父親常說，那時是自己一生最大一次的不孝。等到達東京的叔父發來電報，才稍微撫慰了年輕祖母的心。但是，她除了每天在家的正廳祭祀天上聖母、玄天上帝、三官大帝等，也到部落各處向土地公、有應公、石頭公等發願，祈求叔父的平安。她平日的元氣也因而盡失，每天都默然地度日。驚惶的父親於是千方百計打聽到東京的生活很安全時，立刻告知年輕祖母。也不知是否能安定年輕祖母的心，總之就這樣過了一年時光。到了第二年，年輕祖母突然焦躁難安，非常渴望見到叔父，常常嚷嚷要把他叫回來。父親也無計可施。那年，叔父好不容易才如願進入明治大學，是無法輕易就把他喚回的。他於是安慰年輕祖母，說是暑假一定會歸來，可是她不答應。不知是因平日痛心作祟，還是感冒的緣故，年輕祖母從此臥病在床。在病床上她頻頻呼喚叔父的名字，說是死前想與他見一面，父親因而頭痛不已。她每聽到腳步聲，就說或許是叔父回來了，掙扎著要抬起頭來。爲了怕萬一發生不幸的事，父親就騙她說叔父已從東京出發，以安慰親心。但經過十天，年輕祖母才發覺被騙了，又悲又嘆之餘，竟然說出「發出我已死了的電報吧！」的話。身體也因此日漸虛弱。父親覺得不能再置之不理，與伯父商議的結果，決定喚回叔父。當然，他們並沒有照年輕祖母所說那樣發出電報，好像是說母病危速歸。這樣，就在叔父離家的翌年，終於把他喚回來了。那時，與他一起回來的，就是他在東京時的好友鈴木善兵衛。

那是個風的確很強的早上，我在夢中聽到牆壁上方小木窗的對面，傳來竹藪的沙沙聲與鵝的鳴叫聲等。母親已經起床了，漆黑的床上只有我一人還在睡覺。阿兄突然進來，搖著我的肩膀，說：「喂！起床！起床！日本人來了！去看日本人吧！」一聽到日本人，我的眼睛立刻睜得很大，胸口覺得喘不過氣來。平常，每當我們哭泣不止時，祖母或母親經常對我們說：「你看！日本人來了！」爲的是阻止我們哭泣。由於從小被恐嚇，我們對日本人因而非常畏懼。

從房裡走出來時，堂兄們正聚集在院子，鬧哄哄地嚷嚷：「在哪裡？在哪裡？」竹藪與院子裡種植的樹迎風搖曳，風兒從耳際呼嘯而過，想要偷瞧可怕日本人的好奇心，衝激著我小小的胸口。我跟在堂兄們旁邊，小眼睛骨碌碌地轉個不停。但是，我只看到叔父，任何地方也找不出其他人影。由於期待落空，有點失望。但是，阿兄立刻嚷嚷：「他在噢！他在噢！」我的心臟於是又噗通跳個不停，不由得緊緊抓住阿兄的衣服。終於要眞正看見可怕的人之不安心情，突然湧上心頭。

在院子種植的龍眼、石榴、荔枝、佛桑花等枝葉扶疏間，靠近竹叢旁有一株大玉蘭花。背後靠著整齊、修剪很短的竹叢，聳立高約二丈的巨木，泛著黃色的綠葉被風吹得沙沙作響。我們經常避開雙親的視線，偷爬到樹上。這時，我們充滿好奇的人——鈴木善兵衛，正站在那株玉蘭花下，笑容可掬地看著我們。我記得，他當時穿著和服，長長的頭髮隨風飄動。受玉蘭花罕見的白花之花香所吸引，他一直看個不停。當我們這群小孩吱吱喳喳地走近時，他也發覺自己是眾人奇怪眼光的焦點了，為了表示自己不是可怕的人，他向我們投報溫柔的眼神，似乎滿臉堆著笑容。可是，我們走到他的附近就不再靠近了，保持一定的距離就佇立不動，採取隨時能以最快速度奔跑的姿勢。他則不停地變換各種表情，以便使我們發笑。但是，我們卻緊張地笑不出來。當他稍微移動一下身體時，我們就立刻退後一步。尤其是我，當時只顧緊緊抓住阿兄，竟忘了凝視那可怕的人的臉，有一陣子只聽到自己胸部的鼓動。當阿兄退後一步時，我就立刻跳起來狂奔。在強風中，如此與鈴木善兵衛默默對峙，一定構成極奇妙的景象。就宛如雞在吵鬥。不久後，當覺得再這樣下去不是辦法時，鈴木善兵衛取下肩膀掛著的黑物，朝著我們的方向。現在想起來那就是照相機，但在當時只認為是什麼可怕的東西。當它朝向我們時，大家才嘩一聲作鳥獸散。當時已經七歲的我還是有個哭聲久久不止的怪癖，拚命鑽在母親的懷裡。後來，父親與叔父們知道這件事時，好像還哈哈大笑。如此一來，我對鈴木善兵衛最初的印象就不好。覺得母親所說的果然是真的，從此儘可能避開他，不與他面對面，偶爾在門外看到他的身影，也立刻躲入母親的房間。

鈴木善兵衛的生活起居都在護龍最末端的客室。祖父所建的新家是正身一棟，護龍左右各兩棟合計為四棟，房間恐怕有四十多間。當時的家族，連堂兄們也算在一起，不足三十人，所以護龍有許多空屋。客室與空屋鄰接，生活起居都在正身（母屋）房間的我，自然無從了解鈴木善兵衛的生活狀態。另一方面，年輕祖母眼見叔父歸鄉了，精神立刻抖擻起來，完全恢復了精力，對鈴木善兵衛這位叔父的友人，自然也禮遇有加。不，不只是年輕祖母，家族全體都把他當作是一家人，非常厚待這位遠來的稀客。由於他是家裡最有勢力的叔父的友人，所以大家一面討好叔父，一面照顧這位稀客的情形，是不難想像的。

據說，鈴木善兵衛非常溫順與踏實。「放下！放下！可以了！」儘管被叔父責罵，他也經常做些打掃外庭、修剪花木的工作。他的年齡約與叔父相當，但略瘦幾分，從事研究照相的工作。至於他來台的動機，聽說似乎是因爲當時人人心中對台灣充滿好奇心，再加上叔父的辯才也功不可沒，爲了照顧，他於是決定與叔父同行。現在，我手中殘留的家族照片，可以說是他的副產品了。

從那時起，鈴木善兵衛就在我家待了一年左右的時光。起初我與他不熟，每次一看到他，就立刻躲起來。如果他的影子出現在門口，我就一整天不敢走到中庭。因此，沒有機會與他熟識。就在這個當兒，鈴木善兵衛似乎認爲我的逃避是件有趣的事，不停地想引誘我。但是，我總是不停地哭泣。「呆瓜！這個小孩因爲與你不熟識。」或者「他不可怕啊！叫他鈴木叔叔吧。」母親笑著對我說。然而，我認爲母親是在騙我。「不！日本人很可怕！」「不可怕啊！你爲什麼會感到這麼害怕呢？」被問及原因，我瞠目盯著母親的臉龐。日本人很可怕喲！這句話經常出自母親的口中。我覺得母親說的話前後矛盾，因而爲了不知該相信哪句話而感到困惑不已。現在回想起來，當時我並不知道母親說日本人很可怕，是爲了使我停止哭泣的一個手段。因此，我思索著，好像眞的不可怕。於是決心下次見到他時絕不逃跑。但是，冷不防遇見他時，風強的那個早上，他在玉蘭花下以黑物對準我們的恐懼感又油然而生，於是我又逃跑了。

反之，阿兄與堂兄們，在我不知道的當兒，已經漸漸與鈴木善兵衛親近。猶記得阿兄與父親談過他的事；阿兄不但夜裡留在他的屋裡玩耍，遲遲不肯回來睡覺，有時還與他一起去釣魚，日子似乎過得相當愉快。我的內心越來越感到羨慕。有種只有自己被留下的寂寞感。「那個日本人不可怕嗎？」如果可能的話，我想跟他一起玩耍，內心暗暗這樣打算著，於是詢問阿兄。阿兄笑著說：「不可怕啊。他人很風趣噢。他有做出什麼可怕的事嗎？」是啊！可是我還是半信半疑。「你以爲我說謊嗎？那麼，我就讓你看看他不可怕的地方。」阿兄瞧著我的臉說。「我坐上鈴木善兵衛的肩膀讓你瞧瞧。」「肩膀？」「是啊。坐上肩膀就變成大將軍，要仔細瞧哦！」「嗯！」

是在夕陽西下的時刻裡。阿兄出去找鈴木善兵衛，立刻返回來。「他在！他在！快點來啊！」拉著我的手急忙跑出去。「不要！不要！」我依然覺得害怕，有點想哭出來，卻掙脫不了阿兄的手。阿兄帶我來到能看清楚院子的玉蘭花的護龍末端的稻穀脫殼屋。說聲「你就在這裡看」就走出去了。我把椅子放在窗櫺下，拖著不安、悸動的胸部，縮起身子站在上面。隔著窗櫺，眼前是被暮色籠罩的院子，鵝挺胸嘎嘎叫地走來走去。不久，阿兄與鈴木善兵衛的影子一起出現在玉蘭花下，我突然胸口一縮，屏氣凝神。阿兄爬到玉蘭花的樹幹上，然後坐上鈴木善兵衛的肩膀。兩人邊唱歌邊繞來繞去，我一個人不由得笑出來。阿兄邊笑邊舉手向我這方打暗號。凝視那兩個幸福人兒嬉笑的情景，感覺他果眞不是可怕的人，於是油然而生想親近的心情。

「怎麼樣?不可怕吧。你叫他善兵的話，他會笑著回答噢。如果你認爲我說謊，不妨叫看看。」事後阿兄說。如果可能的話，我想坐他的肩膀。但是，所聽來日本人很可怕的潛在意識，卻根深柢固地盤據我的內心。後來，有好長一段時間，我仍然與他不熟識。

但是，據母親晚年時的說法，我一旦與鈴木善兵衛熟識後，連黃昏來臨了也渾然不自覺，黏在他的身旁寸步不離。經她這麼一說，現在的我依稀殘留無數與鈴木善兵衛遊玩的快樂回憶。雖然逐漸對鈴木善兵衛懷有好感，但向來極端畏懼他的我，在什麼樣的機緣下，才得以與他親近呢?雖然現在已無法探究其眞象，但欽羨兄長們能與他親近的我，在阿兄的誘導下，逐漸與他接近，似乎是不爭的事實。現在所殘留的快樂的回憶，幾乎都是屬於與鈴木善兵衛親近後的事。

首先，我想起晚飯後，在鈴木善兵衛的起居室遊玩的種種情景。由於兄長們已經上公學校（國民學校），黑夜來臨後，經常帶著書本去他的起居室，請他指導。等外面一片漆黑時，只有護龍末端鈴木善兵衛的起居室燈火通明，那光線溢到院子，響起兄長們大聲朗讀著課本的聲音，好似唱著得意洋洋的歌。聽到那聲音，我內心忐忑不安，儘管腳洗到一半，也趕緊匆匆忙忙跑過去。進入時，映入眼簾的是宛如作夢的快樂情景。圍在正方形餐桌四周的兄長們，把書排列起來，像嘈雜的麻雀似地，各自隨意搖頭朗讀。穿著和服的鈴木善兵衛，則與他們面對面地坐著，視線環繞他們的身上。他那在明亮石油燈下照出的臉龐，融入帶笑、喜悅的表情。仔細一瞧，兄長們不時偷瞄鈴木善兵衛的臉，想要博得他褒獎似地，朗讀的聲音越發高昂。但是，這種一心不亂的讀書，沒有維持多久，頃刻間就崩潰了，然後圍繞著鈴木善兵衛，大家開始哇哇地吵鬧。兄長們肆無忌憚地拉扯他的和服，坐在他的肩膀上，或是嘻嘻哈哈鬧成一團。「善兵，糕點！我把它吃了哦！」「好甜的仙貝」「好大的善兵（名字與糕點同音）」，亂喊一通後哈哈大笑。鈴木善兵衛也咧口大笑。

接著，他的說故事時間上場了。我們開始鴉雀無聲，目不轉睛地盯著他的嘴形。他講的故事有「火燒山」、「舌切雀」、「浦島太郎」、「桃太郎」等。單看他的身段與手勢之滑稽樣，即使是聽也聽不懂的日語，我們也聽得興致盎然。夜已深了，母親呼喚了我們幾次，但大家都說：「還不想睡啊！」流連於他的房內不肯離去，百般央求他繼續說故事。面對著我們，他也束手無策。某夜，他提起桃太郎的故事。雖然已經聽過數回，大家依然聽得津津有味而不厭倦，我們坐在餐桌上開懷大笑。說到切開桃子，桃太郎出世時，鈴木善兵衛指著我，好像是說：「桃太郎的大小就跟他一模一樣。」兄長們突然笑出來，邊瞧著我邊喊：「桃太郎！桃太郎！」只知道「摸摸他囉！」這個詞的我，對於被別人稱做桃太郎，頗爲得意，立刻站起來，威風凜凜不可一世，跳起來說：「我就是桃太郎」，誰知竟然樂極生悲地摔到桌下來。由於每次摔倒後的習性使然，我開始號咷大哭。頃刻間，兄長們覺得很有趣，嘲笑我：「啊！桃太郎哭了！」我雖然忿怒，卻也無計可施。摔下來的悲傷轉化成對兄長們的怒火，於是更加放聲大哭。「不要哭！桃太郎不哭！」鈴木善兵衛抱起還躺在地上的我，對我展開笑容。由於兄長們還在旁邊嘲弄，忿怒之火使我哭不停。鈴木善兵衛一籌莫展，只好一直抱著我。我能感受到他正以溫柔、關懷的眼神深深地注視著我。他那充滿喜悅、愛的善良眼光，使我有點後悔，但同時也雀躍不已。這是最初被他抱著的情景，至此，我原先畏懼他的觀念，已整個被連根拔除，反而有種恰似被母親愛撫的甜蜜感覺。因爲讓他深受困擾，內心頗爲過意不去，於是想跟他說自己是在生兄長們的氣，也想立刻對他露齒微笑。可笑的是，在自然而然停止哭泣前，已經變成不是悲傷的哭聲了。

從那件事之後，我對鈴木善兵衛更加感到親密。往往連早飯還沒吃完，就想奔到他的身旁，因而屢次挨母親的責罵。白天，他不常在家，好像是與叔父聯袂到某處去。但是，傍晚一定會歸來。偶爾遇到他白天在家時，我便死黏著他寸步不離。爲何我會對他感到如此親密？他哪裡值得我親近呢？我自己也驚訝不已。現在，當我拿出他爲家人照的相片，也無法回憶出他的容貌。我絲毫也想不起他的一顰一笑了。眼前所浮現的，只是一個穿著和服、笑容可掬、溫順的青年身影。尤其是回想起徜徉於綠意盎然田圃中的兩人，即使現在閉上雙眼，他那時的身影也立刻歷歷在目。那時，我都喊他「奇」。因爲鈴木這個名字唸起來頗繞舌，所以只叫他「奇」。他也會立刻大聲地回答我。當然，大人們教我要喊他叔叔，可是我還是覺得「奇」的稱呼較貼切，所以未曾喊過他一次叔叔。他也都喊我「虎坊」。因爲我是甲寅年出生的。

鈴木善兵衛喜歡釣魚。白天在家時，他經常背著相機出去釣魚。我時常爲了不能與他一起去釣魚而淚眼汪汪。有一天，終於一償宿願，他帶我去田圃。那是個盛夏。眺望陽光普照田圃的情景依稀盤繞腦海。綠色的田、綠色的樹叢、綠色的山，在我們的眼前擴展開來。那種饒富生氣的綠意，彷彿由腦髓分泌出來，令人神清氣爽。我家就建在田圃的正中，北側一排竹叢內植有相思樹，西側與東側有河流過，南側田圃的盡頭是甘蔗田，我們沿著西側的河邊漫步。河邊的相思樹與竹林繁茂，樹根濃密開滿五顏六色的野花，蝴蝶翩翩飛舞。樹林中有不知名的鳥在枝椏間婉轉歌唱。鳶在樹梢上畫圈。從樹叢稀疏的枝葉間，可以看到河是一條急湍，碰到一些石頭時，激出白色的泡泡。那種感覺使我對於未知的世界湧起憧憬，更使我心中有一股快樂暖流流過的感覺。鈴木善兵衛站在前頭，我拿著魚簍亦步亦趨。一直走到南側，來到甘蔗田時，有間水力搗米小屋。由於水是被引入埤圳，所以靜靜地流著，流到此處時，反而捲起白色的漩渦，鈴木善兵衛取下繞在脖上的小毛巾，敷在草地上，「啊，虎坊，坐到這裡來。」他硬是要我坐下，自己卻拔除河邊的雜草，騰出個空間，就蹲下來垂釣。從樹叢枝葉間篩下的陽光，依舊炎熱逼人，一會兒工夫，就使得我汗流浹背。周遭的靜寂包裹住我的心。吹過甘蔗葉梢的風聲、嘩啦啦落下的水聲，以及咚咚的搗米聲，一直縈繞耳際。飛鳥嗚啾啾地飛過，更誘發出無限的寂寥感。

鈴木善兵衛目不轉睛地盯著水面，沒有回過頭，好像在說：「虎坊，累了嗎？」由於不懂他在說什麼，所以一直悶不吭聲，於是他回過頭來對我笑一笑。單是這樣我就已心滿意足了。與他在一起有種安全感，我也笑問：「奇，有魚嗎？」由於言語不通，他只是點頭說：「嗯、嗯。」「奇！今晚交給母親烹調，我們一起吃吧。」「嗯！嗯！」鈴木善兵衛又回過頭，臉上堆滿笑意。我躺在草上，仰望蒼穹，覺得身體彷彿飄浮在宇宙間的輕飄飄。白花花的陽光令人目眩，立刻使我睜不開雙眼。

從那時起，鈴木善兵衛去釣魚時，一定會帶我去。但後來我聽叔父說，好像也沒有幾次。不久，鈴木善兵衛因發燒而臥病在床，或許是因在溽暑中到處亂跑種下的惡因。據說燒到四十多度。鄉下地方除了中醫，再也找不到什麼醫生，於是特地到鄰莊請來醫生。當時，一個人異常寂寞的我，經常去樣子不尋常的鈴木善兵衛的房間，仔細凝視他閉目的睡姿，以及肌肉下陷、滿臉鬍渣的容顏，油然而生一種悲哀的感覺。那時，我對於生死還沒有具體的觀念。看他不論何時都一動也不動，於是站在門口小聲地呼喚：「奇！奇！奇！奇！」他大概有聽到，稍微動了一下頭部，眼光捕捉到我的身影時，嘴角浮現了牽動一下的笑容。即使只有這樣，我也能夠安心了。於是胸中的陰鬱一掃而空，不知不覺哼著他所教的桃太郎之歌。

他的熱病似乎更加惡化了。我經常可以看見年輕祖母、父親、叔父等人，聚在一起，悄悄地、擔心似地商談。看到這種情景，不由得心生動搖，雖然依然保持沉默，但也開始擔心死亡問題。「奇！奇！奇！奇！」不管如何呼喚，他依然文風不動，我於是佇立在門口哭了起來。某天，也是日暮時分，年輕祖母呼喚我：「你知道鈴木先生釣魚的地方吧！帶我去。」「嗯，我知道！我們一起去過。」我非常驕傲地帶領年輕祖母離開家門。

田圃上連綿的竹叢的樹梢一直靜止不動，對面的天空一片通紅。走在畦道上，蚊子成群地嗡嗡叫，不停地在我們的頭頂上盤旋。水牛已經要回家了。因爲自己能對年輕祖母有所助益而喜不自勝，而且又是與鈴木善兵衛有關，我於是得意洋洋地將頭向左右大幅度擺動地走在年輕祖母的前頭。由於年輕祖母纏足，很快地就落後一大截。我在佇立等待年輕祖母時，大聲言及與鈴木善兵衛一起去釣魚的情景。年輕祖母的腋下抱著鈴木善兵衛的西服上衣，手持著線香與金紙。我帶領年輕祖母來到有水力搗米小屋的河邊。年輕祖母再一次愼重詢問：

「就是這裡？」然後點燃香，向著水流的方向拜拜，口中開始唸唸有詞。我靜靜地在旁邊佇立。黑暗漸漸籠罩四周。眼前的流水呈現白光，從埤圳流下的水聲，滔滔地響個不停。蒼穹的晚霞逐漸消失，舉頭仰望，鷺成列地飛過。不久後，年輕祖母燃燒金紙，拿著鈴木善兵衛的上衣，在火焰上畫圈。眼看著天已全黑，河邊的綠意也模糊不清，我漸漸地感到孤寂迫近身旁。金紙燃燒完畢後，年輕祖母呼喊我：「到家以前不可以講話，無論如何都不能跟祖母講話哦！」「嗯。」年輕祖母拿著香的手上抱著鈴木善兵衛的上衣，走近水邊，以兩根手指掬水，數次灑在上衣上。我也走近。水面映著淡灰色的樹叢影子。忽然間，我看到灰色的樹影間有一顆星影。因驚訝而抬頭仰望蒼穹時，有兩、三顆星星在閃爍，然後年輕祖母捲起衣服的前襬，把鈴木善兵衛的上衣放進去，以持香的手緊緊地抱著，走在前頭，步上歸途。邊走邊喊：「鈴木先生！回來吧！鈴木先生！回來吧！」路已經越來越暗，因為年輕祖母纏足，她走路的樣子看起來有點蹣跚。我從背後望著年輕祖母每走一步就左右搖晃的身體，默默聆聽年輕祖母呼喊「鈴木先生！回來吧！」的聲音。總之，年輕祖母是在招回鈴木善兵衛被水沖攫奪去的靈魂。母親也曾經為我做過這種事，所以我知道得很清楚。因此，我認為鈴木善兵衛的病已經痊癒了。我也小聲地模仿年輕祖母的口吻，不停呼喊：「奇！回來吧！奇！回來吧！」家裡已經點上燈。看到這種情形，我認為鈴木善兵衛的靈魂已經歸來了，喜不自勝地奔向母親叫道：「奇的病已經好了。」因而，使大家吃了一驚。

雖然鈴木善兵衛的病一度轉成肺炎，如果讓遠來的客人客死他鄉，就太對不起他了，於是在大家悉心的照顧下，鈴木善兵衛的病很快就痊癒了。不過好像也經過一個多月。兄長們與我立刻湧到他的房間，想跟以前一樣玩耍。但是，叔父怒視著我們，「鈴木先生還在生病。回去。」不准我們接近他的房間。他的病不是痊癒了嗎？我們面面相覷，百思不得其解。陽光明媚時，來到庭院曬太陽的鈴木善兵衛，樣子看起來與以前迴然不同，兄長們互相說那會不會是別人呢？蓄鬚、頭髮蓋耳、頰內下陷，看到我們時，面露微笑。我們驚於那笑顏竟判若兩人。但是，我們還是乖乖地聽從叔父的話，等待他完全康復的日子到來。

結果，期待落空，我們永遠無法再與鈴木善兵衛一起玩耍了。在他生病之前的玩耍竟成最後的絕響。因爲一復元，他立刻匆忙返回東京。一直到當天，我們才曉得這件事。最先知道的是阿兄。他從學校回來經過鈴木善兵衛的房門前時，被他喊進屋裡，手持他贈的鋼筆，正覺得不可思議時，瞧見行李收拾得整整齊齊。堂兄們剛好也從學校歸來，話一傳開來，大家的臉色大變，彷彿遺失了重要的東西。我們一群人衝到門口，看到鈴木善兵衛站在玉蘭花下。這天風也很強，正好與初次見到他時的情景相同。唯一不同的是，那天他穿著和服，今天卻穿著西服。他看到我們時，舉手揮一揮。堂兄們立刻跑到他的身旁。只有我返身跑進屋內。眼眶熱了起來，泫然欲淚。另一方面，我也想向母親詢問眞相。在年輕祖母的指揮下，母親與伯母們在廚房忙著宰雞。是要給鈴木善兵衛帶走的。「阿母！阿母！」我呼喚了幾聲，「眞煩！去外面玩。我現在很忙。」母親看起來眞的很忙，連臉也沒有朝我的方向轉過來。「鈴木先生要回很遠的東京了。因此大家很忙。去外面玩吧。」年輕祖母對看起來滿臉悲淒站著的我說。這件事果然是眞的。我的心中有開個大洞的感覺。想著自己最關心的人之種種情事，想到他爲何要回去、他要回去的地方是什麼樣的地方等，如果自己也能跟他一起去的話，那該有多好。我又懷疑是否因爲他不再疼愛自己，所以才要回去。從這時起，我品嚐到離別的孤獨心情。這恐怕是一生中最初的經驗。

終於到了要送別鈴木善兵衛的午後。那時的情景，至今仍時時浮現眼簾。風勢不減，午後的天空也呈現怪情景，充滿著灰色的色彩。院子的雞之羽毛被風吹拂，看起來好像很冷。叔父決定送行到基隆，於是離家時兩人聯袂而行。叔父提著皮箱。鈴木善兵衛露出寂寞的笑容，就宛如是與自己的心情正在交戰的表情。看到我的臉時，邊笑邊停下來，好像是跟我說：「虎坊，虎坊，要不要跟我一起去搭火車？」我突然緊緊抱住母親，不肯離開。雖然內心非常高興，也想這麼做，但爲了他要回去的事而生氣的我，正在鬧彆扭。家裡養的兩條狗，看見來到院子的許多家人，顯得異常高興，不停地亂吠，繞著院子跑來跑去。兄長們拉著鈴木善兵衛的手，吊在他的肩下，彷彿這樣就能拂去別離之情。年輕祖母與母親她們只送到內庭，然後原地不動目送他們。「還會再來的。多謝你們了。請保重。」鈴木善兵衛說完後，鄭重地行禮。雖然言語不通，母親她們也笨拙地行禮，然後露出笑容，一副傾注所有感情的表情。當鈴木善兵衛抬起低下的頭，寂寞似地走出去時，年輕祖母的眼裡噙著淚水。「天氣這麼壞，船沒有問題吧！媽祖啊！請保佑他。」她興奮似地念念有詞。

麻雀在屋頂上鳴叫。由於父親與伯父要送他到鎮上的停車場，所以一起走出竹叢外。兄長們也跑步跟在後面。看到這種情景，我突然生出勇氣，離開母親跑向前去。想到從此就再也看不到鈴木善兵衛時，悲傷油然而生，眼眶熱了起來，淚水似乎要奪眶而出。想起常常哭泣使他束手無策的情形，覺得不能再讓他看到現在的淚水，於是低下頭，一直咬著嘴唇。在這個當兒，能清楚聽到吹過耳際的風聲。「再見」，聽到鈴木善兵衛的聲音而抬起臉來時，我看到他正笑著揮手。站在門樓的兄長們也叫著「再見」。只有我不說一句話。生氣的心情，使我將視線避開，一直凝視他帶我去釣魚的河邊樹叢周圍。心裡吶喊再也不去那裡，一個人也沒什麼搞頭，緊緊抿著雙唇。

田圃呈現一片灰色，風很強勁，還帶著雨。樹木的綠色彷彿已枯萎，一副無精打采的樣子。鈴木善兵衛的身影越走越遠，兄長們好像被他吸去似地，在後面追趕。但是，立刻被伯父趕回來。他說風很大，立刻進入屋裡。雖然如此，兄長們依然不願回到屋裡。站在門樓前，聲音嘶啞地叫著「再見」。

鈴木善兵衛的身影彎入樹叢後就看不見了。兄長們邊喊邊跑到院子。我也在後面追著。院子裡已看不到年輕祖母與母親她們的身影。四周非常寧靜，只有鵝受驚抬起了頭。兄長們宛如猴子，順利地爬上玉蘭花的樹幹。我仰望玉蘭花的葉子，卻找不到一朵白花。「沒有花吧？」阿兄低下頭來看我，「傻瓜！才不是爲了摘花呢。是要看鈴木先生啊。」聽他這麼一說，我也急忙爬上玉蘭花樹。情急之下，手腳發抖，無法順利爬上去。好不容易才在樹幹上站穩，但那時我突然有忘記鈴木善兵衛的容顏之感覺。雖然剛剛才分離，卻怎樣也想不起他的容貌，我鼓起勇氣，抓緊樹幹。想要稍微再爬高一點時，風力強勁，樹枝搖晃，腳似乎要被吹走，兄長們越爬越高。我終於看到田圃了。但四處都看不到鈴木善兵衛與父親們的身影，只有一對像是在甘蔗田裡工作的男女。「看不到啦。阿兄說謊。」我很生氣，向上頭怒喊。「傻瓜！在那麼低的地方能看得到嗎？」風中聽到阿兄的聲音。我想再度移動身體往上爬。但兄長們各占據一處樹枝，而導致樹枝彎曲，在風兒猛烈地吹拂下，搖晃得很厲害，使我無法攀登。「阿兄，眞的看得到嗎？」「我有說謊嗎？當然看得到。現在要過橋了。」「能清楚看到臉嗎？」「看得到。」「讓我看！阿兄！」「傻瓜！爬上來。」從風吹過玉蘭花樹葉的沙沙聲中，傳來阿兄的聲音。我如何能再爬上去呢？單是現在的高度，只要風一吹稍微動搖，我就會手腳發抖，只能緊緊抓住樹幹。「啊！鈴木先生回過頭來了！」「和他一起談話的是叔父。」「再見！」我聽到堂兄弟們愉快的聲音。「讓我看！讓我看！」我於是抱緊樹幹，哭了起來。

原載一九四三年十二月《台灣文學》四卷一號

清秋

飄浮在淡淡白色朝靄中的菊葉，張著蜘蛛的細絲，絲上掛著無數白色的露珠。一澆水，露珠撲簌簌地滑落，水珠取而代之。不久後，抗拒似地，彎曲的絲一被切斷，水珠也毫無聲息地自葉上滑落。日益蒼綠的菊葉，籠罩在明亮季節的氣息裡，在逐漸衝破溫煦的拂曉濃霧之光線中搖曳。已經幾年不復見菊花的新葉吧。感受到新鮮植物的氣息，一時之間耀動恍惚拿著噴壺，嗅新葉的味道，同時油然而想把嘴湊近鮮嫩葉面，終於忍不住伸手觸摸葉子。柔軟葉面的觸感及令心情舒暢的冰涼，傳到指尖，沁入背脊。他如小便後般微顫。凝視被露水沾濕的盆栽之色彩，以及褪色的棚架，忽然喚醒他對由於幾年的東京生活而中斷的田園生活之懷念，深深感受到回到故鄉的神清氣爽。而且，發現故鄉之美的喜悅，為四肢注入了力量，他趕忙替菊棚澆水。從今以後，在所懸念故鄉的醫生生活，也會因與變化萬千的自然接觸而能愉快度過吧。再則，也可以對等待自己歸來的祖父與雙親充分盡到孝道。洋溢著滿足的幸福感，他脫下木屐，用噴壺的水弄濕雙腳。寧靜的早晨，噴壺的水聲聽起來恰似雨聲。

不久，響起開門聲，要去莊公所上班的父親走到庭院。向門樓走了兩、三步後，突然想到什麼事，走近耀動。

「要出去了嗎？」耀動問父親。

「嗯！關於那件事，今天正午過後，建築師會來，和他一起去看看。最好早日完工。」

「不過，要先解決開業許可的問題……」

由於事出突然，他脫口而出。糟了！說完後，立刻噤口。因爲他不想再度提出開業許可的事，以免摧毀急著要自己開業的父親與祖父們的期待。醫專畢業後，在東京的醫院工作三年，這次在祖父們的呼喚下回來，原本就是爲了在故鄉的鎮上開業。回來後已經過了三個月。這段期間無法開業的最大理由，就是實施開業許可制。故鄉不到一萬人的鎮上，就有七個自行開業的醫生；他擔心是否會再發給許可，萬一暫時不發給許可，又該如何是好。不過，經過了三個月後的現在，靠曾經當過莊長的祖父之名望與在莊公所當會計的父親爲人講信用的幫忙，尤其專門小兒科醫院很少也是實情，所以演變成大概會許可的形勢。大約一個星期前第一次聽父親提起，因此可以完全不要擔心許可的事，問題就在醫院的改建。現在父親所說和建築師一起去看看，就是指將自家出租的店鋪改建成醫院。雖然這是他和祖父及父親之間已經決定好的事，他始終神經質地擔心是否眞的已獲許可。所以在不知不覺中脫口說出這件事後，內心非常後悔，因狼狽不堪而面紅耳赤，毫無意義地澆著噴壺的水。

「改建工程要相當時日，而且當醫師是你的嗜好。必須蓋間近代化且科學化的醫院。」

聽到父親說得那麼高興，他也無來由地高興起來，充塞著想早點讓父親安心，盡到遺忘已久的孝行之心情。

「知道了。我會請他仔細調查一下。」

不是搪塞，耀勳由衷地說出，決心午後詳細看一下建築物。

「那麼，有空我也會過去一下……」

父親說完後就出門。耀勳拿著噴壺呆立一會兒目送父親的背影。在莊公所當會計，工作了十多年，穿著孩提時就很眼熟的某件褪色西服，戴一頂古老的帽子，腋下抱著一個破皮的公事包，風雨無阻。在忠勤工作的父親心中，抱持著要自己進醫專、弟弟進藥專之牢不可破的想法。如今回想起他沁血的努力，也沒有恆產，卻要養家活口，栽培自己兄弟們畢業，其勞苦的情形，不禁使耀勳鼻頭發酸。稍微駝背、步履現老態的背影，足以使他想起父親現在的年齡。恰似突然間發覺長久以來未曾關心的東西，父親的衰老、自己的粗心大意，刺痛了他的心靈，意外地發現自己竟然是個不孝子，悄悄地咬住嘴唇。下定決心，等醫院開業，就要父親早點辭去莊公所的工作。他認爲這樣至少也算是對父親勞苦的孝行。當然，剎那間心中也曾擔心開業後的成績如何。不過，前輩的醫生們在蓋了醫院後，立刻積下巨富，所以自己不可能辦不到。不，辦得到！而且會成果斐然，一定要光宗耀祖，讓父親安心。這才精神爲之一振，赤腳走近小池汲水。

幫二十幾盆菊花澆完水，耀動終於可以喘一口氣，拿著噴壺，感激似地佇立凝視滲透盆土，從菊棚滴瀝落下的許多水滴。突然間，水滴落下附近有個蠕動的東西映入眼簾。屈身一看，原來是土色的小青蛙。恰似被水滴打得到處亂竄，又似手舞足蹈喜悅地迎接落下的水滴。不知不覺中，感受到生命溫暖的喜悅。老實說，對長久以來除了學問外不曾考慮其他任何事的他而言，簡直是件偉大的發現，這種快樂的悸動熱遍周身。在斯土生根、年幼時點點滴滴的回憶，恰似這隻青蛙從家的一隅逃跑到另一隅的種種記憶，溫暖地充塞心中。再次想起今後做農村醫生的生活，自己畢竟是田園之子，絕不是都市人，連眺望家的眼中都燃燒著美麗的憧憬。度過了將近十年的東京生活，僅僅三個月的農村生活，就已完全習慣，使他有自信面對將來的生活。他反省是否是神對他做醫生重新發出的啓示。

不知不覺中，朝靄消失得無影無蹤，清晰地浮現山巒的輪廓，沐浴著溫煦朝陽的山之蒼鬱使瞳孔躍動。天氣一晴朗，山就看似近在眼前，心情無來由地舒暢。

耀動左手抓著木屐的帶子，右手提著噴壺，赤腳離開那裡。自從歸鄉以來，每天早上都做這種勞動，不僅使原本晚起的他早起，由於與早晨的自然接觸，精神也爲之抖擻。尤其工作是替菊棚澆水，每天早晨目睹菊花顯著的成長，不由得連自己也舒動筋骨，四肢非常輕盈。

繞到後院，洗完腳後再回到正門，佇立眺望因接受水而蒼綠盎然的菊花盆栽，籠罩著難以言喻的情緒，耀動有幾分了解以植菊爲樂的祖父之心境。聯想到文人與自然的交往，羨慕「文秀才」的祖父雖已年老，卻越發與自然親近的風流。幼時就很崇拜祖父的文學造詣，如今重新回顧自己兄弟兩人以醫學爲志的學問，嘟囔著它只不過是時勢所趨的營利思想罷了。那麼，自己一心一意鑽研醫學，到底是爲了賺錢還是眞的是爲了追求學問，他突然痛切反省。想到現在要蓋醫院、一家人幸福度日的目標，未必就只是作爲學徒爲莊民的醫療工作鞠躬盡瘁而已。難得能有個學問造詣非凡的祖父，自己卻反而離學問越來越遠，胸中無法否認這種孤寂。

思及這幾天還沒看完祖父的那本書《支那詩人傳記》，趁著現在有空，想繼續讀完它。進入房間時，隔窗突然看到今早難得早起、正在吃早餐的祖父，於是推開房間的門。

「早！祖父今早這麼早起床啊。」

他拘謹地站在祖父的前面。從孩提起，他們早已習慣以極敬畏的心面對威嚴的祖父。

「嗯！幫菊花澆水啊。」

祖父停著看著他濕潤的腳說。

「是的。每天早上浸冷水照顧菊花倒滿愜意的。好久沒有這樣做了，心情相當愉快。我切實感受到自己畢竟是鄉下小孩噢。」

「是嗎？那很好。總覺得你們現在的年輕人小裡小氣，不解風流。一定要稍微培養一些浩然之氣。你也是相當有學問的，應該了解我說的話吧……」

「是的。我很欽羨祖父的心境。」

耀動感激地望著祖父每咀嚼一口飯就上下移動、耀眼的鬍子，逐漸忘了自己的年齡，回復到公學校時代年少的心情，內心充滿信賴祖父的幸福感。他還是公學校的兒童時，祖父是莊長。每當莊裡有活動時，祖父一定會登台訓辭。耀動從兒童的行列間，只看到祖父每次講話就會移動的鬍子，籠罩在連自己都變得偉大之優越感中，經常有種想傲視其他小朋友的昂然心情。現在他也沉醉在年少時的心情中，突然想到已經過了幾年，祖父年近七十，臉頰的皺紋尚不深，只有鬍子發白顯示歲月的流逝，由衷地欣喜祖父身體的健康。儘管如此，祖父鬍子的動作迄今依然沒變，說不出個所以然，他自然而然面露微笑。

「祖父輩們通曉學問的方法很美好。一切都從文章著手倒很實際。我喜歡所謂的讀書人。」

「嗯！這點與時下不同。我還有感到不滿的地方。從前，即使是政治家，也要先從文章入手。因爲文章不只有助於教化世道人心，也是了解政治的最根本。詩經序曰：正得失動天地感鬼神莫近於詩，先王以是經夫婦成孝敬，厚人倫美教化移風俗。」

「所以才發現文學的價値啊。總之，亦可謂經世文學……」

「有如此明確目的的文學也因應而生。廣義地解釋，魏文帝曰，蓋文章乃經國大業不朽盛事；亦同於韓愈女婿李漢說的文者貫道之器。所以，從前的科舉首重文章與詩賦啊。」

「啊！因此，要當個政治家，都要學習文章。眞令人羨慕啊。相形之下，我等……」

「各有長短吧。不過，還是必須要了解文章。昔日，研究儒家經典，學策論或爲官必備的文章，習詩賦、應科舉，因不成功而耽於詩文三昧的大有人在。爲官從政，遠離優美文學者亦甚多。雖然現在已過時……」

「我有同感，文學的嗜好內地亦同。較年長的政治家與軍人等，都善書巧詩，提及現在的年輕人，根本就望塵莫及。我等就是缺乏這點素養。」

「不過，因爲是醫學，系統稍有不同。」

那時祖父已經吃完一碗飯，耀動接過碗盛滿，再靜靜遞到他的面前。祖孫兩人這樣微不足道的對話，是如何清澄、如何溫馨啊。耀動陶然於孝道的氣氛中。

「不過，閒暇時，我想嘗試作詩寫書法。」

「當你還是小孩時，不是非常討厭這些事嗎？」祖父笑著說。

他靦腆地用手摸頭。

「哎呀！小孩時嗎？那時覺得漢學像是久醃的醬菜，所以很討厭它。不過，隨著年齡的增長，倒覺得滿遺憾的。」

話是這麼說，不過那時他忙著準備考試，心有餘而力不足。相對於自己完全乾癟的學習，思及祖父昔日的勤勉，可以想像要考取文秀才是要讀破萬卷書的。彷彿想仔細凝視美麗的東西，不由得瞇起雙眼。突然間，深深感受到橫亙在他與祖父間時代的大差異。重新思量祖父時代的家庭生活，不知何時聽人提及，曾祖父也是個讀書人，非常期盼祖父能科舉及第。到了父親的時代，潮流改變了。儘管祖父殷切期望獨子的父親能飛黃騰達，父親中學一畢業就立刻放棄學業。到了自己兄弟兩人，情勢又整個改觀，連祖父都勸他們朝醫藥方面發展。時代的影響力眞令人瞠目。不過，總而言之，他很高興自己的家庭自古以來即與學問有緣。

「祖父應科舉時的情形如何？」

「這個嘛！」祖父擱下碗與筷子，邊擦嘴邊露出沉思的眼神。

發覺祖父已吃飽飯，耀動靠近窗邊，呼喚在庭前晾衣服的母親。母親慢了一步，女校畢業、現在在莊保育園工作的妹妹婉如捷足先登。

當天早晨，風勢稍強，藍天高高，萬里無雲。雖是用土埆蓋的古老、暗黑的房子，因窗邊射進來的光線而透明。玉蘭偌大的葉子，從窗櫺間發出微細的聲音，在陽光的反射下，看似在抖動。眞悠閒啊！而且房間籠罩在眼睛所看不到的朦朧東西之無聲嘈雜的氣氛中，耀動的視線突然離開書本，直凝視窗外的景致。瞬間，鄉下的孤寂襲上心頭。一直看著書也是件痛苦的事。他想去鎮上走走，不到五分鐘就可成行。不過，去了也不知道如何遊玩，此時他的心感到未曾有過的焦躁，不是洩氣，而是心中的某處極力想做某件事，手腳卻不聽使喚，整個人茫然倦懶。儘管如此，這天早上對正在閱讀的李太白奔放詩仙之風采深感興趣，眼光稍微挪開後，立刻又讀得津津有味。

也不知道經過多久時間，發覺院子裡有挖鍋底的聲音。哎呀！已經中午了嗎？此時婉如揮著白色信封跑進來。

「耀東哥來的信噢。」

久無音訊，耀動以顫抖的手接過來，胸中異常懷念兄弟兩人在內地居住時的情景，不由得閉目了一會兒。很羨慕迄今一人尚留在內地的弟弟，白色的信封看似內地的風景。過了一會兒，他打開信封。

「快點看嘛！好像事出有變噢。」婉如窺覷著說。

他突然想起自己兄妹兩男一女共三人，沉醉在愛的氣氛中，於是笑著說：

「或許出乎意料地，他會說要你快點嫁人。因爲耀東是個愛操心的人。」

「討厭！怎麼說這種事……」婉如板起面孔。

耀勳開始讀信。她也一張一張接收哥哥讀過的便箋，專心讀了起來。信紙的內容，一開頭就進入正題。公司要在馬來成立辦事處，總公司要派三人赴任，自己也志願爲其中一人。近期即將出發，或許途中會順路經過台灣，那時再歸鄉。南方行本來應該獲得祖父與父親的同意，但因爲怕他們擔心，所以自己獨斷決定。這一點請代爲取得尊親的諒解。耀東去年冬天藥學專門學校畢業後，立刻以優異的成績進入大阪某家製藥公司，現在就想去南方發展，頗讓耀勳愕然一會兒。腦海浮現弟弟與自己迥異、奔放豪爽的個性。然後視而不見，視線一直保留在兩隻酣醉於窗外玉蘭葉上的黑蜂身上，思緒在腦海裡翻騰。

「哎呀！」

婉如讀完後，出聲喊叫。他這才清醒過來，望著妹妹的臉。

「去馬來……耀東哥是認眞的嗎？現在是一個出色的藥劑師，正可以卯足了勁……」

婉如看起來相當激動，眼睛炯炯發光，微啓的唇間露出白皙的牙齒。看到妹妹這種表情，耀勳不由得發出笑聲。

「吃驚嗎？耀東這傢伙還是沒有改變。」

「不過，這樣不行啊。說要去馬來，也不來商量一下……」

「因爲怕遭反對啊。而且，南方是現在男人憧憬的世界。你們女人怎麼會懂呢？」

耀動非常痛快似地笑著說。婉如不服地顰眉。

「不過，耀東哥不是說在獲得一流的製藥技術以前不離開公司嗎？你看！今年春天還那麼努力不懈呢。」

經她這麼一說，笑容從耀動的臉上消失。事實上，今年春天他們兄弟兩人還在東京時，父親數度來信，催促趁耀東畢業，兩人都歸鄉開辦醫院。父親是想醫院與藥房一起開業。不過，那時耀東說無論如何都不回台灣。兄弟兩人促膝長談，最後只有長子耀動應父親的要求，耀東計畫將來要開家大製藥公司而去就業。婉如所說的就是指此時的耀東。進入製藥部，熱中研究工作的弟弟，就這樣輕易放棄而去南方嗎？眞令人納悶。不過，正因爲是譎變的時代，不能只考慮自己的方便，弟弟的心境也產生變化，所以才毅然決然投入時代的奔流中吧。或許就是因爲他具備這樣的性格，因此才率先志願馬來行。

「在這樣的時代裡，個人不能任性妄爲。而且，公司的方針也有它的理由。不過，沒有關係。有別於我悶居鄉下，耀東想站在新時代的前端。」

好像說給自己聽似的，他露出寂寞的笑容。突然間，婉如被自己感情的枷鎖困住，她說：

「我要讓母親知道。」

冷不防地拿著信紙走出房間。

「喂！喂！」

耀動也慌慌張張穿上木屐走出房門。雖說由女孩來告訴母親較好，如今妹妹的狀態不知會告訴母親什麼事。在考慮較深入、不願意的心情驅使下，他從後面追趕。

可是，突然來到母親的面前時，看起來連婉如都難以啓齒，以爲難的眼神默默望著尾隨後面進來的兄長。幸虧母親的身影被灶上冉冉上升的濛濛白煙遮住，耀動示意妹妹絕對不可說那件事。瞬間，妹妹的臉上浮現苦笑，不過很快就消失了，決然地開始幫忙母親，他總算可以鬆一口氣了。

母親蹲在灶前生火準備午餐。不知道是不是樹葉束發潮的緣故，濃濃的白煙大量上升。廚房瀰漫在霧中。漸漸地他覺得呼吸困難，被煙嗆到眼睛，淚水簌簌流出。拭著淚，突然想到母親在幾十年的漫長歲月裡，經常爲廚房的白煙所苦，深感抱歉之餘，暗自想對母親說些美麗的話。

「母親，有濃煙吧。讓我來。」

充滿著孝養之念站在母親的身後。然後伸手從母親的手中接過樹葉束，蹲下來時，眼前母親特寫的白髮之多，令他大吃一驚。漫不經心中，劬勞的母親快速老化，一點也看不出來才四十六歲。眼前母親的身影刺痛他的胸口。認眞回顧自己兄弟兩人在東京悠哉讀書的背後，隱藏了多大的犧牲。爲了讓兄弟兩人能出人頭地，默默地承受著勞苦日子的煎熬。思及父親老態的身影，如今眼中又映出母親的白髮，他想現在該輪到自己盡孝養之道。因此，先決條件還是醫院要開業。責任感促使他閉目輕咬著嘴唇。

「算了吧。童生（書生）怎麼會做這些事呢？」母親笑著說。

「不過，這麼大的煙對母親的眼睛不好啊。」

「你是要說會瞎眼嗎？」母親又笑了。「哪裡的話。如果這樣就會瞎眼，眼睛早就瞎了。」

「哥哥！如果你這麼關心母親，就不要讓母親準備三餐啊。」

婉如稍微停下淘米的手，以銳利的眼光凝視哥哥。弦外之音使得耀動有點困窘。立刻拚命想說些什麼。

「照這麼說，你只讓母親一人準備三餐囉。」

挖苦地取笑她。不過，婉如也不甘示弱，斬釘截鐵地說：

「我也不會永遠待在家裡的。和男人不同啊。」

「咦？」耀動故意露出吃驚的表情。

「說得坦白一點，是未來的新娘嗎？可是，我是男人啊。眞對不起了。」

「我不是說要哥哥替代我啊。你要娶老婆啊。娶了老婆就可以幫忙母親做家事。」

妹妹爽快回答的話，是認為他可以辦得到。不料卻觸及他的痛處，不由得皺起臉。關於結婚的問題，雙親們計畫在他的醫院開業的同時舉辦婚禮。因此，頻頻讓他看些年輕女孩的照片，其繁瑣令他悲嗚不已。現在妹妹也和雙親們站在同一陣線，他深知妹妹是藉此機會想說服已不堪其擾的他。

「是啊。你也看過照片了，我想應該要下決定了，祖父與父親都爲了你媳婦的事傷透腦筋呢。」

連母親也突然趁勢站起來凝視他的臉。耀勳越發覺得臉龐發熱。又要開始攻擊了，他不由得想逃開。

「這件事請暫且擱下。等我想要時，隨時會跟母親商量的。」

耀勳含糊其詞，隔著爐灶瞪妹妹。婉如聳肩笑出來。他微怒咬著下唇。照這樣看來，妹妹也不會輕易說出耀東的事，不覺鬆了一口氣。他思索該找什麼樣適當的時機在全家人的面前宣布耀東的事。

中午過後，建築商來了。耀勳帶他一起去鎮上預先檢查一次店鋪。乍看之下，怎麼也看不出這位四十多歲的男人是近代的建築師。他應該只是鄉下地方司空見慣的泥水匠，充其量他會的只是修理工程。如果是這樣的話，他想沒有必要同行。不過，父親已吩咐過，不得已只好隨行。預定當醫院的店鋪，現在是租給農夫當簡單的飲食店。當父親告訴他時，他也覺得這樣很好，因爲占了鎮上顯目的地點，附近有市場、莊公所、派出所、信用合作社，可說是鎮上的鬧市。由於現在是飲食店的關係，內部被煙燻黑了。不過，只要改裝成現代化的醫院，無庸置疑的，一定是鎮上首屈一指的建築物。由於地點好，現在的飲食店每天都高朋滿座，把對方趕出去的話，他覺得很可憐。歸鄉之後，耀動曾經兩、三次經過它的門前見識到那種熱鬧的情景。它是由將近五十歲的女人與像是她兒子約二十歲的青年來經營。那棟建築物雖然歸自己所有，對方是否願意交還呢？想起租屋糾紛今日時有耳聞，不禁覺得不太保險。不過，父親說對方是個純樸的鄉下人，應該不會想與該莊有名望的人家即他家對抗，所以不會有什麼糾紛，姑且寬心。

雖然已經過了一點，飲食店裡還滿是客人。當耀動等人進入時，他們手握筷子一起朝這邊望過來。大家都是被太陽曬黑、有紅銅色肌膚、粗壯的農夫。一想到這些人都是同故鄉的人，而且是今後醫院的對象，耀動有種難以言喻的親切感，不禁浮出笑容。不過，雖說同是故鄉人，卻沒有一個是熟識的面孔，些微的落寞襲上心頭。

當他向置身於油膩灶邊白煙中的母親即老太婆說明來意時，她用骯髒的圍裙擦手，以詫異的表情凝視他們兩人。不久後，似乎若有所悟，倉皇地離開灶邊靠近他們。

「啊！你是仁貴舍的孫子吧。就是那個醫生……」

提心弔膽、擔心的口吻，他深感到鄉下人崇拜醫生的強烈情感，是不是自己有什麼地方流露出傲慢的態度？不知不覺低下頭，現在自己是扮演惡魔的角色，來要求對方騰出空間，開始產生一種類似後悔的情緒。不過，立刻又調整思緒，這只不過是小小的感傷，爲了大事也是莫可奈何的。他故意誇大地仰首望著天花板。

「您眞的要開業嗎？您眞的要當醫生嗎？眞的要使用這間店嗎？」

老太婆顰眉凝視他的臉，站著頻頻詢問，從張開的嘴中吐出臭氣。

一連串的詢問，耀勳沉默不知該從何回答起。建築商替他回答：

「當然是眞的。這種事哪能亂說！所以我們不是來看建築物了嗎？」

「眞的嗎？果然是眞的嗎？」

老太婆垂下視線喃喃自語，整個人陷入沉思中。不過，當耀勳移動步伐，她隨後跟上緊追不放。

「嗯，這是你的店。我只不過是房客。要我還店是理所當然的事。不！我絕不會說不要還店。不過，這間飲食店都設備好了，而且我已到了明天隨時會死的年齡，請可憐可憐我。是不是可以利用其他的店呢？因爲您是有錢人，在外頭還有很多間店面吧。」一副欲哭的表情。

遇到了吧！耀勳非常吃驚。老太婆的話裡充滿拒絕交出店鋪的意圖。照這樣看來，似乎會引出租賃糾紛，完全被自己預料到了，心情不禁沉重起來。不過，如果受此拘泥的話，只不過是廉價的人道主義。他勉勵自己。感覺到客席上農夫們的視線全都投射過來。不要胡亂說話。他故意做出生氣的樣子，藉以支撐自己快崩潰的心。

「說什麼其他的店面。第一，不是這間店就不方便。而且，我自己不能隨便作主，是祖父與父親的意見……」

「喂！喂！阿婆！不要說些蠢話。事到如今再說這些有什麼用？」

建築商也生氣似地說。

「你要他放棄開醫院嗎？要當醫生，需要辛苦十多年，以及花費數萬圓的資本。鄉下人要適可而止，歸還這間店吧。」

「我是要還啊。也沒有誰說不要還啊。」

鍋裡發出滋滋聲，老太婆小跑步回到灶邊，蹙眉、眼眶浮現淚水。

「反正我是個貧窮的人。」發出哀鳴。

耀動佇立，內心極爲不安。尤其是老太婆流淚抽泣發牢騷的聲音，客席間農夫們都停箸，微慍地傾聽兩人的談話，所以他嫌惡自己是長耳朵的惡魔。眞是令人討厭的工作，原本自己就無法勝任這種工作，要是沒來就好了，他暗自反省。父親早一點來就好了。頻頻探視街道，可是，始終不見父親的蹤影。

「沒有必要再跟她囉嗦。快點工作吧。」

被建築商這麼一催促，好不容易才尾隨其後環視整間屋子。實在無法忍受老太婆的牢騷。好像是外出的兒子黃明金突然出現，一看到耀動，親切地打招呼，「歡迎光臨！」露出笑臉站在他們的後面。似乎看不過去，母親故意大聲說：

「反正我是個貧窮的人。而且店是你的。我會搬家的。沒有理由不搬家，誰叫我沒有錢呢。」

一副說給兒子聽的口吻。

「因爲要稍微設計一下，突然來了，給你們添麻煩了。」

耀動也斜眼看著老太婆，故意冷淡地對明金說。明金立刻察覺，安慰母親：

「阿母！不要吵。一切交給我來辦。」

然後對著耀動行禮。

「已經急著開業了嗎？這件事以前就聽說過了。我們一定會搬家的。不過，厚著臉皮拜託您，因爲這個時候鬧房屋荒，或許會慢一點。請多多包涵。當然，我會儘快早一點。」

由於對方過於順從，耀動覺得有點意外，正視對方的臉。二十二、三歲，經營這家飲食店，體格強壯、眼神明亮，開朗的青年，一接觸到耀動的視線，搔頭親切地露出笑臉。照這樣看來，他們似乎可以和睦相處。耀動暗自鬆了一口氣。正因爲平常沒有把這位青年放在心上，所以心情很愉快。

「當然。我不會不講道理。因爲現在許可還沒有下來，還會拖一段時間的。」

「給您添麻煩，眞的很對不起。我絕不會妨礙您開業的。」

「店裡的生意如何？」

由於對方過於平身低頭，耀動反而有點不好意思，於是更換話題避免再觸及前述的話題。

「這個嘛，因爲是在配給範圍內的買賣。不過，反而做得很好。這種情形意味著，現在不需要考慮地利等問題。不管搬到哪裡都會有客人的。」

一聽到地利的字眼，耀動覺得像是被罵似地臉上發熱起來。照這麼說來，自己的醫院也是圖個地利才挑中這間店，他想自己被打敗了。他越發感覺到現在的年輕人，儘管年紀很輕，卻個個都很能幹，而且通曉世故。

建築商囉嗦地催促著，因此詳細檢討了一下建築物的構造。由於是飲食店的緣故，到處看都是一片烏黑，令他十分心疼。照這樣看來，內部需要全面改造，也必須實地設計，剩下的工作就交給建築商，於是就此告辭。明金送他到屋外。

「我會儘早找到房子搬家。」

他逃也似地，回答「好的」，加快腳步離開。

作爲莊公所所在地的本鎭，自古就是該地的中心地，所以有許多古色古香的建築。繁茂的老樹使小鎮更加穩重，平添幾許景致。尤其對在本地一直住到公學校時代的耀動來說，有著濃濃的懷舊情懷。綠色的樹葉、葉間若隱若現的紅屋頂、白色的牆壁、藍色的青空、令人心曠神怡的空氣等，隨時看到都引起無限懷思。現在他突然感受到從公學校畢業離開本地、直到今日再度踏上這塊土地之間歲月的流逝。在瞬息萬變的時代中，目睹小鎮依然瀰漫一成不變氣息的風貌，與自己微不足道的存在恰成明顯的對比。現在在自己眼簾移動的鎮民魁梧之身影，到底來自何方？自己果眞能夠與這些人爲伍嗎？他抑止自己動不動就變得惡劣的心情，無精打采地漫步。

歸鄉之後，他很少出門，也難得幫忙家務。漫無目標地走著，回憶起公學校時代的點點滴滴，不知不覺走進繁華的大街。雖說是鬧街，卻很少有行人的蹤影，只有商店櫛比鱗次。好像是田舍的陶器店、雜貨店、傘店、綢緞莊、鐵匠鋪等毗鄰。能在這些低矮店鋪間看到現代化容貌的，只有醫院。牆壁貼上磁磚，玻璃窗耀眼地反射光線，一看就很光鮮，依然君臨鄉下地方者就是醫生。形成這樣人世的信條絕沒有言過其實。耀動佇立在招牌寫著「博濟醫院」的醫院前面。他從以前就知道江有海這位小兒科內科專門醫生。他是本莊有名望的人，東北某間醫專出身，以小兒科馳名，本莊的小孩都由他親自治療。耀動也是專攻小兒科，等他開業時，就會有兩位小兒科醫生。基於這個緣故，耀動對他有份多過其他醫生的親切感。或許是因爲隔壁的店鋪非常貧窮，反而襯托出醫院的雄偉。從大門的色澤到隔窗映出室內牆壁之潔白，給人明快的感覺，可說是美輪美奐。門口上掛著有燙金文字「仙手佛心」的匾額吸引他的目光，隔窗也可以讀到「醫德可風」的文字。突然間，耀動想起許多醫師喜好使用的詞句，如妙術濟世、名傳醫術、起手回生等。這些事實上充分表現醫師人德的詞句頗讓他感動。大家也都希望能名副其實。同時，是不是所有的醫師都能體悟到那麼高超的醫術呢？他回想自己的情形，有種被痛苦咀嚼的心情。不！不！單只是個招牌，他暗自決定，至少自己開業後，在沒有自信以前，絕不掛上這種招牌。他甚至輕蔑胡亂使用這種招牌來廣告的醫生之厚顏薄恥。

「哎喲！你不是謝耀動先生嗎？難得。來！請進。」

突然從患者等待的房間傳出聲音，耀動大吃一驚。仔細一瞧，穿著白色診察衣的江有海雙手放入盥洗用的消毒液中，臉朝他的方向。瞬間，耀動頗爲狼狽。

「午安。……對不起。」

慌慌張張地打招呼，然後頭也不回地離開。悄悄窺視的自己有點慚愧。

自從接到弟弟耀東的信以來，耀動的心每天都是陰雲密布，而且日益加重。該如何向雙親們說明弟弟的南方行呢？也苦於不知何時才是談話的時機。正因爲事情過於出乎意料，雙親們的震驚是可想而知的。一想到難以啓齒就令人坐立難安。南方行已經是遲早的問題，與其在弟弟即將出發之際冷不防讓雙親們震驚，倒不如現在求得他們的諒解，弟弟也可以毫不遺憾地南方行。一想到這裡，越發覺得焦躁。有時他也考慮由妹妹來向母親說明，再透過母親來告訴父親與祖父。不過，婉如似乎也難以啓齒，同樣保持沉默。每天只有兄妹兩個人在時，就只能針對這件事竊竊討論。

過了十天左右，弟弟來了第二封信。說是事情終於確定，出發日期也迫近，所以寄回不要的物品，請他領收，從目錄到書籍一起發送。他想行李很快就會到達，沒有理由再沉默下去。於是在當天晚上，趁著家人齊聚共進晚餐時，在餐桌上發表這件事。

難得祖父與父母都心情愉快，從醫院開業聊到他的親事。就在話題告一段落時提出，正因爲事出意外，他們的震驚自然非同小可。父親在驚嚇之際，抬起臉時，不知不覺跌落飯碗。

「去南方？爲什麼事情突然會變成這樣？」

情緒已慌亂的聲音。母親正要走去廚房，突然止步，說不出一句話。

「嗯！馬來嗎？馬來就在昭南港吧。」

祖父的眼睛朝著耀動，喃喃自語。然後垂下視線沉默不語。原本熱鬧、充滿談笑聲的晚餐，突然間一片寧靜，耀動覺得自己的臉快要吐血，只能與同樣變了臉色的婉如交換不知所措的眼神。

在能聽到彼此呼吸聲的短暫寂靜中，門外響起風吹過竹叢的聲音。似乎已是秋天的風聲。

「太過放肆的行動吧？也不來商量一下，這種作法未免無視雙親的存在。」

隔了一會兒，父親露出怒容說。父親這樣說也不無道理。他用心地替弟弟道歉。

「關於這一點，耀東也深感抱歉。他不直接寫信給父親，就是因爲這個緣故。他指名寫信給我，是希望我能代他向父親道歉。而且，是公司突然下的命令，沒有時間也是一個理由。」

他爲弟弟製造個辯解的場面。

「如果是公司的命令，那也是沒有辦法的。因爲拿人家的薪水啊。」

當父親還想說些什麼時，祖父突然這樣說。父親立刻恢復溫和的表情凝視祖父的臉。

「啊！是啊！當然，我不是反對。只不過事出突然，覺得他有點過於任性。」

「不過，位於台灣和內地之間，書信往返需要相當時日，這點頗令人心裡不安。」

「是啊！連父親都說好的話……」父親恭敬地說。

「這樣不好嗎？而且，南方現在是能令年輕人熱血沸騰的地方。」

祖父說完後，繼續吃飯。出乎意料地，祖父竟能這麼輕易就理解，所以父親與母親也不再發牢騷。弟弟的問題解決了，耀動自然很高興。不過，目睹祖父在一家的絕對權威，以及父親所表現的孝行，眼裡充滿感激之情。

吃完晚飯，大家閒談耀東的事一會兒後，回到自己的房間，感激之情依然沒有消失，胸口有股暖流流過。它也應該說是家庭生活的基本吧。是一件很美好的事情，無以言喻的幸福感不斷湧上心頭。

他開窗眺望黑漆漆的院子。在從正廳門口流瀉出來一條光線的照耀下，菊棚的嫩葉顯目地伸展，伴隨風聲微動。每次搖晃，明暗鮮明，恰似光粉彈開。不過，當他孤寂時，光是風聲與竹子的摩擦聲，就不時喚起心靈對故鄉之美的懷念。思及自己無法忍受一抹寂寞的感情，到底根源何在？呆然了一會兒。是對無法塡滿的青春之感傷嗎？不！也和其他人一樣談過戀愛，現在更沒有想要娶妻，所以頻頻拒絕了婚事。那麼，心靈的空虛到底是爲了什麼？意識到放在窗邊的手極爲無力，視野逐漸朦朧，一直凝視著無數飛舞的光圈。

耳際響起跫音，母親與婉如進來。耀動無意中窺視了一下窗戶的細縫，祖父房裡的窗戶映出父子和睦的影子。

「耀動！今天早上還有人來談婚事。是茄萣角林保正的獨生女。女校畢業，而且你看這張照片，似乎很溫順……」

母親把一張照片放在耀動的前面。

「比我高一屆，溫順又身體健康，給人很好的感覺，我認爲最適合當哥哥的媳婦。」

婉如的手放在母親的肩膀上，笑嘻嘻地盯著哥哥的臉。又來了嗎？耀動默默地拿起照片。果然是女校畢業不久的年齡，目光清澈、身體健壯的美人。不過，就跟往常一樣，怎樣也喚不起想娶她爲妻的心情。他靜靜地放下照片。母親似乎感到不安。

「怎麼樣？不中意嗎？」

侷促不安的聲調。

「請再等一陣子，母親。不是喜歡或討厭的問題，是否能等一陣子再說？因爲我沒有心情結婚。」

耀勳由衷地對母親點頭。母親默不吭聲。婉如似乎不服氣，放聲說：

「哥哥一直都要讓母親煩心嗎？你不結婚，就等於讓母親做傭人。我非常討厭哥哥這種態度。」

哈！哈！哈！耀勳笑出來，妹妹更加生氣。

「這是沒有辦法的事吧？如果我沒有想娶妻的心情。」

「因爲你太會挑剔了。大概就可以了。」

「不要說了。我會謹記在心的。現在開始要辛苦爲你挑女婿了。」

「我不知道。」

駁倒妹妹，母親也笑了。看到母親這樣的笑容，他心情也很愉快。

「不過，耀勳！你祖父這樣說噢！這次慶祝醫院的開業，同時也舉行你的婚禮和爲他慶生，要好好熱鬧一下。所以，你要早點讓祖父安心。」

「好！我會的。不過，開業許可還沒有下來，而且店鋪的改造也還沒有動工。還有一段時間嘛。」

「是啊。」

母親無力地用肩膀呼吸，喃喃自語著，移開視線，精神恍惚。他忽然想起，針對這個問題，夾在自己與祖父們間，備受兩方攻擊而六神無主的就是母親。耀動內心充滿歉意，深深體會到自己尚有母親的寶貴。

「然後是耀東的事。母親您有什麼想法？耀東也說很愧對母親。」

母親原本已走到門口，一聽到這句話，稍微回頭。

「我是沒有什麼關係。只要祖父與父親都同意就行了。我是個女人，什麼都不知道。」

說完就靜靜走出去了。就因爲有這麼一位母親，才能支撐溫暖的家。正當耀動眼角發熱、充滿懷念時，婉如突然靠近他的耳際說：

「嗯——有沒有看見母親最近突然老了許多？」

耀動無法回答妹妹這句突然迎面襲來、但帶著些許寂寞的話，淚水差點奪眶而出，不由得狼狽地低下頭。

陰曆九月九日重陽節剛好是星期天，許久不曾祭拜祖先墳墓的耀動，突然動了想去深山走走的念頭。於是決定遠足順便掃墓。利用星期天的休假，婉如也參加，其他還有婉如女校的同學，時常從鄰莊來玩的郭氏碧玉，一行三人。從早上就是個好天氣，所以吃完早餐，三人立刻出門。

山裡瀰漫濃濃的朝靄。露出石河灘、虛有其名的河流流過山麓，佇立此地眺望，白霧迫向山崗的一面。爬上山崗後，樹枝也在霧中若隱若現。他們彷彿迷失在夢中。除了甘蔗園迎風搖曳、發出沙沙聲外，周遭是一片宛如陷入深淵中的靜謐。

不管發出感嘆聲、已經唱起歌來的妹妹們，耀動追尋記憶，撥去草原的雜草，找到祖母的墓。草根味濃濃撲鼻，露水尚很重。就在拔草、點香祭拜中，感受到一種令人眷戀、回顧的氣氛。由於曾祖父母的墓接近山谷，立刻就前往。渡過山澗，爬上對面的山崗，耀動一一回想，瞠目眺望自小就熟悉的這一帶之變化，又不斷喚起昔日的記憶。

「我記得那個峭壁上有個竹圍舍的大墓有華麗的樓門與石獅子。」

他問妹妹。婉如離開碧玉，望著哥哥所指的方向。

「已經三年了嗎？聽說已清掃、移轉了。」

「哦——然後，那邊的梨園呢？」

「哎呀！怎麼回事？照這麼說來，那邊的甘蔗園確實是原來的梨園。」

「真是變化得很厲害啊。」

兄妹談話之間，碧玉稍微離開，眺望山崗下。冒汗的臉頰泛紅，看起來很美，合身的裙子與合宜的舉止，隨風飄動的下襬，耀動在談話間不時偷覷。雖說她時常來玩，卻不曾和她搭訕。像今天早上，耀動也只不過和她打個招呼而已。

在山崗一側的墓地，來掃墓的人影越來越多。在逐漸散去的白霧中，可看到點點黃色的銀紙。擦身而過的人群直盯著不同打扮的三人，一下山崗，就消失在霧中。向下俯視，如浮雲的白霧盤旋在山澗，深不見底。

不久後，當三人摸索走到關帝廟時，山麓一帶的霧也已完全散去。稍微溫暖、令人心情舒暢的微風不如從何處吹來，柔和的陽光也開始盈滿山巒。同時，喚醒沉睡心靈的曠野在眼前展開。竹林與田地的濃綠直逼眼簾，一想到這就是自己要定居的故鄉，與迄今的生活相形之下，一種死板的限制感壓著自己，某種依戀之情使胸口陣陣作痛。改變視線，總覺得少年時印象非常深刻的山之形狀，似乎有所不同。猶記得一側的甘蔗園的確是梨園。又追尋到每次從學校到關帝廟遠足時，在梨園玩捉迷藏的如夢回憶。那時腳下的山谷間也湧出清澈的水，跳下去游泳還游刃有餘，哪像現在，已不復見昔日的風貌，另一邊繁茂的芒草令人生懼。時間這個難以掩蓋的障壁，竟然如此截然劃分出過去與現在，令他有無限的感慨。

謝絕了熟識廟守的好意款待，三個人就在廟庭打開便當。這座關帝廟的建築相當古老，剛好位於山的八合目，所以瞭望視野很廣。反之，從鎮上也可以眺望到這棟建築物。地方居民的信仰深厚，耀動在少年時，母親也經常帶他來這裡。那時，建築物紅色與藍色的鮮明色彩，在他的腦海烙下鮮活的印象。如今所看到的色彩已腐朽成冷清、模糊的單色。

飯後，婉如與碧玉漫步到崖邊，踮起腳尖竊竊私語家在哪裡。耀動站在兩人的後面，擔心妹妹們腳會踩空。他以孤單一人的姿態，從後面凝視正和妹妹熱中談話的碧玉之側臉。突然無來由地湧出奇怪的想法，爲什麼迄今始終不曾關心這位常來家裡玩的女性。他發覺或許就是因對方是妹妹朋友之強烈意識的作用。於是，重新從後面凝視她。

「哥哥！醫院的改建工程即將動工了吧？」

婉如突然回頭問耀動。

「嗯！不過，現在的那間店不搬家，有點困難。」耀動以爲何突然問這件事的表情看著妹妹的臉。

現在換成兄妹間的談話，碧玉獨自離開，頻頻望著下方。突然出聲：「你看！紫色的花哦！」

繞著相思樹下去。就在傳來小鳥吱吱叫聲的楓木下叢，耀動看到四、五朵紫花迎風搖曳。

「碧玉！危險！有蛇哦！」

婉如的手放在嘴邊大叫。碧玉仰首露出笑容。俯視萬里晴空下閃閃發光的斜坡，接觸到年輕女性快活的俏模樣，耀動感到心花怒放。

「嗯！哥哥！要不要把碧玉娶來作媳婦啊？」

婉如回過頭，突然靠近耀動的耳際說。聽到這種出其不意的話，耀動不由得放聲大笑。

「你說什麼？讓我嚇了一跳。你的腦筋有問題嗎？」

「不！我是認眞的。」婉如露出認眞的表情。「可是，哥哥一直不決定要誰當新娘。如果是碧玉的話，哥哥不是和她很熟嗎？」

「不行！不行！反而不行！」

「哎呀！爲什麼？」

「是啊！因爲是你的朋友，我會想起孩提時她像你一樣流著鼻涕的模樣。只要想到這點，就會覺得掃興啊。」

由於有點難爲情，說完後故意誇張地出聲大笑。反省未免言過其實，立刻就三緘其口。

「哥哥見異思遷呢。一直都讓母親煩惱不已。」

婉如投射過來銳利的眼光，耀動避開視線，眼尖地瞄到那時手上拿花的碧玉正要爬上來，於是立刻回答。

「不！剛剛說的都是開玩笑的。首先，現在的生活還沒有安定，如何能夠結婚呢？只有解釋成因爲還沒有找到好的對象，反而添了許多麻煩。問題在於結婚以前的心態而非對象啊。」

「你說沒有安定？哥哥今後不是想在鎮上開醫院嗎？」

「是啊！要開業。每次看到父親與母親，就想早點開業，以便盡孝養之道。當然，一定要開業。不，已經決定要開業。不過，也不知道爲什麼，有種奇怪的不安感覺。總覺得無論怎樣都不能在這個鎮上當醫生、在這個鎮上生活。因此，始終無法安定下來。啊！這是自己心的問題。或許你會問爲什麼，我也不知道什麼緣故啊。有種模模糊糊的東西，它……」

發覺說了連自己也聽不懂的話，還是停止吧。於是閉口仰望蒼穹，吹起沒有節奏的口哨。

婉如似乎頗不服氣，還想說什麼。

就在這時，碧玉插著花爬上來。

「你看！婉如。漂亮吧。」

到現在爲止一直晴朗的青空，不知在什麼時候浮現烏雲。婉如擔心是立刻要下雨的前兆，所以決定快點回家，三人從山腰的斜面下山。

歸途走不同的路，三人唱歌走竹林的坡路。被他們驚嚇得四處逃竄的聲音，在竹林中嘎嘎作響，小鳥在竹枝上跳躍。聽到歌聲，從竹林深處農夫家傳來狗想要趕走他們的狂吠聲。接著叱責狗的小孩們隨後出現，以好奇的眼光看著三人，一直羨慕似地目送他們。

耀動對山裡的孩子們露出笑臉，油然而生想親近的感情。等他走近時，孩子們立刻逃跑，等稍微離開一段距離後，又停下來眺望他們。他覺得好笑，想起自己在孩提時也是這副德性。由於當醫生的習慣使然，他立刻尋視孩子們的身體。個個都營養不良，好像病人。他重新思考山裡人們的生活，心情沉重起來。

來到山麓就走進甘蔗園，到達某個農夫家的庭院。聽到蹬音，兩隻狗狂吠起來。由於事出突然，婉如和碧玉嚇得發出悲鳴，躲在耀勳的後面。耀勳在看到衝出來罵狗的小孩時，不禁發聲「哎呀」，朝小孩的方向靠近。

約莫六歲的小孩，右手卻腫得像大人的腿那麼粗。他想起學校教過，這的確是象皮病的症狀。爲了觀察，把臉靠近。可是，小孩發覺他的視線，把右手攏到背後，直往後退，一副欲哭的表情。

「喂！等一下。」

耀勳特意露出溫和的笑臉。不過，小孩終於哭了起來。

「哎呀！那隻手怎麼啦？」稍後婉如發出驚嘆聲。

「好像是象皮病。這麼小的小孩，實在很可憐。」

耀勳的視線離開小孩的手。除了覺得很可憐外，甚至有種作爲醫生的責任感。就在這個時候，小孩的母親出現了。他指著小孩的手，出聲說：

「這是很嚴重的病哦。沒有替他治療嗎？」

「嚴重？」母親皺起鼻頭，回看他的臉。「已經三年了。也沒有什麼事發生。」

「現在再不看醫生，就……」

「醫生？」母親打斷他的話。「要花錢的。已經讓他喝了不要錢的藥。鎮上的醫生不碰我們貧窮人的手的。而且不要說是要命的疾病了。」

說完後，母親以冷淡的眼光看了一下三個人，然後帶小孩進屋裡。耀勳有種被遺棄的空虛感。以現代醫術就可治療的病，卻悲慘地置之不理，除了感嘆可悲外，忍不住氣那些在鎮上蓋華麗醫院的醫生們究竟在做什麼。消滅這種病才是身爲醫學者的義務吧？近代醫學征服疾病的能力越來越擴大，儘管如此，不透過金錢這個媒介就不發動該力量的情形，到底又是怎麼一回事？即使有金錢的媒介，受其左右，醫術無法接觸到病症的話，醫者也只不過是醫術的商人罷了吧？他再度驚訝於這個既知的事實。油然而生一種醫學也就是金錢奴隸的悲哀心情。立刻想到這就是叫做醫者的人類責任，所有在鎮上開業的醫生都應該令人嫌惡，他們是醫學的冒瀆者，連對從現在開始就要當個開業醫生的自己，都產生一種嫌惡之情。

「是很罕見的疾病啊。不過，一想到把治療視作買賣的醫生，就令人不敢苟同。」

婉如打算挖苦哥哥似地說，然後和碧玉相視而笑。不過，耀勳沒有答腔，直望著青空，喃喃自語：

「醫德可風、仙手佛心嗎？不久我也會變成仁醫嗎？」然後大聲笑出來。

一回到家，由於好久沒有遠足，覺得很疲倦，耀動難得睡了個午覺。

當他醒來時，已經傍晚了。風吹過憑窗就可看到種在院子的樹之樹梢，聽到樹葉輕快的摩擦聲。紅色的夕陽照射在窗邊的桌上。剎那間，有種無法追趕現實的異樣感覺。他猛力搖頭，想讓自己的精神恢復正常。

從靠近院子的客廳傳來父親高亢的聲音。屏神聆聽，父親好像在生氣。就在父親說話的空檔，也聽到男人低沉、戰戰兢兢的聲音。父親幾乎不曾這麼高亢說話，所以耀動突然有種不安的感覺，連忙走進廚房，草草洗個臉後就出去一探究竟。

「晚安！」

客廳只有父親和黃明金兩個人。如他所擔心的，父親的臉上出現忿怒的表情，正在指責黃明金。啊！耀動感覺一定是在談那件店鋪移轉的事。一看到耀動的臉，明金從座位上站起來，充滿歉意地打招呼，眼眶紅紅的，露出惶恐的笑臉。

父親也看到耀動了，沉默了一會兒，然後輕聲嘆息，不由得低下頭。

「哎呀！歡迎！」耀動坐在椅子上，直盯著黃明金的臉。

「不知道結果怎麼樣？」

關於店鋪移轉的事，他也聽說黃明金始終找不到適當移遷的地點，似乎相當苦惱，所以才這麼問。不過，有別於責備對方，反倒帶著同情的心情。這麼一來，黃明金的眼眶越來越紅，看了一下他和父親的臉後，說：

「事實上，今天就是來拜託的。對不起！真的很對不起。老實說，我相當痛苦。始終找不到店鋪，而且像我這樣沒有積蓄的貧窮人，只要一天停止生意，立刻就會斷炊。」

「那是你的事吧。忘了我們的事也是大事，可真令人傷腦筋啊。」

父親立刻又生氣了，胡亂地反擊。

在過於險惡的氣氛下，耀動望著夕陽強烈照射的窗外。父親生氣是理所當然的。不過，明金說的也有一番道理，今日鬧住宅荒，他的行為未必就可恨。結果只有等待時間來解決。而且，首先的問題，開業許可沒下來以前就進行改建工程的話，不能說是聰明的作法。因此，他認爲如今是不是以開業許可爲標準再採取行動較好呢。他看著父親的臉，想說是不是等開業許可下來比較好呢？但在黃明金的面前無法說出一句話。

過了一會兒，黃明金再三道歉後就回去了。耀動這才開始問父親開業許可的事。他親自跑到州的衛生課幾次，之後的事就全權委託給父親處理。一問到開業許可的事，父親就露出不高興的表情，望著已完全被暮色籠罩的窗外，沉默了一會兒。覺察到這顯然是事態不妙的證據，耀動也沉默不語。

突然間發現，門口的正對面，金星明亮地閃爍著。婉如從廚房走來，通知兩人要開飯了。

「當局方面已經諒解，所以沒有問題。因爲本鎮的小兒科只有一間，所以會許可。這是無庸置疑的。不過，是和當局完全無關的事。我之所以憤慨，是因爲鎮上一部分與這個問題有關聯的醫生從中作梗。也就是說，利用開業許可制，幕後活動，不允許我們再在本鎮開醫院、想獨占自己生意的運動。混帳東西。當然，事情也因此受到影響。眞的是混帳東西。」

父親的臉上又重新出現怒意。耀動聽到父親說幕後活動的字眼，最初有種近乎愕然的感覺，之後越來越覺忿怒。提到醫者，只能認爲是個科學者。可是，社會一般人都像俗商那樣積極推展商術，到底是怎麼一回事？不是把畢生所學的醫術用來爲地方的衛生文化盡瘁，單單只是醫術的生意人嗎？白天在山上看到象皮病患者所產生的憂鬱再度甦醒，加深了他對鎮上醫生的認識。同時，像這樣在鎮上開業加入醫生的行列，結果不是很可笑嗎？頓覺厭煩。耀動的腦海重新浮現鎮上醫生們的名字，思索策動的醫生是哪一個。立刻就明白一定是江有海。因爲自己是小兒科，外科、耳鼻咽喉科或眼科等應該不會反對他開業，一定是同爲小兒科醫生。一想到這裡，腦海浮現江有海的嘴臉，更加深他嫌惡的念頭。

婉如再度來通知吃晚餐。由於父親站了起來，耀動也起立，思及自己最近進行中的醫業，今日更加看到醜陋的一面，再也沒有這麼憂鬱了。

吹過樹梢的風逐漸減勢，一天比一天感到寒冷。經常早上是稍微陰沉沉的天空，山巒浮現朦朧的輪廓，突然間變成眼睛看不清周遭事物的陰天，山巒消失了蹤跡，雨稀稀落落地下起來。這天早上，耀勳收到弟弟耀東從台北打來的電報，說是無論如何想見他一面。根據電報，他判斷耀東已經來到台北。電文說：「一定要見一面、來北等待、耀東、七星旅館」。他也察覺到弦外之音，判斷弟弟不能回到家門，於是立刻準備北上。他很困惑，不知道該不該讓祖父與父母知道這件事。不過，思及弟弟回到台北卻不順路回家，特意打電報叫自己出去，是不想讓雙親們知道，所以他只說要去旅行，搭乘當天午後的火車。

到達台北時已是傍晚時分，從後站坐人力車直奔大稻埕的七星旅館。不巧耀東外出，他獨自一人坐在空蕩的房間等待弟弟的歸來。藍色的皮箱隨便地放在桌上。照這樣看來，弟弟已下了重大的決定，而且也讓他感受到弟弟心情多麼堪憐。

窗外越來越暗，就在街燈明晃晃地照耀時，耀東終於回來了。大概是聽櫃台的說哥哥來訪，慌慌張張地爬上樓梯，門一打開——

「哥哥！勞您在百忙之中來一趟，眞是對不起。」

以顫抖的聲音說，然後露出笑臉。

「哎呀！」耀勳看著穿上國民服、精神奕奕的弟弟好像很有出息似的。

「令我大吃一驚哦。眞是出人意料。」

「總之，太好了！太好了！我還在想如果哥哥不來該怎麼辦才好呢。」

一副無法控制自然湧現的感情之表情，使耀東的臉發熱。

「不過，你不回家嗎？」

「嗯！」

「爲什麼？」

「啊！那些話待會再談。」說完，耀東出聲大笑。「先談哥哥開業的事。完全杳無音訊，所以我很擔心。到底開業了嗎？或是……」

「啊！這些事也不要談。」

這次是耀動打斷弟弟的問話，他也放聲大笑，算是對弟弟的報復。兄弟間許久不曾這麼含蓄的對話，忽然使兩人恢復平靜的心情。

「好久不見了，說些愉快的事。」

「是啊。一見到哥哥就說這些話，未免過於陰鬱。那麼，哥哥要不要出去走走？」

兩人結伴走出旅館。街道已完全籠罩在暮色中，黑夜悄悄來臨。由於季節的關係，大稻埕的大馬路也有點昏暗。拂過臉頰的夜風，讓人感到秋天的氣息。

不過，走在亭仔腳（騎樓）的人潮，汽車、人力車的噪音，依然將都會的氣氛表露無遺。這種情形使他非常感動。曾在東京住過很長一段時間的自己，竟然被都會的噪音所吸引，顯然是自己在很短時間內已經變成鄉下人的證據。弟弟毫不驚訝、平靜的表情，氣宇軒昂的步伐，流露出不愧是大都會生活者的風格。自己與弟弟間已經存在了這麼大的距離。難怪弟弟今後想積極地在南方雄飛，而自己獨自回到鄉下，後半輩子奉養雙親，當個開業醫生。積極與消極的迥異，是天性使然，他承認弟弟的積極性，非但不羨慕，反而感到自豪。

「在這裡吃晚飯吧？」耀東佇立在某個階梯的入口。

耀動抬頭一看，樓梯入口電燈光彩奪目，流瀉出音樂的旋律。走進裡面尋找包廂時，音樂繼續響著，那是殘留在腦海某處的名曲。不過，怎麼樣也想不起來。弟弟找到空椅子，招他過去。

在上菜前，耀東告訴哥哥回家之後內地的消息。離開東京回到故鄉後，能得知好久沒有音訊的友人情形，耀動無限懷念地瞇起眼睛。只過了短短的三個月，自己卻有已是遙遠過去的感覺，眞是不可思議。

「啊！我已經完全變成鄉下人了。」

好像獨白似的，耀動看著弟弟的臉，插嘴說。

「聽到這麼新鮮的事，我有點躍躍欲試。不過，因爲我是在鄉下長大的，所以住在鄉下是理所當然的事。」

「不過，都會近來特別空虛與無聊，很輕浮呢。」

「嗯。住在都會時，大家都這麼想。」耀動笑了。「眞是奇怪得很，當眞的決定在鄉下定居時，反而懷念起都會。但是，在都會時，又懷念鄉下。人類實在很任性。」

「不過，之所以有這樣的想法，不也是因爲有享樂的地方吧？」

耀東現在所說的話裡當然有揶揄的意思。於是耀動慌慌張張地揮手。

「不對。不對。」

由於菜端上來，打斷他們的談話。就在寧靜的瞬間，剛才的交響樂突然變成獨唱、合唱。耀動這才敲打膝蓋，獨自笑著點頭。

「哎呀！總算想起來了。那是貝多芬的第九交響樂。」

耀東拿著筷子，以不解的表情凝視哥哥的臉。不過，立刻發覺是音樂的緣故，稍微聆聽一下後，又動起筷子。

「是第四樂章。歡喜嗎？不過，有點吃驚在台北餐廳也能聽到第九。」

「那是你認識不夠。」

室內洋溢著強而有力的男聲合唱。耀動把杯子疊放，默默地聆聽，環視了一下室內。在裝飾光線通明中，多數的客人很吵鬧，也可以聽到餐具的聲音。耀東頻頻勸哥哥飲酒。不過，他自己的眼眶也開始出現醉意。

「啊！鄉下醫生？是爲了盡孝?!」

耀動突然自言自語，然後挺出身子。

「怎麼樣？回鄉下開藥房吧？不是爲了賺錢，讓我有個說話的伴。聽不懂音樂之類的東西啊。」對著弟弟說。

對於哥哥像是說給自己聽的不對勁的話，耀東並沒有回答，只是默默笑著。由於服務生又端上來新的一盤菜，於是舉著認眞地看著哥哥。

「哥哥！家人到底怎麼了？」

一直特意憋著避免問現在的問題，但在酒力的驅使下，無論如何都想知道，於是率直地脫口而出。耀動也極自然地用筷子夾著炸蝦，和弟弟的視線相會。彼此的眼裡已清楚地映出酒醉的樣子。

「大家都平安。」說完後，耀動大大地嘆了一口氣。「和我們當小孩時一樣。事實上，我覺得家人們都很偉大，每天持續地忍受平凡的日子。祖父已經上了年紀，儘量遠離家事，每天喜歡讀書三昧。至少這是最後的孝行。我一看到祖父，就覺得很高興哦。」

「我認爲祖父就是神明。」耀東泛淚笑著。

「是啊。是家庭溫暖的根源。和祖父住在一起，一切的雜念都消失，心情變得很愉快。父親還是一樣在莊公所。母親也是每天煮飯和洗衣服。」

「父親與母親大概都老了吧。」

「是啊。一看到他們，就覺得心痛。一切都多虧雙親了。」

想起雙親的身影，耀動沉默了一會兒。耀東也靜靜地放下杯子。

「他們唯一的希望，就是哥哥和我能出人頭地。」

「嗯。所以決定讓我當醫生，你當藥劑師。然後，婉如也快當新娘了。」

「是啊。有好的新郎人選嗎？因爲是我們唯一的妹妹。」

「不過，說是兩位兄長還單身，吵著不要自己先結婚。」

「白癡！」耀東苦笑。「既然這麼說，哥哥快點結婚，如何？」

「不要開玩笑。」

兄弟當場大笑起來。第九交響樂已進入最後的合唱。現在談到這種事，耀勳考慮要告訴弟弟，由於周遭的力量，或許自己會很快就結婚。不過，八字都還沒一撇，現在提出來的話，有點不好意思，於是打消說出的念頭。

「那麼，這次你爲什麼不能順道回家？」耀勳以認眞的口吻說，皺起眉根。

「嗯，不行。所以才要哥哥來啊。」耀東低下頭。

「爲什麼？要立刻出發了嗎？」

「祕密！祕密！」

耀東誇張地發出笑聲來搪塞。耀勳也立刻察覺弟弟的立場，於是默不吭聲。儘管如此，弟弟特意回到台灣，卻不回家就向南出發，日後雙親們聽到這個消息，一定感到很寂寞吧。想到這點，默默、毫不客氣的直盯著弟弟的臉，想找出答案。

「哥哥！眞的很抱歉。」

耀東也察覺哥哥的心情，連忙道歉：「一直只會給哥哥添麻煩。」

「在向父親們說出你的南方行時，可眞傷腦筋啊。祖父似乎立刻就理解。不過，父親與母親默默不語。可是，到底是怎麼一回事？那麼毅然決然說過要獲得製藥技術的你，竟然這麼輕易就要當外交員，頗讓人意外啊。因爲離開總公司，就表示要離開製藥。」

想起收到信時的愕然，耀勳現在也是邊重複當時的表情邊說。對家人而言，這是一件無法理解的事，就是他本身也在來時的火車上，思索著遇到弟弟時，先要問清楚這件事。於是屏神聆聽弟弟的回答。耀東垂下視線，沉默了一會兒。從臉上的表情，他懷疑弟弟有什麼重大的事。耀勳默默舉杯。

「不！沒有什麼理由。」不久後，耀東露出笑臉說：「因爲成立了辦事處，我率先志願前往。由於是在南方，言語也可以通，而且我認爲本島人最單純。此時，有必要透過醫藥在南方好好地工作，這是我自己決定的事，還有什麼話好說？爲了燃燒年輕的熱情，我認爲南方是我今後活躍的舞台，作爲自己邁開的一大步，打算試煉自己。啊！老實說，或許說是不被認可比較適當吧。」

「嗯。我懂！那種心情……」

耀勳靜靜地點頭。現在決定回鄉下當醫生的自己，常常會有自己已衰老的無力感，所以他對雄飛抱持著幾近羨慕或憧憬的感情。不過，這種年輕人的心情，恐怕不是年輕人一代就無法理解吧。更何況要讓時代背景不同的雙親們了解，未免有點困難。照這麼說來，身為受弟弟信賴的哥哥，必須更加出力了。

「不過，當初你進入公司時，相當卯足了衝勁。說是要當個製藥技師，又要如何如何……」

耀動發出笑聲。酒醉發揮了作用，他清清楚楚感覺到心臟的鼓動。耀東有點尷尬，苦笑著偷覷哥哥的臉，正想說些什麼時，一位戴眼鏡的青年靠近，拍打耀動的肩膀。

「哎呀！」

是醫專時代的同學。畢業的同時，他回來台灣，聽說在與某個宗教有關的醫院工作。

「好久不見了。怎麼樣啊？現在怎麼會在這裡？」

耀動站起來，遞出酒杯。對方接過去，咕嚕一口喝乾，然後以酒醉的臉，咧嘴笑著。

「我還在醫院工作。領取微薄的月薪。你呢？」

「我？還賦閒在家。既沒有工作，也沒有開業。」

「這樣很可惜啊。怎麼樣？要不要在台北工作？」

「有好的工作嗎？」他開玩笑的說。

「有啊！有啊！」友人把嘴靠近他的耳際。

「或許我最近要去南方。我的醫院怎麼樣？」認真的表情。

聽到南方，耀動對照一下友人和弟弟的臉。南方這個字眼，瞬間又使他的心充滿激動的血和緊張。感覺到似乎只有他被留下來的空曠無垠。愕然了一會兒。

「到我那張桌子吧。」友人指向後方，拉著耀動的手。不知不覺中，交響樂又變成弦樂四重奏。大部分的客人都回去了，到處可以看到空位。眺望窗外，好漂亮的星空。

耀動和友人並肩離席，過了一會兒就回來了。

「大家都要去啊。只有我一個人在閒蕩。」

望著弟弟的臉。「不過，還是都會好。因爲隨時可以遇到某人，所以很快樂。」寂寞地笑著。

看到哥哥已經很醉的臉，耀東對哥哥說「該回去了」，算完帳後就走到外頭。

耀動不停地說：「因爲好久不見，所以喝個大醉了。」腳步踉踉蹌蹌。耀東抱著哥哥的右手，心想在鄉下的哥哥情況不順利吧。

「什麼時候開業？」

「哼！開業？不知道。儘可能越遲越好吧。」

耀東吃驚地望著哥哥的臉。雖然街道昏暗，無法看清楚臉上的表情，但聲調中含著有別於不勝酒力的東西。耀動本身也立刻察覺現在自己說出的話，不禁苦笑，意識到必須解釋。立刻接著說：

「不！這和藉酒說的不同，是眞正沒有虛僞的心境。我是想開業。尤其看到雙親們的劬勞和體會到他們的心情，我想無論如何都要開業以盡孝行。那時我如此下定決心，而且內心很快樂。不過，之後立刻被厭煩、無法忍受的心情襲擊。總覺得很愚蠢，苦於被問及是什麼原因。爲什麼呢？我也模糊不清，不知道眞正的原因。」

說著說著，他越來越激動地揮手。雖說是講給弟弟聽，反倒像是說給自己聽的語氣。

「建築物是我們家的。就那麼困難嗎？」

耀東說。

「嗯。建築物等不是問題。不過，那是拖延到現在的理由。我所指的是更上一層屬於精神上的東西。硬要舉出一個例子，就是鎭上部分的醫生妨礙我開業。那麼，即使變成地方上的醫生，也無趣吧。其他還有許多原因。你的南方行也是原因之一。總之，看到鎭上的庸醫，我實在討厭開業啊。」在黑暗中，他窺視弟弟那張無法看清的臉。

「這點我懂。事實上，我就是因爲討厭醫生才走藥學這條路的。哥哥被視作與普通一般的庸醫同類，內心是很痛苦的。都是台灣前輩的罪。不過，就是在這樣的時代，哥哥更應該挺身顯示如今的醫生不同於昔日吧？光是賺錢不是醫生的能耐，而且哥哥和我不同，因爲還有父親們的問題。」

「所以我的心裡很難受啊。不過，最近我對那個想法沒有自信。因爲在金錢主義下開業，光是存錢不是對雙親的孝行。做這種事反而是種下禍源，徒留惡名。必須更深一層思考生活的意義啊。」

「哥哥所說的都是千眞萬確。不過，既然特意爲了要這樣做而回來，請奮戰下去。」

「是要努力。」耀動發出茫然若失的笑聲。「而且，連結婚問題都糾纏在一起。說是結婚典禮兼開業典儀。可是！慢著……」

兄弟相視而笑。過了一會兒，耀東心平氣和地述懷：

「不是我沒有孝心。事情就是不能這麼簡單。結果，往往被視爲不孝的情形很多。」

耀動心想他說的是實情。弟弟這次前往南方，也被視爲不孝，而自己決定開業，如果沒有結果，也不知道是孝或不孝。不過，祖父一定能充分理解那件事。不禁想起雙親們的臉。

偶爾汽車強烈的燈光向街道投射出一條光線。瞬間，兩人的影子忽然浮雕在暗夜中，喚起兩人在東京時代，每當讀書讀累時就去尋找售貨攤的愉快回憶。臉上感覺吹過夜空的風逐漸變冷。兩人朝旅館方向默默地走了一會兒。

「總之，我無法平靜下來。啊！是矛盾連續的生活啊。」

看到旅館的燈光時，耀動想起剛才說的話，連忙補充：「我所說的不平靜，也可以說是一切都不順利的緣故。不過，最主要的是對自己的生活根本就抱持著懷疑。無法感到有何意義。」

「不是只有哥哥一個人這樣啊。」耀東靠近哥哥說：「我的情形也一樣。我活用比在大阪宣傳藥更有用的言語，在南方工作，就是因爲考慮到生活的本質啊。」

「不過，你不是搞製藥的嗎？」

耀動覺得奇怪。耀東發出很小聲的笑聲。

「是的。事實上，我進入公司，就被派到宣傳部啊。」

「是嗎?!」

藥專時代，懇切希望能獲得不會低於第二名的優秀成績。只有他一個人合格進入那家入社困難的製藥公司，而且還以進入製藥部爲前提，難怪耀動會吃驚。照這麼看來，如弟弟所說的去南方比較好吧。原本，內心暗自想責備弟弟的意志薄弱，也很難立刻就贊成南方行；不過，現在聽到弟弟的眞心話，反而有種祝福他南方行的心情，甚至今夜想盡情與他說明白。

「歡迎回來。」

櫃台的人出聲說。兄弟兩人沒有回答，默默地爬上旅館的樓梯。

與弟弟分手之後，拜訪了學長、朋友。沒想到多逗留了一段時間，等耀動回到家，已經是四天後的事了。故鄉是含雨的怪天氣，冷颼颼的。到達家已是傍晚時分。或許是因爲天氣惡劣的緣故，籠罩在比平常更暗的暮色中。

祖父與父親都不在。聽來迎接他的婉如說，去出席從軍莊民的餞行會。後來，婉如忽然又想到什麼似地說：

「那間飲食店的兒子啊。瞧！就是叫黃明金的人。這次他也說要從軍。」

不只近來的變化，耀動對自己四、五天不在家也充滿歉意。現在又聽到黃明金的事，深感驚訝。

「哦——」

正在脫西裝的手不覺停了下來，眼裡浮現黃明金那張給人充滿活力感覺的臉。油然而生一種嚴肅的心情，即使自己已來不及，也決心要趕去餞行會。於是問妹妹地點在哪裡。「我也去一下。」

直接穿著旅裝就出門。天氣越來越奇怪，在逐漸迫近身上的冷空氣中，以一顆赤誠的心邊走邊想。不論弟弟或黃明金，自己身旁的青年都想在遼闊的天空下雄飛。可是，不感興趣的職業卻阻擋了自己的去路。天壤之別使他深感百般寂寞。事實上，這次北上拜訪學長友人，得到的結論不是當個鎮上的庸醫，而是作爲一個科學家，更深入鑽研醫學範疇，樹立人類永遠的幸福。然而問題就是——在著手準備開業的現在，該如何才能收尾。尤其是決心開業，所以歸鄉，將近三個月在雙親們的身旁，目睹他們爲生活所苦的身影，無來由地害怕將背叛他們的期待。結果，反覆被歸鄉是失策根源、大勢已去的情緒啃蝕著。

會場的國民學校位於鎮的南方。從校門就可以看到貝塚伊吹繁茂的車廊，在帶霧的綠葉間隱約可見講堂那座建築物。耀動踩著大粒砂子進入，沒有看見兒童的身影，整座校舍靜悄悄的，只有從講堂裡傳來激烈的拍手聲。仔細一看，隔著朦朧的玻璃窗，映出黑壓壓一片排列整齊的人頭。

宴席現在致辭結束，正準備開宴。看到幾組圍坐圓桌的人。看起來是上座的圓桌，幾個肩上掛著紅帶子、英勇的年輕人，面露緊張的表情坐著。其中黃明金的身影立刻映入眼簾。莊長、祖父等人也圍坐那桌。場內瀰漫著一種莊嚴的氣氛，只有電燈在頭上放出白花花的光芒。

「我遲到了。」

站在服務台前點頭行禮，在莊公所為父親的下屬、一位眼熟的公務員連忙說：「請進！請進！」接待他到另外一張上座的圓桌。

「哎呀！耀動君。來！來！歡迎加入。」

出聲的是公醫鄭醫師。這張桌子坐的都是鎮上的醫生。耀動發覺自己被接待到這張桌子，表示自己已被視為醫師，心裡有點惶恐。在別人拉開的椅子落座後，慢慢環視一下周遭。好像從剛才就察覺自己進來的樣子，與從上座的桌子一直注視著自己、臉上浮現笑容的黃明金之視線相遇。說聲恭喜，耀動也露出笑臉，上身微微向前挺出。這麼一來，黃明金不好意思似的，急忙點頭。迄今未曾見過的開朗表情，令他油然而生莫名親切的感情。

在主持人的指示下，菜餚一起端上來，場內忽然引起一陣騷動。

「來！」

勸酒的人就是小兒科的江有海。他用油將頭髮梳得光亮。除了耀動外，他是這群醫生中最年輕的。很奇怪地，他使用愼重的言詞，又露出笑容。

「耀動先生，怎麼樣啊？」

由於對方要爲他斟酒，他端出酒杯邊回答：

「我不善於喝酒，不行啊。」

江有海的嘴角出現皺紋。

「不！我是指醫院的事。許可下來了嗎？」

他的語調令人感到些許的認眞。其他人聽到許可的字眼，視線一起投射過來。耀動看到鎭上醫生們對自己開業的關注，曾聽父親說過不利自己開業的傳聞，現在變成不愉快的現實包圍住自己，想到這裡突然使他憂鬱起來。而且，自己現在的心境不僅對開業非常消極，甚至決定要放棄。不過，在這樣的情勢下，油然而生奇怪的心態，不禁抬頭，無心地脫口說出一番話：

「我想最近會開業。請多多指教。」

說完後彎腰，勉強擠出笑容。

「年輕人有希望。不過，一定要初露頭角銳氣十足。是我們老頭子的刺激劑。」

鎮上最老資格的醫生、頭髮幾乎全白、體仁醫院的蘇醫師如此說，然後咧口大笑。

「哪裡。」耀動謙遜地回答，覺得臉上發熱。從小他就喜歡蘇醫師。蘇醫師是他們一家人常去看病的醫生，只要一生病，一定吃蘇醫師開的藥。他喜愛作詩文，爲人磊落，待人親切，一有空經常和祖父談論詩文，在本鎮擁有穩固的地位。

「來！爲同業的情誼乾杯。」

遞出杯子的是坐在他旁邊、回春醫院的游醫師。耀動惶恐地接過杯子一飲而盡，其他醫生也陸陸續續遞出杯子。結果，對社交完全如一張白紙的耀動錯誤百出，也不分杯子的先後，一隻手全部接過來一乾而盡。這麼一來，立刻開始醉了，臉龐滾燙。不可思議地，頓覺逐漸解開了心裡的結。禮貌性地與同桌喝過一巡後，耀動站起來，走近黃明金的桌子，向披掛紅帶子的年輕人們致意「恭喜各位了」。

冷不防地，黃明金把杯子遞到他的面前。「謝醫師，謝謝您。」雖然有點吃驚，還是被迫乾杯。接著，其他年輕人也紛紛遞出杯子。等他乾完時，感到耳根非常熱，心臟鼓動劇烈。突然發覺祖父以擔心的眼神望著自己的紅臉，立刻挺直身子。「那麼，各位！請多保重。」

愼重地行禮，即將離開時，黃明金站起來抓住他的手。

「謝醫師，請再喝一杯。」

遞出杯子，眼看就強要灌到他的口中。耀勳無法輕易拒絕，於是兩個人對乾了一杯。朦朧的黃明金低聲說：「謝醫師，讓您操心了。尤其是店鋪的事，給您添了極大的麻煩，實在很抱歉。事實上，我也想早點搬家，到處找尋適當的地點。正巧有人提起南方行的事。由於對飲食店營業的前途絕望，於是決心放棄而去南方，因此，我頓覺輕鬆。現在即將出發，近兩、三天內，母親也要搬到舅舅家。給您添了許多麻煩，實在很抱歉。」

「你說要結束營業？」耀勳驚於事情的意外，一直凝視對方的臉。

爲了自己的開業，竟然嚴重到逼迫他們，使他們進退不得，最後導致走上結束營業之途。瞬間，自責的念頭拔山倒海般地襲來，壓得他痛苦不堪。雖然黃明金的臉龐已酣醉，在白色燈光的照耀下，可以看到眼神中流露出毅然的決心與一種崇高的東西。拿著杯子的手很強壯，肩膀很寬，讓人有宛如是挑起時代擔子的選手之感覺。不過，他想放棄開業，容許黃明金維持現狀，卻又行不得。首先，如果店鋪騰出來的話，雙親對開業的督促，一定會立刻從今晚開始的。

「黃先生，我對你不同凡響的作爲深爲感動。不過，雖說是去南方，也沒有必要放棄營業吧。從留下來的令堂之生活安定點著眼……」

「不，謝醫師，」黃明金打斷耀動的話：

「我確信我所找到的這條路絕不會有錯。下了這個決定後，現在只需要實行而已。母親也決定在舅舅家定居下來，所以這點也請您放心！」

耀動要說的事已經慢了一步。只有公學校畢業的黃明金，到底從何處產生這種毅然決然的想法，然後表現這種令人欽佩的態度呢？反之，受高等教育的自己，反而被教訓、跟不上時代，頓覺臉上無光。事到如今，說出自己的心境反倒會被認爲是在辯解，而且爲自己不徹底的態度深感歉意。而黃明金也頻頻點頭致歉。

「謝醫師，這件事就此作罷。我反而想謝謝您。經營飲食業早晚都會陷入僵局的，您的開業反而提早我的決定。托您的福，我也可以早點找出新生之路，可謂一石二鳥。請給我鼓勵。」

「啊——」耀動悄悄長聲嘆息。

在黃明金的面前，他完全認輸了。由於一切都很順利，坐在鄰座的祖父始終微笑地看著他們兩人的應對。看到這種情形，耀動又氣又想哭，好不容易才壓抑住情緒，用力咬著嘴唇。就在這個時候，莊裡的人們手持杯子蜂擁過來抓住黃明金。藉此機會，耀動再度向披掛帶子的年輕人們致敬後，就回到自己的座位。

整個會場因酒席的興致高昂而人聲沸騰，哇——哇——的吵鬧聲震耳欲聾。幾個醫生離席遠征其他桌子。耀動坐下來，腦海裡不斷湧現剛才黃明金說的話，邊以呆滯的眼神眺望暮色迫近的窗外。

猩猩木鮮紅的花迎風搖曳，頻頻拍打玻璃窗。周遭籠罩在灰色中，接受電光的花之色彩看起來紅得可怕，令人有種超現實的感覺。

當外頭已完全籠罩在陰暗中時，宴會總算在高呼萬歲後解散。人群溢滿在黑暗的校園裡，向西方消失後，徒留跫音響徹夜空。耀動心想一定要帶祖父回家，與父親會合後，三個人走出學校。黑暗中聽到校園內所種樹木葉子沙沙的摩擦聲。酒酣耳熱的臉接觸到夜晚的風，冷得打寒顫。天空的樣子很奇怪，烏雲的裂縫中有一、兩顆星星閃閃發光。耳際可以聽到穿透黑暗吹過來的風發出颼颼的怒吼聲，空檔有蟲唧唧的伴奏聲。瞬間，耀動的腦海掠過昨夜台北熱鬧的街景。如今走在寂寞農村的夜路，如此明顯的對比，象徵人生的流轉，不由得悲從中來。他默默地拉著祖父的手，拉手的他在心中覺得依偎著祖父。祖父以穩健的步伐，一步一步踩在暗路裡。想到祖父依然很健康，不禁心花怒放。

祖父與父親談論農作物的品質。突然間問起耀動台北行的情形。

「啊？」瞬間，耀動狼狽地說不出話來。在這裡不能坦白說出耀東的事，在沒有準備好的情況下，他顧左右而言他，敘述台北街道的情形等。他暗自決定，過幾天要詳細敘述耀東的事與自己決定中止開業的經過。

「聽說黃明金要關店。事情可以不用到這個地步嘛。」

父親從旁插嘴。語氣中有幾分後悔對方被自己趕走。

「我剛剛聽黃先生說過這件事了。」

耀動不想再多說。他默默調整無力的步伐。

「不過，經營飲食店早晚都會到這個田地的。」

「這就是黃先生的先見之明啊。」

父親開始和祖父交談。話裡對店鋪這個棘手問題能解決充滿喜悅亦是實情。

來到街道時，突然從後面傳來吧嗒吧嗒追趕他們的跫音。回頭一看，出乎意料地，電燈照出江有海的臉。他笑嘻嘻地，冷不防舉手靠近。

「哎喲，祖孫三代聚齊，可真大喜。」

聲音響徹夜空。耀動在剛才的宴席上看到江有海有別於平日的態度。對這位與其說是故意裝作漠不關心，莫如說是讓人感受到敵愾心的男人，他表現出一種不願理睬對方的高傲態度，佇立直凝視著街上的夜景。

「您來散步啊？」

這條路顯然與去江有海的醫院是不同的方向，所以父親才會這麼問。聲音聽起來極為冷淡，因爲父親認爲就是這個男人妨礙他們開業。耀動立刻直覺到與這件事有關。

「不是。有些話想和耀動先生談一下。」

聽到這句話，耀動突然把臉朝向江有海。不過，江有海雖然這麼說，卻也沒有意思要和耀動談下去，他走近祖父的旁邊。「您的身體一直都這麼硬朗，眞是太好了。」

不過，三個人早就對他採取警戒的共同戰線，所以話不投機，瀰漫著奇怪的氣氛。

不知不覺中，四個人並肩走出通往暗街的路上。漆黑的天空中出現許多點點星影，在微弱的白光下，隱約看見烏雲流過。街道籠罩在寂靜中，只有四個人踩著大砂子的雜亂跫音。祖父的咳嗽聲在暗夜中格外響亮。

祖父們爲了迴避不說出正題的江有海，就在轉角處和他分道揚鑣。耀動突然感到不安。照現在的情況說起來，甫出校門的自己根本不是問題人物的對手。他看穿被玩弄於股掌間的事實。最後決定自己所採取的戰術，不是捉摸不定，就是沉默到底。突然間，江有海開口說話。

「耀動先生，剛剛在會場，你說開業許可最近會下來，是眞的吧。」

耀動心想「越來越露出馬腳了吧」，然後採取模稜兩可、既不否認也不肯定的回答方式。

「事實上，」江有海愼重地說：

「事實上……爲了地方的醫療，我必須助你一臂之力。因爲顧忌到這件事還沒有發表——

就是從開業醫生被徵召爲野戰工作者。這次由於年齡的關係，國家已經對我下了密令。如果我被徵召離開本莊，那就沒有小兒科醫生了。如此一來，會帶給莊民極大的不安。」

一聽到徵召的字眼，耀勳嚇了一跳。既然如此，他想一併把迄今的事說出來。

「那實在很光榮。辛苦您了。不過，關於我的開業……」

他似乎察覺耀勳想說什麼。

「不！不！我能體會。」

江有海以平靜的口吻說：「事實上，身爲醫生的我們也實在不應該做出妨礙的工作吧。」

「而且，事實上，我已決定要中止開業。……因爲有很多的理由。不只是因爲人世的煩瑣，總之，我對醫學缺乏自信。」

耀勳不理會對方的話。

「沒有這回事。就是需要像你這種能作爲主導的學術與經驗，我深深期待著。如今我也不打算做一個鎮上的庸醫。我已覺悟到會有萬一的情形，所以來拜託你。無論如何都要爲本莊的人民從事醫療的服務。至於開業許可的問題，如今處於這種情況下的我，只要跟當局說一聲就可一舉解決，而且敵我不明的態度，是由於我個人的污穢，所以不會有問題的。」

不知不覺中，兩人停止步伐，佇立在黑暗中。對於江有海這番不是預期中的談話，耀勳不知所措。與被徵召的黃明金之令人欽佩的態度相形之下，江有海的提案也同樣是眞情流露。思及對方在會場所改變的態度，自己還亂推測是黃鼠狼的行徑，原來是流露出他的決心。毫無搞頭的自己似乎很愚蠢。而且，他也認爲無後顧之憂是自己們的本分。不過，自己之所以對開業死心，不只是因爲如此簡單的理由。耀動苦於事情越搞越大。

兩人又開始隨便走走。

「我想你有很多原因。我的出發就在最近了吧。在離開之前，務必把這個問題解決。這就是我現在心情的寫照。」

「我很了解。」耀動回答。

「這是相當重大的問題，所以我要好好考慮一下。我也要好好考慮一下接受徵召奉獻一切的諸位之心情……」

「太好了。太好了……」

不知不覺中，江有海再度佇立在黑暗中，反覆同樣的那句話。

耀動竟然比祖父們遲了一小時回到家。母親與妹妹坐在一塊兒，照往例一樣開始嚷嚷他不在家中時來提親的事等。耀動很不高興，趕快回到自己的房裡。

窗外一片漆黑，玻璃窗咯嗒咯嗒地響。戶外的狂風不時咻——咻——地襲過。天氣越來越惡劣。

雖然夜更深了，耀動的興奮難抑，始終是清醒的。黃明金爲了對自己盡情義，決定去南方。而江有海應徵召，把後續工作委託自己。這時已經不需要轉讓店鋪，也沒有反對開業的運動。必須回到與自己的決定完全對立、即原來的狀態。而且，讓自己採取這種姿態的，就是這兩個人，又是何等的諷刺啊。不過，不管是不是諷刺，此時都不是拒絕這件事的時候。正所謂必須把兩位出征者的心作爲自己的心。自己一個人不能再執著於煩悶中，必須把自己現在所具備的能力發揮到淋漓盡致吧。在沒有江有海後，做個小兒科醫生，爲莊裡幼兒們的保健盡棉薄之力乃當務之急吧。他再度感受到時代變化的激烈。在如此劇變時代的對應之道，不受第三者迷惑，只要相信自己，堅守自己的工作崗位，然後達成自己的職責。結果是如雙親所望，也可說是盡了孝道，不亦善哉。

昨夜變天，今天早晨天氣又變得晴朗。耀動以微腫的眼睛看著院子裡的菊棚。菊花一起綻放出美麗的花朵。正因爲自己費盡心思栽培它們，心靈雀躍不已。連忙用手去觸摸，微微傳來清香。由於昨夜輾轉反側難眠，覺得額頭有點微熱。不過，迄今仍發硬的肩膀，今天竟然不可思議地完全消失了。反之，他深感到取而代之的重擔。他不禁撫腕仰望蒼穹。宛如內地的秋天、許久不曾有過這麼清澄的青空是那麼高聳，薄薄的綿雲描繪出石階的形狀。

一九四四年三月小說集《清秋》由台北清水書店出版

山川草木

有一天，妻子買東西回來，推開門進來，都還沒有看見人影就聽見聲音搶先著說：

「老公，我今天見到一個難得一見的人哦！眞的很難得喲！你猜是誰？」

因爲聽起來是那麼高興的聲音，心想可以讓妻子如此驚奇的難得一見的人物到底是誰呢？正茫然的當時，妻子也不期待我回答就說：

「是寶連啦！簡氏寶連耶！嚇一跳吧！」

她這麼一邊說著，我才看見妻子的人影。

「哦！」

我也感到驚奇而把書放下來。看見妻子把籃子放下，正面看著我笑著。看著妻子額頭上的汗，以及稍微急促的呼吸，似乎她是爲了通知我而急急地趕回來。

「剛開始以爲認錯人。因爲不應該現在回來。」

妻子的臉上再度露出當時的感動，繼續地說著。

根據妻子的話，她本來以爲認錯人而沉默，由於寶連先打招呼才開始交談的。那時，把視線移開那潛入籠中的貓，我也爲了這個意外而皺眉，回想起和寶連分別確實不過是一個月前的事。那天夜裡，她到東京車站來送我們一家人歸鄉，熱心地問何時才能再見面？

她要努力成爲可以獨當一面的琴師才回故鄉，她笑著要我們保重，在她美麗的眼波中可以看出她的決意。她是音樂學校二年級的學生，當時特別被選拔出來參加一年一度的學校演奏會，彈奏鋼琴協奏曲。那時候，連練習時休息片刻都覺得可惜，爲了送我們而挪出時間，而此時應該是在演奏會或是練習才對。可以回來，應該不是因爲有閒暇，但是回來了也沒有一封信通知我一聲，到底是怎麼一回事？我實在是很迷惑。「很奇怪耶！爲什麼回來了？該不會生病了吧！」

於是妻子皺起眉降低聲音說：「這麼說我倒想起來了，她那時不太有精神，完全變了一個人，好像突然老了一樣。而且她回來也已經兩個禮拜了。」

「哦！那你沒問她爲什麼回來嗎？」

「沒問啊！她匆匆忙忙地就跟我道別了，但是她說兩、三天內來看我們。」

「笨哪！」

為什麼回來？那麼重要的事都沒問，對妻子實在感到很生氣，但聽到要來看我們才終於把怒氣壓回去。然而，寶連歸鄉的謎卻沉悶地壓在胸口，恨不得立刻就知道眞相，而不需等到兩、三天後。

那天傍晚，天空布滿烏雲，到了夜裡就嘩啦地下起雨來。一邊聽著雨叩在屋瓦的聲音，一邊和妻子談論著好久沒過的東京生活。外頭雖然沒有風，但和著雨聲蛙鳴不絕，在東京住的家，雖然下雨時也是噼哩啪啦的雨聲，但是沒有蛙鳴聲，只有省線電車跑時振動窗戶的聲音。聽到雨聲而想起了在東京的家中聽到的雨聲，想到那時的情景，實在令人懷念。然而，比起來，總覺得現在的生活非常寂寞，因為懷念，我和妻子都停了下來，不再談論東京生活。

正因這種擔心，為了間接地講自己的生活而使話題談到了寶連。這也許是受到妻子今天在街上碰到寶連的影響吧！談到這點，妻子就活絡起來了，她和寶連的交往，講了又講，聽了好幾次。但我自己聽到妻子說寶連突然變老了，不禁想起一起在東京時寶連精神勃勃的年輕模樣。她二十歲還是音樂學校在學學生，住在神宮外苑一個高級女子公寓，時常穿著合身時髦的洋裝。深邃烏黑的瞳孔、雙眼皮、長睫毛，既理智脣形又美的雙唇笑起來渾然一體，表情非常具有智慧，穿著洋裝時，擁有一股女性的魅力時而展現出妖婦般的美貌。濃密烏黑的秀髮，燙或捲髮地披在肩上，豐滿的身材及洋裝下纖細的腿，走路時不時引來人們的視線成爲目光的焦點。初次到我家來時，妻見到她閃亮的眼神，直說：當在玄關看到她時，還以爲她是明星呢！和田妮惠田妮（法國明星）長得一模一樣。後來，我的一個朋友在家遇見她，非常喜歡她直嚷著要我幫他作媒。寶連家供應她充分的生活費，沒有一點不自由，學著自己喜歡的音樂，也許是學音樂的學生吧！她看起來非常會打扮也很開朗，充滿幸福的樣子。據說她是長女，我也問過她，她父親是個實業家擁有相當大的印刷廠和在鄉間的製茶工廠。

當然我和她的家庭沒有往來，這些事是從她的生活看來，想像她一定是生活在一個富裕的家庭。認識她是在一個認識的音樂老師的家，那老師是她的個別老師，那老師是因爲我和寶連同出身在台灣，才介紹我們認識的，後來一起去日本谷公會堂聽了幾次交響樂團的演奏會就熟了起來，由於和妻子也合得來，就常到家裡來。

因爲寶連沒有哥哥，所以她把我當成哥哥，後來，一些身邊的事也都詢問我的意見。直到我因健康不佳離開東京回鄉的那個夜晚。在東京車站告別的那個晚上，她隔著即將開動的火車窗子，真誠地說，以後凡事要寫信詢問我的意見；而且叮嚀我，希望我收到信後要立即給她回信。那天晚上，邊聽著雨聲，回想往事，爲何她回來了，卻沒有隻字片語通知我，百思不解，倚著妻子，到深夜無法成眠。

特別是妻子說寶連毫無生氣且突然老了不少一事，一定是出了什麼大變異，我和妻子相對唏噓，心中充滿了不祥之感。由於擔心，想隔天照著住址去找她，但她已回來兩個禮拜了，都沒有跟我打招呼，我想她一定有什麼不便之處，既然說兩、三天內要來，就相信她吧！我在期待著她的來訪。

果然，簡氏寶連第二天就來了，因爲以爲是兩、三天後才會來，妻子冷不防地叫了起來：

「先生，寶連來了。」

聽到聲音，胸中震了一下，不覺中趕到玄關處。妻與寶連並立在正廳門旁開滿花充滿花香的兩棵大的含笑花下。

兩人似乎在講什麼悄悄話，看見我來，妻子走到我身邊，細聲地說：

「寶連的父親過世了！」

妻此時悲然欲泣。

「啊！」

我吃驚地看著寶連。寶連勉強擠出一絲笑容，向我點了一下頭，立即移開了她的視線。剛開始，我抑制著也不知道要說些什麼，昨日以來的迷惑終於解開了。然後，眼中注視著飛近含笑花的黑蜂，腦筋一片空白，只聽見耳中嗡嗡作響。妻也低首沉默了一會兒才走近寶連，要寶連進屋裡去：

「這的確是令人哀傷。嗯！什麼時候的事？……」

在微暗的屋裡坐下，我如此問著寶連。

寶連滿臉哀愁地看著我與妻說：

「是二十天前的事。」

「二十天前?!」

這樣算起來的話，寶連是兩個禮拜前回來的，並沒有見到她父親最後一面。妻也注意到了，她目不轉睛地望著寶連。於是，寶連努力做出的明朗表情，似乎想說些什麼……但已熱淚盈眶，急急地拿起手帕，壓抑地啜泣起來。我和妻互看了一眼。妻眼中充滿了淚水。受到這種感動，我不禁眼也熱了起來，才一個月，就改變了，從未看過這樣的寶連，以前她總是開朗健康的。父親的死對她是一個很大的打擊。原本美麗的秀髮，已變黃變塌，用一條黑色的髮帶紮在腦後，用帶孝的麻固定住。比起在東京時的濃妝，現在這種完全不上妝的臉，的確看起來是老多了，妻子並沒有說謊。脖子變細了，皮膚也變得乾燥。樸素的茶色洋裝下的肩膀因啜泣而顫抖著。現在，不管怎麼看，都看不見原來那個開朗的寶連的影子，感覺起來，她倒像一個年輕的寡婦。我再度爲她所受到的打擊感到吃驚，想到身爲長女的她，現在必須挑起一家的責任，但自己嘟囔著，這也是沒辦法的事。現在，寶連正在向她視爲長兄嫂的我們夫婦發洩她滿胸的悲傷吧！在她的朋友中，交往、交談最直爽，最隨便的應該就是我們夫婦吧！覺得不安慰她似乎不行，可是到底要如何安慰，實在是不知道，妻也是用手帕搗著眼沉默著。但又覺得那些安慰的話只是禮貌性，而且太空洞，還是讓她哭個痛快吧！

我一邊覺得自己太殘酷，一邊將視線移到窗外。

昨晚的雨，今天一早雖然已經放晴，但現在天空又起烏雲陰沉沉，似乎又要下雨了。覺得四周冷冷的，冬天已經到了。沉默了一會兒，妻像是逃開了一般進了廚房。過了一會兒，寶連把手帕押在臉上，似乎不再那麼激動，只是靜靜地把淚拭去。說：

「對不起，父親是上個月二十三日去世的。」

上個月二十三日的話，距離現在是二十天的事。一定是沒有見到她父親最後一面，但不知爲什麼她父親會突然過世。

在東京分別的那個夜晚，也沒聽她說她父親生病之類的話。「眞是對不起！因爲不曾聽你說你父親病的事。所以，實在是很吃驚。」

「我也不曉得。當我在東京接到消息時，父親已不在人世了。」

寶連再度湧起了滿心的悲傷，聲音顫抖著說：

「接到的電報竟是父親的死亡通知。」

我想，這是她受到打擊的原因。突然失去了父親，回到家鄉看不見父親的身影，更不得不信這是事實，想必因此而覺得遺憾與悲傷。

「到底是什麼病？這麼突然……」

「腦溢血。」寶連咬著唇輕輕地說。

「哦！的確是不好醫治的病。」

妻子端茶出來，聽到腦溢血嚇了一跳。我把香菸丟入菸灰缸，對寶連的態度也有所了解。恐怕是因爲事情來得太突然，所以不知所措，和妻見面時大概已經辦完喪事多少恢復了冷靜才來的。但是想起她家無兄長，今後她將挑起家中重擔，就覺得難過。

「有困難嗎？」

我考慮像我親妹一般的寶連的立場。寶連看了我似乎懂我的意思，又再度垂下了雙眼。妻也懂我意思地嘆了一聲氣：「唉！」

當然，因爲不是家庭式的交往，因此關於她的家庭我知道的也有限：她母親在她十四歲時過世，有兩個弟弟，一個妹妹，十六歲時現在的繼母進門，現在有兩個異母的弟妹。那位繼母以前是做藝妓的，和寶連性情不合，繼母對前妻的小孩並不愛護，在父親的面前，卻看不出來，所以寶連在東京時，心裡常掛念著幼小的弟妹。那時由於她父親還在，我勸她不要瞎疑猜，但，現在她父親去世了，我開始擔心她和她繼母之間的關係。「唉！已經是過去的事了，再鬱悶想不開，都於事無補。還不如建立父親過世後的新生活。」

我這麼說，雖是爲了安慰寶連，事實上是爲了穩定自己的情緒。

「實在傷腦筋，寶連又是長女……」

妻子皺著眉盯著寶連的臉。寶連垂著眼毅然地說：「我會努力的！」

她就這樣短短地說了一句，就再度沉默。她那種固執的態度還是跟在東京時一模一樣。稍注意一下可發現寶連臉上最初那種悲哀已逐漸消失，取而代之的是一種剛強的神采。

「寶連，你眞的要振作起來。」

「謝謝你，大嫂。」

寶連輕輕地點了一下頭，就直直地看著我。我看出她眼神中有著不同於平常的決心和極度的煩惱。

「父親遺留下來的財產，今後的生活應該是沒有問題。現在正在整理中，父親似乎有不少借款。但經濟生活是沒有困難的。我還是考慮到幼小的弟妹們……」說到這，寶連哽咽著，把視線移到窗外。窗戶的玻璃被風吹動的含笑花的硬葉叩得咚咚作響。麻雀被風吹得好像飛起來很危險的樣子。很明顯地看出寶連的情緒已再度混亂。

「兩個弟弟，一個妹妹，眞的還是很小……」

我故意提到她繼母。寶連繼續看著窗外。

「還有同父異母的弟弟……」

說完後，她急切地看著我的臉。

「現在開始擔心我和繼母間的關係。繼母是個觀念老舊的人。父親過世沒多久，已經和我們分家，過著獨立的生活。父親已過世，我想和繼母還要互相依靠……」

根據寶連的說明，繼母是想用遺產獨立生計，但寶連希望自己回東京後，繼母可以照顧家庭。本來我認爲這是件惱人的事，而暗自擔心，但出乎意料，寶連在父親死後卻願意與繼母一起生活，我慶幸她長大了。

「如果那樣的話就用不著操心，只怕你繼母見你的態度會先發制人，不過這也是你咎由自取。」

「是這樣嗎？」

「當然，我想現在是該你表現誠意的時候了。要做的話一定可以解決。」

「眞可怕呀！畢竟曾當藝妓的女人。」

妻抱著寶連的肩說出這樣的話，我偷偷地瞪了妻子。

天空愈來愈奇怪，掩了一層低低的烏雲，不久寶連就回去了。妻子一邊收拾屋內，一邊又爲寶連感到悲哀似地流著眼淚。我倚著窗，看著天上的烏雲，心想今晚大概又會下雨吧！然後我再回到桌邊，繼續才剛要看的書，心定不下來，眞沒辦法。讀了兩、三行又想到寶連的事，就這樣不知不覺地又想起寶連剛才的模樣，她說：「我還是和繼母分開比較好，貌合神離，彼此之間的摩擦也是一種不幸。」

妻已停止工作，在眺望窗外。

「笨蛋。豈可忽視人倫。如果那樣就糟了！還想回東京念書嗎？」

為了幼小的弟妹，再回到東京念書，我想她畢業後成為一個有前途有希望的音樂家，而此時她的孝心也應該增長而不會再與繼母分離了。那天下起雨來了，到了夜裡下得更激烈。

後來寶連每隔兩、三天就來訪，大概在我不在時居多。

不曉得都和妻談些什麼。有時遇見我就會和我談談她和繼母無法和睦只有分別生活，還有父親的遺產也漸在整理中等等的事。身為實業家的父親出乎意料地負債許多，整理後大概不會剩下什麼遺產吧！寶連憂鬱著果眞那樣的話，我主張寶連不要和繼母分家，寶連本身也是這個意思，她焦急著要早一點處理這個問題，早點回東京。我想去拜訪她繼母，也想去她父親的靈前參拜，後來，我終於和寶連約了去拜訪她家的時間。

在一個天氣微寒的傍晚，我下班後直接坐車到寶連家，照著她說的那一站下車。寶連在站牌處等我，見到我很高興地揮著手，風很強天空陰沉沉地壓著烏雲，已是日落時分，灰暗的街上鮮少行人，因為燈火管制所以沒有燈，街上的建築物逐漸在幽暗中露出漆黑的身影，寶連和我並排走著。

「關於父親的借款現在打算把所有的不動產全部賣掉。印刷工廠已經賣掉了，結果只剩下四家店鋪和在山中的田地而已。繼母堅持那些店鋪要由她自己的孩子來繼承。」

她這樣靜靜地說著。我的眼被她那被風吹亂的頭髮所遮蓋，她這種口氣是下了相當的決心。

「眞是不通情理。那麼你打算怎麼辦？」

「當然是照她說的辦啊！這時還有什麼好爭的。」

我什麼也沒說，眼頭一陣熱。走進了小巷子，寶連帶我到她二層樓的家。從她家大門的形狀一眼就可以看出她父親是個不錯的實業家，一進門就傳來濃郁的香的味道。映入眼簾的是在屋子中間擺著掛有她父親遺像的靈桌，家具都整齊地排列著。從遺像看來，她父親是一位粗眉、健壯的人，果然像個實業家。

我站在這位不相識的死者前心裡想著我是你女兒的朋友然後鞠了一躬。我喊住要去倒茶的寶連告訴她我想燒香，寶連急急地點了一下頭替我點香。這時她的眼中閃爍著淚光。這時我胸口一緊眼中也朦朧起來了。與其說我是爲寶連父親的死感到悲哀，還不如說是爲了她的境遇感到悲傷。一直忍住胸中的情緒，不知何時寶連身邊圍繞著的三個小孩用一種疑惑的眼神看著我。在微暗中像寶連的臉型輪廓的孩子每個都垂著淚水。

「是弟弟嗎？」

「嗯！」

寶連一邊拭去眼淚，一邊撫摸著弟弟的頭，看起來就像是孤苦無依的姊弟。大家都沉默了一會兒之後寶連的繼母就出來了。

「歡迎你來，是紀先生吧！」

她和我打聲招呼後就轉身向寶連。那種態度正是一副慈母的表情，對寶連和藹地笑著說：

「真是很歡迎你來，寶連在東京時常受你的照顧，對你也沒說什麼感謝的話，寶連的父親也……」

說到這裡遺像映入眼中，我被香的煙燻得拿出手帕摀住眼，「寶連的父親連等寶連回來都沒有就過去了，但臨終時口中還直唸著寶連的名字。」

像這樣說還不是好母親嗎？我把視線移向寶連，她的表情沒什麼變化，爲了要怎麼解釋才好而迷惑著，眼隨著細細直直的香的白煙而轉移視線，繼母開始訴說寶連的父親是如何操心寶連的弟妹，如何委託她而她自己也很擔心寶連的未來，我就那樣靜靜地聽著。看看她繼母看起來就像有錢人家的太太，給人感覺上非常清爽，年約二十八歲，頭髮烏黑，眼神明亮，臉型輪廓很美，看起來很健康。

夜裡穿的長衫下穿著拖鞋白皙的腳，和那天的日子似乎有點不協調的顯眼和美麗。特別是她在說話時銳利的眼波流轉和雙唇的皓齒在在都使她看起來非常的理智。無法想像如寶連所形容那樣的繼母。但她繼母還繼續說著寶連姊弟的立場給我聽：

「嗯！那是當然的，這世上的繼母和前妻的小孩，讓人看起來都很奇怪。更何況我和寶連的年齡又差不多，像這樣最容易惹起謠言，但不管如何還是有一種母女信賴的情感。」

她就那樣滔滔不絕地說著，那時女傭端出茶水來放在我的面前。聽她這麼說，我似乎也沒什麼話好說，只是靜靜地喝茶，感覺外面已經天黑了。外面已是漆黑，只有風聲，我想已經沒事了，向寶連做了個信號說我要回家了就站了起來。

「啊！紀先生，鄉下地方沒什麼菜，您就留下來用飯吧！寶連父親生前也很感謝你對寶連的照顧，難得有這機會。」她繼母一邊挽留我，一邊要寶連留我晚些回家。沒辦法只好再度坐下，繼母儘管客氣，但在配給（戰爭時代日用品均配給）生活之下，那夜還意想不到地吃到鴨的料理、鹹蛋、落花生等豐富的食物。繼母不但要我多吃些，也要寶連勸我多吃點，喝了兩、三杯酒之後，我覺得有些醉意。

在吃飯的時候繼母帶著溫柔的笑臉看著我和寶連，然後又講到寶連留學的事以及自己今後的生活計畫，還有，因爲都是女人家，所以希望我可以成爲她們商量事情的對象。她繼母會提出和寶連姊弟分居的事嗎？

我反而被她那種令人感佩的母愛緊扣住，沉默不語地吃著飯。話題漸漸熱起來後繼母抱著寶連的弟弟讓我看他的臉頰。這到底是怎麼一回事，我看著寶連，她卻如石頭一般，動都不動面無表情。

晚飯後我謝謝寶連繼母的招待向她們告辭，寶連送我出門。管制下的街道一片烏黑，冰冷的寒風使我不得不把領子豎起來。小巷寂靜無聲，路上沒有來往行人。靜靜地整理著思緒走了一會兒，覺得寶連很令我迷惑，於是我駐足停了下來，寶連也停了下來，靜到可以聽到呼吸的聲音。她到底在想些什麼？仰望天空，兩、三顆星星，淡淡地閃爍著。

「你繼母並不是像你講的那樣。」

沉默之後，我如是說，「看起來很有愛心，也很明理……」

「紀先生，你完全信任她，也不是沒道理的。」

寶連打斷我的話，黑暗中我可以感覺到她冷笑的臉。

「畢竟是個做藝妓的。眞擅長交際。」

「藝妓?!」我責問地說：「那已經是過去的事了，她現在是你的母親，你最好不要用這種口氣說話。」

這麼說時，我想到了她繼母的樣子，可以想像她曾是藝妓的模樣。但，我考慮寶連的立場，想使她信任她的繼母。

「那麼說，也是不得已的！」

寶連靜靜地走近我的身邊。

「紀大哥，我已經下決心了，我要照著繼母的要求去做。父親遺留下僅有的財產，給繼母生的弟弟，市內的店鋪完全讓給繼母，我和弟妹們到山上去。」

「山上?!」

「嗯!是還父親的債剩下的田地，死去的母親的哥哥在那兒做農，我想在那兒和舅舅一起過活，等弟弟長大成人。」

「嗯!這是個好辦法，但，這麼大的決定是否和繼母商量一下?」

「請不要再說了!」

寶連突然激烈地叫起來。我在黑暗中驚嚇地睜開眼睛。

「拜託，求你不要留我，我是弟弟們的大姊。如果我那麼軟弱的話弟弟們怎麼辦。紀大哥，求你答應我。」

我沒回答想贊成卻無法贊成。我被寶連的激動弄得有點躊躇不決，但仍強裝冷靜。

「這也行，但學校方面怎麼辦?」

「當然是休學。」

寶連若無其事地回答我，但語調卻有點顫抖，我吃驚地挺直了身子，在黑暗中看著她的臉。「休學嗎?」我喃喃自語。在學校是那麼認眞的她，現在要休學，該不是騙人的吧!是眞的嗎?對這逆境來說是一種奮鬥還是放棄，如果她眞這麼打算的話，台灣的女性將從藝術的殿堂掉落下來。在朝鮮出了一個女藝術家叫做崔承喜，而台灣的女性還未從時代錯誤的夢中覺醒。之所以這麼說還不是因爲寶連本身，有一次在音樂會的歸途上，那夜寶連在學校的演奏會中演奏八短調，彈奏得非常棒，而博得喝采，在回家的電車中，興奮未消。眼圈微紅，手顫抖地拉住手環，有點心不在焉。是因爲對自己有自信而高興吧！

我衷心地讚美她的演奏希望她可以成爲一個優越的藝術家，話題扯到台灣的女性，那時寶連憤然地批評台灣的女性再舉崔承喜爲例。我聽了內心非常喜悅。

「這麼說來，你可別被淘汰哦！」

我故意這麼說。

「好，你等著看好了，我要把台灣女性的名譽爭取回來，成爲台灣的崔承喜。」寶連非常地意氣軒昂。

我想以她的才能、環境和堅強的意志，這絕不是空想。她果然被選拔出來彈奏鋼琴協奏曲，這不過是一個月前的事罷了。而今卻因她父親突然病故而失去機會，實在可惜，是什麼使她突然改變了心意?!我不認爲她說的是眞心話，她是屈服於環境之下。

「你說得簡單，那你的努力怎麼辦?藝術呢?還有要挽回台灣女性的名譽啊?!你這種想法是不可以的。」

我想讓她自己反省一下，在黑暗中她突然動了一下。

「我失陪了！再見！」

她就這麼一聲轉身離去。由於太唐突，我站在原地發呆。夜裡非常安靜，可以聽到蟲鳴，忽然覺得可以聽到轉身而去的寶連的啜泣聲。在看不見路的方向傳來咳嗽的聲音，聽到像是有兩人的木屐聲，愈走愈近。

那天夜裡回家，告訴妻子寶連所說的話，妻子急忙停下手中工作說：「我們收養寶連的弟弟吧！不讓她去東京太可憐了！」妻子一臉認眞的表情，那的確是個方法，但簡家有他們的親戚，會容許我們插手管他們的事嗎？

「不行！我們不能做那樣的事，寶連就算說好的話，對簡家來說我們畢竟是外人。」

「說的也是。」

妻似乎是沒有辦法似地嘆了一口氣。我也只有默默地打開窗子，毫無意義地看著漆黑的夜空。

然後，也不曉得怎麼著，那天之後就不再見到寶連的人影。以爲她這兩天會來，但卻一點消息都沒有。我不在意，因爲她一定是爲了處理遺產而忙碌吧！但妻卻焦躁不安。果然，兩個星期後，她打算自己去找寶連。有一天，在我下班回家時，妻含著淚說：

「寶連已經到鄉下去了。」

我並不特別驚訝，個性剛強以致沒有其他可以倚靠的人了的她還是那麼做了，不知爲什麼我心中反而覺得平靜。但爲何她連要走了都沒和我們打聲招呼，是爲了那天夜裡我說的話而生氣嗎？妻遺憾的說：「寶連太過分了！實在太過分了，要去哪兒也不說一聲，就悄悄地離開了。」妻似乎是忘了還要準備晚餐，只是那樣流著淚地說著。我辯明地說，這就是寶連的性格，心裡想著，寶連一定會寫信過來。

從那時開始，每次有郵件來時，我就會神經過敏似地等著她的來信。一點也沒有出乎意料，三個禮拜後，她果然來信了。這次妻子笑嘻嘻地拿著她已經看過的信給我看。「很抱歉直到現在才寫信給你。我只是答應繼母的要求，帶著弟弟在上個月的二十日搬了過去。我們除了舅舅以外沒有其他可以倚靠的人了。除了到那兒之外，也沒有其他的地方可以去，當時要離開時，因怕又哭了出來，所以只有偷偷地離開。

現在每天和舅舅耕種自己的田地，眺望四周的綠山，用河流的清淨河水洗手，呼吸著新鮮的空氣，沉浸於田園之樂。但剛開始還是很苦的。

沒有比不能回東京、藝術的志願受挫更痛苦的事了。每當夜裡想起總忍不住哭泣，但現在已習慣了田園的生活。我想我已有足夠的勇氣。現在提倡增產，我暫時拋下音樂，努力從事生產。是很不錯的生產戰士哦！你也可以這麼叫我，歡迎你到這兒來，等你來！一定要來看看我變成村婦的樣子。請你吃雞肉料理，一定！一定！一定要來哦！我期待著，再見！寶連。」我在唸信時，妻就坐在我旁邊說：

「去啦！明天就去，我想早點見到她！」

她一個人吵著，但又突然想起寶連種田的模樣又覺得可憐，而無精打采起來。我也希望早點兒見到寶連。特別是想看看她所耕種的田地。知道她滿足於鄉下的生活讓我鬆了一口氣，她繼母果眞是個藝妓，那天在她家時被她矇騙了。

但去找寶連又無法當日往返，事實上，上班的地方也不方便。一週週地拖下去，不知不覺已經到了歲暮，寶連那頭焦急地催著，妻也生氣了，已經到了不得不去的地步了，終於排除萬難在三月的一個星期三的午後，與妻前往。

從台北搭火車出發，搖晃了兩個小時，下車後改搭台車，綠色的田地上的植物被風吹得激烈地搖動。那天感覺上有春的氣息，晴朗的天空，層層白雲，輪廓明顯的青山，在田裡休憩的水牛，掠過稻田的飛鳥，眼中充滿鮮明的色調。妻子被這些鮮豔的色彩所感動，直感謝寶連邀我們來這裡，眼裡浮出似乎已見到寶連似的光彩，我也同樣地感到喜悅。台車通過古樹從樹蔭下土地公廟前經過，逐漸綠田也沒有了，聳立在眼前的是一座座的高山。穿過眼前的相思樹林和竹林，可看見斷崖前一條水量很少的清流，遠遠地可以看見河原上的巨岩，從河岸到山的一帶，是紅色的丘陵，在竹林間可以看見灰色的稻草、紅色的磚瓦、白色的牆，隱隱約約的一個村落，圍繞著的是一片青翠美麗的綠色耕地。從車夫那兒知道寶連就住在那個村落裡。看了一下錶，從台北出發到現在已三個多小時。太陽已西斜，樹林的一面還受著陽光，另一面已出現陰影。從山腰橫走過去，有一面已是平地，突然可以感覺到山中的孤寂。空氣非常冷冽，突然丘陵起伏，通過眼前的是田地、道路、山麓的雜木林……。

妻被風吹得裙子飄動起來，瞇著眼看著山，整整頭髮。一下子不知道該往何處走。但在前面不遠一個賣店之前看見穿著洋裝的寶連在揮著手。

「是寶連！」

妻邊說著邊伸出手臂和飛奔過來的寶連相擁在一起。

看著她們兩人，我眼也熱了起來。大概是爲了在東京時寶連總是穿著華美的洋裝，可是現在卻穿著樸素，過著村婦的生活，對照起來，覺得寶連可憐才忍不住流淚。爲了不讓弟弟變成孤兒，寶連帶著弟弟生活，我爲比別人更有前途的寶連感到惋惜，胸口一緊，什麼也說不出來，只能掩面拭淚。

不久，寶連笑著走過來向我點頭問好。

「終於來了，我從早上等到現在。」

我看見她開朗的笑臉，心中充滿喜悅地也笑容滿面。

「我想都過了四、五個月了還不來，一定是把我這個村婦給忘了。」

「這是爲了罰你偷偷地離開呀！」

我終於說話了，和妻子互相望了一眼，妻子接下我的話說：

「寶連，這就是你不對了！老要我們操心！偷偷地就跑掉了，爲了讓你嚐嚐擔心的滋味才故意這麼晚來的！」

「啊?!」

寶連面紅耳赤地笑著。

三人並行地走著，呼吸著新鮮的空氣，望著眼前的山腳，踩著路邊的雜草，感覺就像以前我們一起到奧多摩去遠足時一樣，但不同的是現在寶連樸素的身影。四、五個月不見，差點認不出來，臉被太陽曬黑了，也變得結實，看起來有年輕人的光彩。我從未看過這麼有朝氣而又健康的寶連。以前在東京時，她那種人爲的濃妝，紅唇濃眉，那種美看起來很令人擔心，但現在我覺得勞動的女性也是一種美。驚訝寶連這種完全與以前不同的健康美，我想一定是生活的關係，我輕輕地鬆了一口氣。

「我變得健康了，你看手指這麼粗，我看起來是不是很粗枝大葉?」

也許是我奇怪的眼神吧！寶連邊看著我邊伸出她的指頭，「這都是每天種田養豬的結果，剛開始覺得很苦，但現在覺得很有趣。」

「寶連你眞了不起！」

妻淚汪汪地說。「你曾經是個任性的富家小姐呀！」

「這是由於寶連剛強的脾氣不肯向環境屈服。」

「唉呀！討厭！這到底是褒，還是貶啊？好諷刺哦！」
「諷刺？沒有的事，怎麼在山裡住一住就彆扭起來了！」
「是吧！我每天聞泥土的味道，就變得單純起來了！」
我邊開著玩笑，寶連的視線隨綠油油的田地流轉著。
山腰一帶的美景、蒼綠的作物、鮮綠的色彩，盡入眼簾，荒地卻一點也不像荒地，田與田間、草叢與草叢間、坡道與坡道之間蜿蜒著小路。石牆一層層地高上去，像是把山腰包圍起來一般。電信柱下有一匹牛在吃著草，背上有小孩騎著。寶連指著山裡樹叢內的一家紅屋頂的房子說，那就是她現在與舅舅一起住的地方。她舅舅在當地是自耕農，她會來這原來也是她舅舅要她來的，漸漸地弟弟也喜歡舅舅家的那種健康的生活，而寶連也把弟弟的教育委託舅舅。走著走著路上突然升起了坡度，我已經開始喘了，但看見邊走邊講話的寶連，一步步充滿活力，我悄悄地想著：她已經適應這種生活了吧！弟弟們將來也是這種生活吧！
這樣下去，等弟弟和舅舅都完全熟悉了以後再回去東京吧！「在那兒有用稻草編的擋風的東西，那擋風物一直向南擴展，那一帶就是我和舅舅耕種的田地，已經收穫了蘿蔔、山東菜和荷蘭芹菜。」
我們爬到她家的石牆下時，寶連一邊整理她被風吹亂的頭髮，一邊得意洋洋地說著。
「製茶工廠的話，你看在那個三角形尖尖的山，就在那座山的對面。完全委任給舅舅了！

我們家的財產就這些了！」

這樣說完了之後，她卻流露出孤寂的眼神。我默默地想著，還是不要談到她把台北市的店鋪讓給繼母的事。

「是父親唯一遺留下來的東西呀！」

妻無限感慨地說。

爬上石垣，轉過一個竹叢就到了她舅舅家的庭院了。

因為是山中的房子，用難得一見的土磚把屋子圍了起來，紅磚築成的門。向院子內看過去，可看見院子內的果樹和白牆，還有木材與農具，不久，傍晚就悄悄地來到。

看起來是個典雅富裕的老房子。因被細心地整理過，所以感覺很好。

「累了吧！走了那麼遠的山路。」

寶連看見站在門邊龍眼樹下調整呼吸的我們笑著如是說道。

在微暗的樹蔭下，還微微喘著，撫著臉的寶連看起來是美極了！雖已接近日暮還可聽到鳥鳴，回首前來的道路妻嘆息地叫道：

「哇！好美的景色。」

站在龍眼樹下，眼下的田野，與紫色的遠山已逐漸褪色。

太陽已下山，微弱的光照著山川草木，明暗交織著。山麓雜木中隱約的河流，在灰色的黃昏之中流著，在綠油油的田與田之間，散落著數個小小的村落，灰色的屋頂，穿過樹叢頂上是五、六條寂寥的炊煙，一列黑色斑點從天空飛翔而過。現在在紫色的遠山處可看見一條火車冒出來的煙，那大概是剛剛下車的地方吧！我漸漸感覺到身邊的空氣變得寒冷，及自己是從遠處來的，緊緊地纏著寂寞之感，重新想起住在山中的寶連，就如在毫無人煙的深山中的一朵可憐的花一般，令人感覺難過。但，面向寶連，卻什麼也說不出口。我只是偷偷地望著她，靜靜地聽著龍眼樹上的鳥鳴和樹葉沙沙的聲音。

突然從那裡跑出了兩條狗狂吠著，露出牙齒嘶鳴著，妻叫了一聲躲在我身後。寶連向前一步斥責了一聲，狗終於退縮且向寶連搖著尾巴，那狗看起來像是一有機會就會跳起來撲過來一樣。正在傷腦筋的當時，隨後跑出一群小孩子。這些小孩看起來都像健壯的山地小孩，他們各抓住了狗的頭啦、肚子啦、尾巴等等護著我們。看起來小孩好像被狗咬住了，其實不過是鬧著玩罷了。不久那狗就使出全身力氣把小孩壓倒在地上。不久，我就看出小孩中有兩個是寶連的弟弟。看見那天真爛漫的表情，可以想像一定很幸福。

「實在是太好了！」

我向寶連這麼說，她只是高興地靜靜地笑著。

進入庭內，那是棟馬蹄形的古建築，和屋外零亂堆積的農具成對照的是，正廳充滿了整齊、清淨的感覺。桂花的香氣在黃昏的空氣中撲鼻而來，屋子裡的老人帶著一個七歲左右的女孩看見我們就笑嘻嘻地走了出來。

古銅色的皮膚滿臉皺紋的老人看起來像是個農夫，那就是寶連的舅舅。寶連向我們介紹，接著那個老人說：「眞歡迎你們來，寶連每天都念著你們，等你們來。」然後就招呼我們進屋中。那小女孩立刻就抱住了寶連，手吮著指頭，用奇異的眼光回頭看著我們。

「這是最小的妹妹。」

寶連說，本來兩個都是孤兒的，現在看起來卻像母女，妻淚汪汪的。寶連的舅舅是個磊落的人，寶連姊弟這次的不幸，使他們四人緊接在一起，也未嘗不是一種幸。在這棟大棟的建築物中過親情生活，家裡也變得熱鬧起來，坐在家中看著從田野工作後回家的家人。

「剛來這裡時是比較頭痛點，但現在都熟稔起來了，我也勸寶連回東京，但寶連堅持要休學。實在是傷腦筋。」寶連把妻子帶到房間裡面，舅舅好像想到什麼地說。

「哦！」

那還是和我私下想到的一樣，但已漸漸可以習慣現在的生活。這些生活和她的藝術生活是不對稱的。

「現在，每天都幫忙田裡的工作。但也不是田裡或做飯都她一個人在忙，大多是小孩子們在幫忙。要她回學校她也不說聲好不好，最近忙著要在村裡關帝廟弄個保育園什麼的。」舅舅一邊笑著一邊搖著頭說，實在是不懂現在的年輕人。

轉眼間暮色愈來愈濃。不久，已到了晚餐時刻，舅舅說我們特地到山裡來，卻留在屋裡沒什麼意思，要寶連帶我們出去走走。寶連的兩個弟妹也拉著她的手一起跟來。在路的對面樹蔭下有一個堆肥舍，橫過那兒，再跳過一條小河流，就到了蜜柑園，蜜柑樹上被一堆藍黑色的東西圍繞住，樹上蝙蝠「啪」一聲地飛了起來，從蜜柑園出來可眺望一片廣大的田地和水田。這一帶是丘陵地，一列彎曲的田地被草叢和雜木圍繞著，好像把山腰切開來一樣。現在夕陽光線漸弱，綠色的大自然已愈來愈暗，田園也變得愈來愈模糊，眼前只剩下田園中作物的影子，和灰暗的天空成反比似的，枝葉的顏色反而鮮活起來似的。田裡種著各式蔬菜，看起來很豐盈。

「我就在這兒工作的喲！看著這些菜芽成長是一大樂趣哦！」寶連站在田埂上高興地說著。

「寶連種的蔬菜會不會營養不良啊?!」

妻開著玩笑，我靜靜地笑著。據她舅舅說她在這兒種的蔬菜都是營養不良。當然要生活是不夠的，還要舅舅一家的協助才可以。結果雜草叢生，違反增產原理。她該走的還是有前途的藝術路線吧！我這麼想，立刻走到寶連身邊。

「再回東京去修藝術吧！聽你舅舅說，弟妹和他都親起來了，這樣的條件不是很好嗎?!」

我靜靜地說著。寶連突然抬頭看著我說：

「要我丟下弟弟嗎？」

「丟下弟弟?!」

我實在很難理解她的意思，我把視線移到一棵大蓮霧樹上去。

「何況，我也不會放棄我的音樂。雖然現在如此，當初我想放下音樂時，那時下決心是件令人悲傷的事。眞令人難過！但，在這兒生活，使我發覺那樣決定是錯的。」

寶蓮邊說著邊把她的視線也放在蓮霧樹上。

「學音樂是錯的嗎？」

「也不是這樣啦！人的生活不只音樂，還要考慮到其他的事呀！我們都不懂現實的生活，而受到四周環境誘惑著再渡海去大都會裡過著幸福的生活，談論那些藝術，那些哲學，所爲何來？又會得到什麼呢！在父親過世時當我知道也許會破產時，我就開始考慮到生活了，對父親來說也一樣吧！父親夢想要成爲一個有成就的大都會裡的實業家，但今天他得到了什麼？只是他的四個小孩，現在在給別人添麻煩罷了！」

「你是冷靜地在考慮！」我訝異地說。

「嗯！是很冷靜的！當然，我也並不否定人的努力向上與活躍於社會。我考慮的是做事的方法，生存的方法。舅舅已經在這住了四十年了！他在這裡看山、看河、看樹木成長，在這耕種了四十年。舅舅們既不是呆子，也不是無能。我想這就是生活。」

「總而言之，你很喜歡這樣的田園生活。」

「不，並不是因爲景色好我就稱讚這裡，而是覺得這是一種生活的方式。你說——」

寶連指著蓮霧樹。妻帶著疑惑的眼神走近我們。

「這棵蓮霧已經二十年了，二十年間，這棵樹在這兒動也沒動過。而且它的葉子年年新鮮翠綠。我認爲這種生存的方法是很美的，這點在我們的生活中有嗎？我們在藝術、學問中打轉，是否遺忘了什麼？那座山也是！數十年，數百年來，它都是那麼奕奕地存在著。和這些比起來，我覺得我們都像患了夢遊症的人。」

原來如此。難怪她要我們看那棵超然聳立在黃昏天色之中，老葉、嫩葉色彩夾雜一身，非常好看的蓮霧樹！

而已消失在暮色中的山脈，還可清晰地看見它美麗的輪廓。我眺望來時路那種大自然之美，想起了我自己在這種心情下，我竟意外地忘了寶連說了些什麼，是因爲這樣來回的走著？還是因爲空虛的心，充滿了對喜歡大自然樸素的農民的感激？我陷入沉思。現在站在大自然之前的我，心中充滿感激，還會想起藝術學問嗎？不，還不如說這些都忘了！那麼說，今後和山川草木共同誠實地一起生活的寶連，才會說出這樣的話，彈鋼琴的話就會失去人生的意義嗎？我自己也不清楚，沉默地一再玩味著寶連的心境。突然吹起了冷風，樹葉發出了沙沙的聲音。

「對不起！我說了狂妄的話！但，這眞的是我的心聲。再說說我的眞心話吧！我雖然這麼想，但住在這兒也是很寂寞的！是習性吧！每當感到寂寞時就看看山呀、樹呀、河的，接觸這些草木，壓抑住自己的情緒。太軟弱了！所以你們要出來玩哦！我最近和村裡的人們一起工作，在關帝廟辦了一個保育園。從現在開始可以過得很有趣。眞快樂！」

我沉思地望著寶連，她改變語氣道歉地笑著說。漸漸地暮色蒼茫，風聲愈來愈大。一會兒大家都無言地站著，寶連的弟弟在田埂上追逐著。

不久，背後傳來了喊我們回去吃晚飯的聲音。寒氣靜靜地襲了過來，寶連在前頭領著我們回家吃飯。

原載一九四四年五月《台灣文藝》創刊號

風頭水尾

一望無垠的木麻黃防風林，井然有序地排列著。繁茂的綠葉高度及胸，好不容易才得以殘存樹梢的禿枝，暴露在海風中，看起來稀稀疏疏地搖曳。刺骨的海風從禿枝縫間襲來。忽——忽——不時呼嘯而去。每次田裡另一邊的樹木都一起彎腰，田園突然間看起來變低了。下火車後已經過了一小時，海風逐漸增強，徐華的心底感覺到已經來到海邊。一想到從今天開始，這裡就是自己安身立命的地方，不由得用雙手掩住被海風一直吹得無法睜開的眼睛，然後從指間偷偷環視附近。防風林與防風林之間，青翠的甘蔗葉激烈地跳躍著。樹蔭下蓋了房子，每次樹木與農作物一低頭，青葉頭頂就露出茅草屋頂與牆壁。小鳥似乎與風兒嬉戲，全身承受著強風，飛起卻不斷後退。雖然看不見蹤影，耳際頻頻傳來鵝和著風聲的激烈嘈雜聲。徐華在如此嚴苛的自然中，強烈感受到生存的氣魄，不由得露出微笑。儘管寒風凜冽，由於心中已有依靠，頓時燃起暖意。眼前浮現今後將成爲自己的師傅、即這座農場的開墾者洪天福的臉龐，微笑逐漸蕩開。然後又想起，當前幾天自己終於決定要參加農耕隊，洪天福所說的話。「這裡是風頭水尾。自然很威猛。因此，一偷懶，就會立刻被擊垮。就算是一秒鐘，也必須要工作。如果能有這樣的覺悟，才能完成這裡的工作。」胸中異常興奮，燃起自己也能辨到的勇氣。佇立在通往農場的橋頭時，徐華回顧背著長子尾隨其後的妻子。

「你看！」

指著橋下。河面的水量很少，砂壤浮出水面。鴨子成群走過卻給人是在渡河的感覺。

「這條河流是唯一的眞水（淡水），是生命之繩。不過，因爲這裡是最下游。你看！它的上游被用來做灌溉水，所以水量很少，而且逆風。因爲是在風上，可眞令人傷腦筋。總之，這裡就叫做風頭水尾，是最差的農耕地噢。」

由於風勢強勁，他說的話中途就被風吹走。也不知道妻子是否有聽到，一副不是很明確的表情。在強風中，好不容易才得以仰望丈夫的臉，卻只是默默笑著。

「不過，洪天福是個了不起的人。很會開墾。」

來到橋上，風勢直接從河面吹來，益發猛烈，彷彿被灑下砂塵，眼睛無法睜開，臉頰火辣辣般的刺痛。似乎覺得橋也在搖。想到連自己是男人，都覺得如此的步行苦不堪言，徐華不由得想拉住妻子的手。不過，妻子兩手抱緊長子，眯著眼睛，頭髮被吹亂！依然以恰似黏在橋上的步伐走著，搖頭拒絕丈夫伸出的援手。

「鳳嬌！」

徐華在風中伸手再度大叫。妻子好像說了什麼，但耳際恰似被風聲包圍，不斷縈繞著忽忽──的聲音，所以沒有聽到她的回答，只見她露出不知所措的笑臉搖頭。目睹此一情景，徐華這才想起妻子能獨立生活。從少女時代起，肩扛將近百斤的貨物，即使是山間的獨木橋，也能面不改色地走過。這種堅強的身影，使他恥於自己的懦弱，不禁向風中狠狠地吐了口水。他挨近妻子與小孩的身邊，以保護他們的姿態過橋。

夫婦兩人佇立在木麻黃樹蔭下一會兒，躲避強勁的風。從防風林對面的樹葉間，可以看到紅色的水蓮花與黃色的美人蕉。神經早已被風吹得乾乾癟癟，頓覺眼前的花非常鮮活。徐華邊拭去停留在臉上的砂塵，眼光完全被花吸引住了。

「啊！都是鹽呢。」

妻子頻頻舐嘴、蹙眉仰望他的臉。徐華也急忙從嘴裡伸出長長的舌頭舐看看。鹽的鹹味。也舐了一下睡在妻子背上的長子之臉頰，還是鹹鹹的。

「已經來到海邊了。鳳嬌！終於到達海邊了。」

從剛剛就已經感覺到了海邊，但沒有現在這般的實在感。徐華的心中油然而生一種悲壯的感覺，反覆吶喊著「海！海！」。不是好奇心，也非喜悅，是直接面對今後要與海邊農耕地對抗的悲壯現實而引發的感動。再次咀嚼洪天福說的話。風頭水尾的這塊土地，不單是要和風作戰、和水作戰，也必須和鹽分作戰，否則作物的成長就無望。現在這樣的恐怖緊緊地纏著他的身子，令他打了寒顫。既然是會黏在臉頰上的鹽分，想到忍受著海風的作物，即將成爲農夫的事實，使他的呼吸急促，不禁握緊拳頭。突然間，想起什麼似地，握了一把田裡的泥土，然後放入口中。只有撲鼻的肥料發酵味，卻沒有鹽分。妻子似乎也察覺到他的心情，掬取溝裡的水品嚐了一下，夫婦兩人戰戰兢兢地相對而視，彷彿在等待對方開口。不過，立刻從眼裡開始笑起來。

「不鹹噢。」

徐華先吐出泥土後說。

「是眞水噢。」

「當然囉。因爲是由剛剛渡過的那條河水供給的。」

聽到妻子說的話，內心覺得很高興，事實上，就像被迎頭澆水，喜悅與希望充塞心胸。

突然間，巴不得早一刻來到自己的小屋，然後與師傅洪天福見面的心情，使他無法靜下來，連忙催促妻子，再度漫步於風中。

竹製屋頂與竹柱的辦公室，爲了避風，蓋在木麻黃的樹蔭下。兩側包圍著倉庫，院子裡有豎起羽毛的雞、鴨與火雞嬉戲其間。除了風聲外，寂靜無聲的辦公室內，有事務員二、三人，師傅和他的兒子去農園工作了。

「喲！來了嗎？」

事務員的話輕輕從耳際溜過。與辦公室的內部連接、難得一見的醃菜工廠之建築物，令徐華瞠目咋舌。它所煥發出忙碌的氣息，燃起徐華心中的希望。那是農夫所無法感受到的大氣息。在他這位山地農夫的眼中看來，如此大規模、有條不紊、活力橫溢的農園，是第一次所看到的印象，始終無法從腦海中拂去。

在到達自己的小屋之前，沿途所經過的農耕地、所見所聞，一切的事物都給他相同的印象。防風林的木麻黃及芒草梢頭忍受海風拂過與鹽分的綠意，直線如棋盤的水溝與田埂，眼看著在風中搖曳的作物莖葉，綿延千里。雖然是再度來訪，走著走著，依然喚起他莫名的感激。棲息在與防風林及水溝平行的路邊之成群家禽，似乎格外歡迎他的到來。他已經開始在腦海裡描繪出這些設計藍圖，想像眼前周遭是二甲步的小塊土地，正在風中迎接豐收。

不過，等他到達自己的小屋時，卻沒有看到能彼此訴說喜悅之情的人，不禁閉口不語。所謂的小屋，其實是形成集團式佃農的部落。密集到從窗戶可以看到鄰家，一發出聲音，連隔四、五間都可以立刻聽到。他遷入的這天，難得會圍著他家小屋的，只有流著鼻涕的小孩。雙親們在田裡工作期間，留下雞群與看家的幼兒們。乍看之下，裸身、肚臍附近一片烏黑，約莫五歲的小孩拉著約莫三歲小孩的手。徐華解開行李，將祝賀用的餅切成數塊，然後遞給孩子們。問他們雙親的消息。說是：「在田裡啊。要不要把他們叫來啊？」

說著就要走去田裡。他不禁微笑，慌慌張張地制止。

事到如今，徐華心想要與其他農夫為伍，工作上可不能輸給他們。自己也想早一刻去田裡，於是急忙開始整頓家裡。現在還把小孩背在背上，汗水也不擦掉而忙著把道具排列在屋裡的妻子，想到來時路上所看到大群的家禽，不禁露出擔心的表情。

「田裡的事比較重要啊。你趕快去田裡看看。讓家禽進入就不得了了。」

她說的也不無道理。徐華取出從遠方帶來的鋤頭，吐了幾口唾液在手掌上後，就摩擦鋤頭的柄。然後走出門口，想看看鄰家，每家卻看不到大人的影子，只有裸身的小孩、貓狗，以及在院子前面走動的鵝、鴨、雞群。一百多位佃農，輕易就被吸引到將近六百甲步、寬廣的農園。

這次他要耕作的二甲步田地，鄰接堤防。是比較後來開墾的土地。還只是泥田的部分，正種植著燈芯草。改善的部分，經由徐華的耕作，今後應該可以種稻。徐華深深感受到這塊遼闊大耕地的一部分是屬於自己田地的實在感，於是在田裡到處走了一會兒。以井然有序的防風林與繁茂的木麻黃做堤防，這塊被包圍的耕作地，在接近正午的太陽之照耀下，以及海風呼嘯而過之美麗，使他突然想起曾在都會所見到的公園之美景。等他發覺時間經過與環境的躍動，想起自己離鄉背井外出工作，思念故鄉天空之情洋溢胸中。

結果，徐華因流露出的情感而茫然無措，鋤頭始終沒有揮下，只是爬到堤防上閒逛看海。面對著田裡的那一面，有別於木麻黃繁茂的情景，從堤防上到海邊的斜面，細小的雜草叢生，恰似牽牛花的紅花正亮麗地綻放著。由於正面迎接海風，他緊按住似乎要被吹走的褲子。揚起白色波頭，以堤防為目標、蜂擁而至的海浪，與青翠的耕作地相形之下，更令人驚於與海作戰、開墾的危險性。覺得海很恐怖，自己即將被海壓倒的壓迫感，使他正想折回時，發覺白色波頭附近的海濱，有四、五人正在工作的身影。對抗著強烈的海風，無視靠近身旁的海浪的咆哮。仔細一瞧，在海濱植草中的一人，徐華覺得就是師傅洪天福的背影。以鐵鋤為手杖，挨近一瞧，果然是洪天福與農夫們一起在工作。全身浸透泥水的洪天福，聽到徐華的打招呼，得知是他時，一副沒有笑容的表情，冷不防說：

「只剩半個月就要插秧了。不可以來不及噢。」

「是的。」

徐華回答，堆起笑容。湧現出感動莫名的農夫們間有的親切感。師傅也是與自己一樣是農夫。瞬間，掩飾不住滿心的喜悅。事實上，在此處耕作受到諸多照顧的農夫，描述師傅洪天福的為人。說是：

「他還是農夫啊。和我們沒有兩樣。每年有數十萬圓的生產總量，本來是自家用轎車可以擁有兩、三輛的身價。不過，他一點也沒有擺出富豪的架子，簡直就和貧農一樣，穿著短褲、裸身工作。」

內心反覆咀嚼這一番話，看到之後不再說話、繼續工作的洪天福被太陽曬黑的皮膚，以及粗糙的大手大腳，胸中充滿佩服的念頭。

在觀看的時候，對方迅速地種植雜草。這些雜草不會有什麼收成，而且海水一滿潮，這裡就會變成海濱。因此，山地農夫徐華覺得這樣只是徒勞而已，於是提出愚蠢的問題：「種那些草有什麼用處？」

「這個嘛！」

洪天福繼續工作，表情不變，以平穩的口吻說：

「製造土地啊。目前是用來保護堤防。總之，藉著種這種草，當海水來時，海濱的土才不會被沖走。不僅如此，由於能留住泥土，海濱的土逐漸變高，最後變成浮洲。這麼一來，海水不會沖到堤防，所以很安全。再則，也能製造出新的土地。」

聽著師傅親切的說明，徐華渾然忘了強烈的海風，覺得自己的前途充滿光明，頓時身子輕快起來。

「海邊的開墾，首先就是要種草。」

一位農夫看著徐華的臉，笑著說。接著，又以在風中呼喚似的高聲繼續說明。現在六百甲步的農耕地，在開墾前，也是和眼前的海濱一樣，原本是雜草不生的砂地。滿潮時，水深及膝。開墾的第一步，就是要建設堤防，擊退海水的侵入。因此，要種植草木來鞏固堤防的土。

「堤防的成功與否，決定勝負。而堤防的成敗，事實上與草木的種植成功與否有關。不過，由於海濱是鹽水，很難把草木種活。」

「原來如此。」

「到堤防成功以前，還是項大工程呢。雖然特意種好草木，暴風雨來襲時，不是都能抵抗的。滾滾湧過來的海水，使草木與堤防一起崩壞。海水入侵，暴風雨的夜晚，苦於堤防決潰的情形不下數次。由於海水猛烈，即使草木的根已深入土中，還是起不了作用，接二連三地流走。因此，我們在夜半時，做成人梯，以身體去擋住海水。」

「現在我所說的話，徐華！」

洪天福突然抬起頭來。

「嗨！」

徐華回過臉來。

「你的也是堤防旁的耕地。所以，堤防的安全最重要噢。」

「我明白了。」

他們所說的事情，使下了堅定決心進入此農園的徐華，更加深切感受到壓力，重新回顧剛才若無其事走過的堤防，其背後竟然隱藏著如此的勞苦。

在激烈的風中，繼續延長堤防。微高斜面上的紅花一起搖曳。堤防上稍露出梢頭、另一側木麻黃葉子的沙沙聲，使徐華覺得彷彿是在脅迫或叱責自己。

太陽西沉，除了風聲外，海的咆哮益發猛烈。高起的波濤逐漸挨近，正覺得迫近眼前時，又向遠方消失。如此反反覆覆，無時無刻都在忍受可怕的海潮聲。

「好像會有暴風雨。」

妻子幾次看著窗外說。由於徐華並不這麼認為，所以沒有回答妻子，不時走到院子仰望蒼穹。

星光閃爍。眼前看到風以強勁之勢，與屋頂摩擦後呼嘯而去。在風聲與海的咆哮驅使他心中益發寂寥的現在，屋頂吱嘎搖晃的聲音，也使他的心無法平靜下來。只要鄰家的農夫回來，多少可以揮走些許的寂寞。不過，稍微看了一下其他鄰家，卻不見農夫的蹤影。只有兩、三家的主婦正在準備晚餐。這時別人都在工作，只有自己一人閒蕩，徐華頓感寂寞，心情越發無法平靜，於是在院子與家中進進出出。

說是家，其實只是三個房間毗鄰的小屋。正廳、寢室與廚房連接在一起。由於是竹柱、竹屋頂的矮屋，風一吹就咯吱咯吱搖動，比起外頭來黑夜更早潛進屋裡。一放置些許的道具與農具，屋裡顯得擁擠，好不容易才空出通道。儘管如此，腦海裡始終盤旋著這是我家的意識。他連忙移動道具，試著左擺右放。最後，總算餐桌的四周變得很乾淨。

今晚他家要招待鄰居的農夫與師傅。雞與鵝已經宰殺清洗乾淨，祝賀用的湯圓也準備好了。妻子在廚房裡調理得手忙腳亂。

「味道會不會變味？」

經過廚房，徐華如此詢問妻子。

「已用鹽巴醃好放著，所以沒有問題的。」

妻子的話使他安心，於是再度走去庭院。農夫們還沒有回家，已完全變暗的院子前面，風聲中夾雜著雞在窩裡跺腳的啼叫聲。

農夫們回家也是在很晚以後的事了。和著風聲，微弱的蟲鳴與由田裡吹過來的風一起進入窗戶。院子前面沐浴著淡淡的星光。由於大家客氣不好意思來，徐華一間間去拜訪，強邀他們接受招待。好不容易小桌才圍坐五、六人。不過，只有師傅洪天福不知道怎麼回事，始終沒有看到蹤影。由於辦公室離得很遠，沒有辦法立刻把他叫來，於是大家喝茶等待。徐華儘管心焦，卻無計可施。一時忍不住，想去叫他時，大家都制止。

「黑漆漆，又是不熟悉的路，實在很危險。而且，師傅也應該快來了。」

「總之，師傅隨時都很忙。現在一定還在某處監督工作。如果你去辦公室，一定不在吧。」

在師傅出現以前，大家也只好耐心等待了。大家都圍著徐華，告訴他一些開墾農耕地的經驗。洪天福突然出現了。還是身穿徐華白天所看到一樣樸實的台灣服。儘管夜深，依然打著赤腳。

「啊，你們在等我嗎？不是說不要等我嗎……」

「歡迎！」

徐華急忙拿把椅子請師傅坐下，他卻把椅子往後推，和大家一起坐在門口旁的長椅上。不過，立刻又站起來，也沒有回頭看徐華遞過來的茶杯。

「怎麼樣啊？房間都整理好了嗎？道具都擺好了嗎？農夫的工作，家裡沒安頓好是不行的。」

說著巡視了一下家裡，然後看了一下院子前面。

「有養家禽吧。農夫是一定要養家禽的。豬也是一樣。有很多間小屋吧。即使是糞便，也是非常有用處的。」

接著走去院子。

對於師傅變化多端的行爲，徐華有點愣然。

「師傅經常都是這個調調。事實上，我們都甘拜下風。」

大家笑著說明。

「徐華！最好要快點養豬。因爲這次你的耕地能夠種甘藷。」

洪天福說著再度進入屋裡。

屋裡點著微弱的石油燈，餐桌上勉強擺滿豐盛的菜餚。洪天福與大家一起入座。

「我只要吃湯圓。因爲今天是徐華的大喜日。」

初次露出笑容。不管徐華如何勸他夾菜，他的筷子始終不去夾菜餚，只吃了兩碗湯圓就擱下筷子。由於師傅沒有舉箸，農夫們也客氣，不管徐華如何勸誘，蘑菇了老半天，白糟蹋了特地準備的一桌菜。看到這種情形，洪天福突然正顏厲色斥責他們。

「幹什麼這麼客氣。不要學我。我是我啊。」

儘管如此，大家還是拘謹地吃完這頓飯。主要的大菜幾乎都原封不動。徐華急得頻頻勸菜。大家因爲面對著師傅，還是客客氣氣的，幾乎沒有再舉箸夾菜。不要客氣啊！洪天福對農夫們說了幾次。等看到大家沒有想再繼續吃菜的意思，於是說：

「那麼，就去院子前面聊天吧。點著燈太浪費了。來！把燈熄了再出去。」

說著自己就趕緊拿把椅子走去院子。

夜更深了，管它是風聲、海的咆哮聲或蟲鳴，全部都捲入漩渦裡。院子前面頹圮的竹牆發出咯嗒咯嗒聲。把椅子拿出來後，大家圍坐成圈。徐華留在屋裡一會兒，等泡好茶後端出來。

「怎麼樣啊？徐華！」

黑暗中，洪天福發出聲。「海邊是個寂寞的地方。因爲只有強勁的風聲與海聲。能夠忍受吧。」

「是啊！當然……」

說到一半，徐華就閉嘴了。想起剛開始時，好幾次都覺得異常寂寞，感到對將來實在沒有什麼自信。

「說什麼話。只要住下來就會習慣了。剛開始，大家都是充滿無法忍受的心情啊。」

「因爲多半都是在山裡長大的人。」

「工作嘛！只要拿出全副精神，其他應該就不會在意了。」

聽到農夫們的你一言我一語，徐華立刻有種被罵的感覺。只要與這些人在一起，今後一定可以工作愉快。重新思索一下，然後笑著說：

「又不是來遊山玩水的。我想不會有什麼問題。」

「是啊。大家也都這麼認爲。不過，等試著過了一下日子，卻發出悲鳴，一發不可收拾。」

洪天福拍打雙腳說。在伸手不見五指的院子前面，成群蚊子在飛翔。蚊子瞄準人類的肉體，蜂擁而至。農夫們也接二連三拍打著腳。

「開墾當初，小工逃跑了，眞是苦不堪言。難以忍受寂寞。當時也和現在不同，沒有一草一木，眼中所看到的都是海邊，風勢強勁，在竹柱蓋的小屋裡生活，爲風與水所苦，也是無法勉強的。爲了留住他們，夜裡請說書人來講古，種植落花生供大家晚上喝酒享用。」

聽到師傅的懷古往事，徐華緊張地屏息吞下口水。

「跟那時比較起來，現在的農園實在太難得了。雖說風很強。你看！有樹、有家、有土地。」

大家都陷入沉默中。風依然吹動屋頂，海的咆哮彷彿近在眼前，響徹大家的耳際。想到師傅的辛勞，徐華對這塊農耕地越發有種親切感。瞬間，瞄到海的那邊，有顆閃閃發光的流星斜落下來。

不久後，洪天福站起來。

「大家都說我很了不起。這是不對的。一切都是神明的庇佑。」

拍打一隻腳後說：「已經很晚了。大家都要休息了……」

自己收拾椅子。徐華頗覺惶恐，送師傅到院子前面。洪天福圖個方便似地，對他指示明天開始後的各種工作，然後獨自一人踏著暗黑的夜路回家。忽——忽——風通過師傅消失蹤影的黑暗中。

俟鄰居的農夫們回家後，徐華懷著溫馨的回憶把門鎖上，然後走進廚房。廚房裡一片漆黑，只感覺到妻子在動。

「鳳嬌！要快點收拾好。因爲明天要早起。雞一鳴，就打算去田裡。」

好像是在說給自己聽。無法按捺住喜悅之情，黑暗中，忍不住露出笑容。

原載一九四五年八月《台灣時報》第二十七卷第八號

百姓

農夫的勤儉過於細微，而且相當固執。所以，經常被叫做吝嗇鬼。不只是叫而已，還因此被嫌惡、嘲笑或愚弄。例如，五錢的物品，想殺價到四錢才買；一張三錢的明信片，想殺價到二錢。公車有規定的運費，農夫卻沒知識到想殺價一錢的樣子，經常映入眼簾。此外，由於節省醫藥費，農夫枉送掉一條人命的故事，時有耳聞。這一切都是因爲農夫的勤儉，卻被叫做吝嗇鬼，也是莫可奈何的事。

不過，深入思索時，農夫果眞是吝嗇鬼嗎？不禁想起少年時在鄉村生活之點點滴滴的回憶。例如，村裡在酬神唱戲時，平日一錢一釐都要節儉的農夫，拚命想招待未曾謀面的觀光客到自己的家裡。與其爲廟會節慶花十數圓，爲何不把它分攤到日常生活中，改善飲食呢？

頗令我納悶不已。年少時認爲農夫都是一群可笑的人之印象，迄今始終無法忘懷。

認爲他們很可笑的印象，一直持續到那天的大空襲。

姓陳的農夫與姓洪的農夫，雖是隔壁鄰居，但感情一向不睦，平日早已反目。姓陳的雞一進入姓洪的耕地，姓洪的就立刻宰殺之。有時姓洪的田裡沒有水，姓陳的水即使溢出流往他處，也絕不會分一滴水給姓洪的。彼此徹底實施利己主義。

有天空襲。由於第一次遇上，陳家、洪家與附近一帶的農夫都到甘蔗園躲避。那是午後的事。洪家的媳婦在甘蔗園裡即將分娩。眞是屋漏偏逢連夜雨啊！敵機就在頭上轟轟叫，大家的頭都伏在地面，擺出一副奇妙的姿勢。洪家束手無策。總之，無法去叫產婆來接生。姓陳的老妻跑過來充當產婆，爲不久後產下的嬰兒剪斷肚臍。在敵機下，陳家的婦人與洪家的女眷，在家中與甘蔗園間來來往往，又是熱水又是尿布，忙得不亦樂乎。因此，產婦得以平安生產。

翌日，陳家雖沒有做雞酒的胡麻油與酒，卻三緘其口。聽到這個消息，姓洪的怒斥老妻。

「就是這個時候了。我們家有，不是嗎？拿出來！」

當然，這時的臉色和平日一樣緊繃。目睹此一情景，不由得想起孩提時代的鄉村生活。

原載一九四四年十二月《台灣文藝》一卷六號

故鄉的戰事一
——改姓名

一天初冬好天氣，午後三點鐘的時候，我急急忙忙的跑進火車站，剪了票就踏入去月台。看看月台上已經一群旅客，正在很拚命地推來讓去的跑來跑去的跑，腳步聲和種種的呼喚聲，混作了一處，熱鬧地傳到耳膜裡來。這因爲打杖（仗）敗勢一天深似一天，火車通統被軍閥獨占，乘客可搭的火車就很少了，所以要搭車的旅客就爲爭先占領坐席的起見，便像賽跑似的跑得很厲害，去占了排列的點兒前頭。因此，月台上的排列，一刻鐘後，就成了長蛇的列出來了。我也在月台上跌來跌去的走了一會，看看四面都許多人在七上八下的爭競著排列，只有一列差不多十數人的放課的小學生，靠著月台的最端邊，很整齊地排列著在那裡等候，我就馬上跑進去排在後面接著。不過這地方因爲太端邊，說不定會碰不著火車廂，所以並沒有大人影。

這些小學生看起來是日本人小學生，在那排列中間唧唧咕咕的說著玩兒，時時也有幾個對他朋友們偷閒搗鬼。但雖然在開玩兒，排列是很規規矩矩不做出亂七八遭（糟）可見學校的訓練是很好的。

等了一會，風送了遠遠的有火車的車輪聲傳來，未久，火車到了。那漆黑的東西便無聲的沿著月台爬，漸漸停歇了下來。月台上忽然起了風浪似的動搖來，下車的旅客尚未下完，就顯出了爭競上車的許多人沙（吵）鬧。看看這些小學生並沒有起了爭競，依舊規規矩矩的排列等著下車的旅客一直下來，頗有使人歡心。可是誰知道到旅客下完的那時候，站在我面前的一個身材矮小的小學生，忽然走出列外從後面拚命地跑進去做先鋒，裝著自然然的樣子便進入車廂裡去。

被押住著的他們同伴瞬間嗒然無聲，一忽兒後，就馬上喊罵起來了。

「後藤……你這個混蛋……改姓名的。」

「改姓名……改姓名。」

罵得很厲害，幾乎要將他拿來打了一打。被罵的那後藤卻也什麼受氣都沒有，只悠悠地占了空闊的坐席，含笑回答說：

「改姓名也可以。」

「怎麼可以呢？改姓名是不行的。」

「改姓名？改姓名。」

於是同伴的小學生，用著了歌唱一樣的聲音，一直齊喊起來，喊得到火車開了後也不止，車廂裡就顯出了一場的沙（吵）鬧起來。

時在皇民化運動極烈的時候，台灣同胞的改姓名是一天又一天的多，所以這時候，我聽了這些小學生一直罵著改姓名，覺得侮辱得很。把很野蠻的強迫手段拿台灣同胞來改了名字，才弄出這樣的侮辱台灣同胞，日本人啊！這是對嗎？台灣同胞啊！你為什麼會這麼樣的傻子，不但失去名字，而且來被人侮辱。一時我氣得的，想將把那小學生來打了一頓，可是冷嚴的時局拿我的手縛住著，一會兒後，我的思想變了，我就想使那改姓名的後藤儘量地被人家侮辱了後，一定會曉得了改姓名的意義是什麼，這可不是他的進步嗎？我把憐憫地眼光看了後藤，用著台灣話問說：

「你的改姓名就改得錯了，你看，會被人家這樣的笑了。」

我以為後藤是個和日本人在小學校裡讀書的改姓名的台灣同胞，可是我的料想就不對了。那個後藤不但不響一聲，倒聽了我的台灣話就仔仔細細的看我了一會，他面上的筋肉都發起傲慢又輕蔑的臉色來了。認為了他是日本人，我就連忙用日本話問說：

「你是改姓名嗎?你的同伴因爲什麼會罵你改姓名呢!」

「你別侮辱著我,我是日本人,誰願意去做台灣人呢。」

後藤便氣憤憤地說。我覺得奇怪起來,就再問了一下。

「那麼,怎麼罵你改姓名?」

「因爲是假僞的,改姓名是假僞的。」

突然地從旁邊聽見有聲音發出,一看原來是那同伴的小學生向我作答的。

「假僞?」我皺了眉頭。

「可不是麼?排在後面的人就擅意的走進做先搭車,亂了排列的程序,這不是假僞?這不是改姓名?」

我聽了那小學生的說明,就禁不住了笑起來,連忙點了頭說。

「唉!對了,對了。」

「對了,你說得眞不錯!」

不消說這些小學生是拿「改姓名」的這個名詞來做「假僞的代名詞」,是認爲改姓名是假僞的。世說,少(小)孩子是純眞的,這句話很對了。日本人聲聲句句總說台灣人改姓名是一視同仁的,是要做過眞正的日本人。但敢不是在此曝露了他的肚子嗎?

火車已經慢慢地在田園中的軌道上動著了。窗外是稻田,蓋著黃色的稻穗,在微風裡顫動。我一面看去一隻野鳥正飛離了稻田在空中飄舞，一面自己暗想地說：

「噯喲，日本人你眞是個癡子。連你自家的少（小）孩子都騙不著，怎樣能夠騙得著有了五千年文化歷史的黃帝子孫呢？」

原載一九四六年二月，《政經報》二卷三期

編按：本篇由張恆豪先生照中文原稿抄錄，以存其眞，原稿有訛誤，以（ ）示其正字，（ ）係張恆豪所加。

故鄉的戰事二

——一個獎

解除空襲警報的電鳴響了。一點鐘前那樣咆哮得像雷鳴似的美機的爆音和炸音已經沉靜下了。春天那金閃閃的陽光很明媚地灑滿著的村莊，一群雀鳥兒在藍色天空爽快地翺翔著，微微的風吹得很柔和，一切覽（藍）得好像不曾被美機炸過一樣的，只看得從不知什麼地方有一陣一陣的黑煙遠遠地望見，可見是被炸過的火燄起來的。這時候，村莊的老百姓從防空壕裡總跑出稻田去了。

唐炎也連忙拿鍬跑到水田去巡一巡，因爲這次的美機投下的炸彈爆裂聲音聽得太近，雖然現在已經曉得不是炸在近處，不過他也很不大安心，總要煩惱地去巡就是。他是一個年近五十歲的自少（小）就只知道耕田的樸實的農人，脾氣很直，做人甚好，整日只好在田裡做得像牛馬一樣的，就不管什麼別的事情了。可以說是官家最喜歡的老百姓。那日，他巡了水田並沒有看見什麼詫異，正在撫著胸膛向天道謝的時候，只有到了水田中央看去在那裡有七八個黑色的怪東西。他便立刻站住了。用駭愣的眼光看了好久，卻也不知道那個是什麼東西。看看總是好像熱水瓶一樣的大，倒插入在泥水中，覺得有一種臨險的異感一直侵襲著他，使他舉足振臂都有點愼重的。

看去前面走來一個男子，穿著破舊的衫褲，本來也是這村莊的農人，名叫做宋水木，一個瘦長的臉帶著有些略微病容的神情。

「水木，你來看一看，這是什麼東西呢？」唐炎連忙的喊起來。

水木馬上跑近來看了一看，就突突地說：

「喲，不好了！這是……」

「什麼？」唐炎禁不住了心頭跳躍地問。

「炸彈……美機投下的炸彈！」

「啊呀！」

唐炎忽地跳開兩三步，彷彿馬上要躲避著那炸彈的爆裂，於是兩人走開到溪邊的樹蔭下，遠遠地定睛看著那些怪東西，一面不斷地有意無意的在警戒著，一面商量著現在對這個東西的辦法怎樣才好。

宋水木說：「聽說美機投下的炸彈，常常有些不發彈，這些炸彈一定也是那一樣的壞的，所以未經爆裂過。」

「如果照你說的不錯，要怎麼樣就好呢！難道老放在那裡麼？」

唐炎討厭極了，一來因要拿去繳派出所的警察，來動手，恐怕立刻爆裂起來，二來若不拿去，不但那些水田不能種作而且會被警察拘留去做幫敵犯。美機開始炸擊以來，天天投下來的傳單、小型炸彈和其他種種的東西是很多。對此，軍警的搜查追究很厲害，不論怎樣，若沒有繳出來，被他們知道就馬上連祖先都有罪了。唐炎也很熟聽這般消息，尚且這村莊裡有一個農人，因他孩子在放課時候正要回來的路上，拾著兩個機槍彈就珍藏起來，沒有對他父親告訴，所以那農人是完全不關的，可是後來他孩子在學校裡拿那彈子出來玩的時候，誰料被先生瞧見，這就報告警察，那農人馬上就被拘去了。爲虎搏翼的警察大人說他是暗中幫敵，強叫他自認，他怎得承認呢？白白被打得半死才得無罪，但是回來不經過兩三日，因打得重傷不能再起一命終宇（於）嗚呼了。唐炎想起來這件事，驚嚇得不能立定，害怕似的顫抖的低聲說：

「水木，我運氣壞了。要死不能死，要活不能活的地步到了。」

「你別說瞎話罷，只可將這些炸彈繳出去派出所怎麼樣？與其沒有繳出來引起著被大人打死，不如冒冒險險的繳出去，說不定會爆裂起來。」

「用著什麼法子來繳出去嗎?」

「我想……」宋水木很自信地說:「再等了明天,倘若沒有爆裂起來,那些炸彈一定是壞的。那時候兒,才拿來繳出去就是。」

「喔,沒法子啦,那也可以。」

想起來,唐炎也曉得自己是個歹命的窮人,自己的命運是要自己來打開的,無論如何總得找條活路才行的。於是,到了第二天的下午,等著美機已經回南去的時候,他就連忙把那些炸彈拿去派出所去了。

這個時候,恰巧派出所的池田大人坐在那彷彿富豪別墅似的辦公室裡,看看四周無人,警防團員已經散去的樣子,一切都很沉寂。唐炎走到院子裡的樹蔭下的時候,忽然覺得懼怕起來。因爲不但從平常就在害怕著派出所的感情發出來,而且現在在窗間看見池田的那樣猙獰的面容,又想起打死村莊的那個農人的也是他,所以禁不住了發抖,便站在那裡遲疑著。

「是誰呀?」

突然地從辦公室裡有一個粗暴的聲音響起來。唐炎心頭突突地跳了一跳,把眼睛同被釘子釘住一樣的看去,看見池田帶著了殘酷的表情,很猙獰地站立起來像要來打他的臉的樣子。唐炎馬上閉了眼睛,裝出掙扎著要受了大人的一番毒打的姿態,動也不動,臉上同火燒的一樣,口也乾渴了。

「來做甚？」

池田再喊了一聲，並沒有移動一下，但一忽兒後，他一看見唐炎手拿著東西就走出來。

「你拿什麼……」

「大人，這是我……」唐炎連忙將仔仔細細的要告訴他，可是說不上兩三句，池田急急地大喊叫起來了。

「喲，這個混蛋！怎拿炸彈來！去罷，走出去，趕快走出去罷。」

唐炎忽然看見池田發出倉皇起來，又一面喊一面立刻跑進去院子裡的防空壕，他一時卻也不知道因爲何故，呆然地立定著，再用低聲說：

「大人，這是敵機投在我的……」

「你聽不懂嗎？去罷，趕快去啦。」

可憐的池田，喊得臉上無色，嚇得氣咻咻的，僅僅從防空壕裡伸出頭來一直喊。可是池田越喊唐炎越起呆然，仍然站在那裡。嚇得瘋瘋癲癲的池田就氣喘起向室裡叫起來。

「媽媽，炸彈……炸彈……危險……會爆裂起來，趕緊跑出來罷！」

辦公室旁邊的警察宿舍裡立刻起了一個騷動，一會兒後，抱著孩子的警察夫人就慌慌張張的穿進去防空壕裡了。

「這個瘋子，好，你不走，我就打你得半死！」

池田在防空壕裡還是一直叫出來，但他卻也連頭都不敢伸出來了。

到了這時候，唐炎才曉得警察大人要穿入防空壕的原因，他看了自己拿著的炸彈一看，便發起笑容來了。他覺得好笑，膽子也更大了。他正想走出去，這時候，保甲書記到了，將唐炎的炸彈接過去，就一直向空闊的水田走去了。

「喂喂，不准你走，來罷。」

唐炎也正要開步走的瞬間，從後面這樣的叫住，轉眼一看，池田已經從防空壕裡爬上來，他的臉上露了一個獰笑。

那天，唐炎被打得叫天叫地，不消說是脫不出了前例的，尚且差一點兒他就要被池田來呈捧一個投彈的暗殺犯的招牌。

「炎哥，你太直了。你看，對你誠意地冒險炸彈繳出去的一個獎品，是那麼大了。」

後來村莊的人家向他這樣說時，唐炎只把（好）像想起什麼似的，眼光來遠遠地看去，就沉重地說：

「不要緊，我知道了，日本人絕不是不怕死的。從前人家老說過日本人是不怕死的，這完全是瞎說，我知道了。」

原載一九四六年三月廿五日《政經報》二卷四期

編按：本篇由張恆豪先生照中文原稿抄錄，以存其眞，原稿有訛誤，以（ ）示其正字，（ ）係張恆豪所加。

月光光
——光復以前

市裡的被指定著做防空闊地的一帶的屋子，已經一天比一天的漸漸兒弄壞得很厲害起來了。美機的轟炸愈加來得凶，警察也愈強迫著住在那許多屋子的老百姓，搬出去，無論你有去處沒有去處，總要你搬開，總是要弄壞就是了。於是，有路可走的就好，無路可走的老百姓就叫天不響叫地不應，整日找厝找得腳腫了。

莊玉秋也是這麼樣的一個人，他的已經住得有二十多年的房屋被迫要撤倒，於是萬般無奈的，他就找起厝來至今已經過有十多天了。然而找能夠住得下他八口家眷的房屋，在這房屋欠少的時候而且像他沒有勢頭的人，不消說是找不著的。一間二間的，倒是容易找得著，可是他那有八口的家眷怎樣能夠住得下呢？他覺得討厭起來，越想越沒法子了。

「你去郊外找一找好嗎？說不定會找得著的。」

他的妻，有一天，對他說。他就立刻到郊外找去了。差不多找了兩三天，他就在靠山臨河的郊外的一個地方尋出一軸二樓的房屋，據說是那房屋的二樓一共有四間可以出租的。但是那房東家說的話，卻足以使他切齒。房東本是台灣人，他驕傲地說：

「租你卻是可以，不過，你要有資格才行。就是要全家眷在日常生活都說日本話，要純然的日本式的生活樣式，因爲我在這裡當鄰組長，想要建設著整個和日本人一樣的模範鄰組出來，所以沒有這樣的資格就不行。你怎麼樣？」

莊玉秋一時回答不出來，只是癡呆地睜開著眼睛看房東的嘴巴，但過了半晌，來想著自己的身上，於是又爲這個感到苦惱了。若論起會說日本話這件事，他和他的妻是國民學校畢業的尙且在城市裡住得很久，是不成問題，但是他的年近六十歲的老母和未進學的三個孩子是完全不會的。至於日本式的生活樣式，他日常一點都沒有，怎樣能夠弄出和日本人一樣的生活呢？愈想愈沒有自信了。現在如果不租，要搬到那裡去好呢？左右兩難的遲疑了一會，他決定了，便裝出很自信的笑臉向房東說：

「那是不算什麼，一定可以的，我暫且不說，我的妻是高等女學校畢業的，我的孩子都自小就說日本話，所以台灣話一點兒都不會說的。」

他說到這裡就看見房東馬上顯現著畏敬的臉色，他就再裝得驕傲地說：

「我是個很贊成皇民化的人，我的家庭，是國語家庭，有風呂，有疊，有神棚，有日本衫一式，吃還是日本式的。不過對你這些房間，現在我卻有點兒懷疑，是能夠設備著日本式的房間嗎？請問你。」

搬家的那天，天氣溫和，青天一碧到底，微微的風，一切都很覺得舒服，身上好像能生出兩翼翅膀來，就要飛上空中去的樣子。莊玉秋的孩子們，穿著從前不曾穿過的日本衫，因新奇頗覺喜歡，笑得咪咪地，就兩個三個牽著手向前面走去。

「你們曉得嗎？你們是日本的孩子，絕不可說台灣話出來才行的。」

莊玉秋的妻，把從這兩三日來就一直吩咐著的話，很細緻地再吩咐了一番給孩子們聽。然而說後她又不大安心，繼續地添了一句。

「最好不可說話出來，多說就會弄出失敗來了，懂嗎？」

她自己也穿得很整齊，他的老母也曉得了搬家的今天因爲什麼才不可說台灣話的，而且也很勉強地模倣著日本人的氣概出來了。莊玉秋在心頭，卻不禁有點難受起來，他看見自己的家眷做出不成東西的樣子，只是恨自己太沒有力量，可是以外又有什麼別的好好的法子呢，不過要租著那房屋就要掙扎著點兒罷了。

幸虧那天至於搬完的時候，一句台灣話都沒有說出來，才免得弄出失敗。房東也說不出什麼話，只是把笑臉在遠遠兒地方踱來踱去。等房間裡收拾齊備起來，莊玉秋恐怕他的孩子們要馬上跑到外頭說台灣話，爲預防著露了餡兒起見，就不准孩子們跑去外頭玩耍，他說：

「外頭是滿眼生人，有鬼，有歹人，也有瘋狗，你們敢出去不敢？」

除去要上課的孩子以外的三個幼小的孩子們，就整日和他們的老祖母在一起，站在二樓看看四圍的景致，似乎牢獄似的關起來了。從二樓看出去的四面鄰舍，孩子們都是覺得極新奇有趣。對面偏右住著一家圍繞著花園的洋樓，院子一帶濃蔭掩映，時時有陽光從濃華枝頭射下，這裡一切都是明媚綠潤，常常有孩子們在那裡玩耍。南面一家的屋子後面有一眼井欄可看，兩隻釣桶一高一低的懸在井上的木架上，打水的時候，一條鏈子的響聲就打破了空空寂時的四邊。後面窗口相對的一家不知什麼，只見一個窗口關閉著，不時可以聽見裡邊有孩子們噪聲和留聲機的唱聲流漏出來。一切都覺得有新奇又熱鬧的氣息瀰漫在空中。

莊玉秋的頂小的三個孩子，當初因信了父親的話，一兩天就眞不敢出門口一步，整日在室裡和老祖母在一起，但是到第三天就掙扎不住了。外頭的鬼，歹人，瘋狗，這些就忘記了，只是想著要跑出去和那邊孩子們玩耍，在那幽暗的院子裡，在那井欄邊，或是在那漏出唱片聲的房子裡。他們因曉得媽媽是不准他們跑去外頭的。所以就悄悄地偷眼乘機想要溜出去。老祖母雖曉得不可跑到外頭去說台灣話，但看見孫兒們的苦樣兒，便禁不住憐憫起來，而且她自己也感覺著滿肚委屈，她自問自答地暗想：

「台灣人怎樣不可說台灣話呢？豈有此理。好在現今已經搬進來了，何妨從寬饒恕給他說點兒呢？聽天由命罷了。」

她總是裝聾作啞的，尚且看看孫兒躡手躡腳的已偷偷下樓梯的時候，就從後面說出來。

「若碰著人，就要馬上趕緊的回來才好。」

果然未久，時時就有房東家和鄰房都在罵得厲害的聲音從外頭傳過來了。

「誰在說台灣話呀！是誰！」

這個時候，莊玉秋的孩子們就一定忽忽地跑上樓梯，一逕跑到自己的房裡來，就坐在窗邊的靠椅上，裝著彷彿看四面的景致，但卻在自己聽見自己心弦的顫動。

有一天的傍晚，從公司回來的莊玉秋恰巧在厝前碰著了房東家。那時候，房東家就叫住著莊玉秋立定，用帶點憤怒的聲音說：

「我原是不怪你的，可是要問了一問，你本來是不是確確實實的國語家庭嗎？」

莊玉秋覺得詫異起來，想了一想，就知道這定是他的孩子或是他的老母跑出外頭說過台灣話所致，頗感覺焦躁，走入房裡就把小孩子打了一頓，痛責了一番。

「你要發瘋嗎？不是這可憐的孩子使你受氣的，是我，是我……。」

他的老母這樣說著就兩顆眼淚滾下她的頰際來了。看他的老母這樣的傷嘆，他就放下手來，但很懊惱地說：

「假使這裡被他們逐出去，要搬到那裡去才好呢？」

他的老母也並沒有什麼好的辦法，就不作一聲。於是，可憐的孩子們就再嚴嚴重重的被關起來了。

再過了幾天，孩子們便漸漸兒的曉得自己的命運是壞的。只是整日坐在平平凡凡的房裡，俯首只看著自己的手腳，連動也不動了。時時若想著外頭那空闊的地方，隔壁兒的孩子們那麼跳躍似的玩耍，蜻蜓蚱蜢等隨意地飛著跳著，就立刻傷心起來，彼此抱著就哭了。可是也不敢放大了喉嚨啼哭作聲，僅僅眼角上湧了奔流似的眼淚出來，頗有使人傷心的。看見可憐孫兒們的這樣悽慘，老祖母也含了許多眼淚抱著他們，不知不覺地就想起自己也是和孫兒一樣的被關住著的人。她因不會說日本話，只是在家裡，外頭的工作一向是莊玉秋的妻去做的。所以絲毫都沒有談話的對手，這老人家就掙扎不住了。她便一天比一天的惡罵起來。

「房東家呀，你不是日本人，你是明明白白的台灣人。為什麼不准人家說台灣話呢？你是個吃日本屎吃得很多的人呀！」

莊玉秋的妻看看老幼這樣的傷心，也覺難受，她也終究替他抱著不平，每又哀哀的暗哭出來。

那天晚上，莊玉秋看見自己的家眷不成樣子了，都帶了憂鬱，悽慘，陰涼，他就問原因。

「你是眞蠢！」他的老母很委屈地說：「我們是要在此永住的，像現在這樣的一也不可說台灣話二也不可說台灣話，我們是台灣人，台灣人若老不可說台灣話，要怎樣過日才好呢？你看，可憐的小孩子都有點清瘦起來了。你若要繼續這樣的委屈，就是同迫死我們祖孫一樣的呀！」

莊玉秋看見老母的眼裡有一滴一滴的眼淚滾下來，就不作一聲。他也想到這次的辦法顯然是不對的。因要搬家，就來做個社會上的懦弱的受難者，在社會上的虐待，侮辱，欺凌，都拿來對家眷一一的發洩出來，做得像一個凶惡的家庭的暴君，使家眷日日受委屈和苦悶過日。何苦因爲僅僅的住厝問題，就把從來很快樂的家人來做一隻無罪的羔羊，日日在那裡替社會來贖罪，作了暴君的犧牲。這時候，莊玉秋已感覺著從前只是把自己的苦況來做事的錯誤了。像這樣家人的受苦悶，即使有房屋可得永住，還有什麼家庭生活的樂趣呢？他把胸中的悲憤一直向房東家發洩出來，只恨著那眞害死人的皇民化運動，咒詛著爭先擔了先棍的人。又想起沒有說日本話的人也很多在過日，怎樣少少的自家就要一定說日本話才得生活呢？他越想越好笑起來，他決意了，便把笑臉向孩子們喊出來：

「來來，和爸爸唱一唱罷！」

外面是一個很好的月夜。一輪明月，同銀盆似的浮在淡青色的空中，月光孤寂地在已經枯黃的一片草地上面流動。莊玉秋看看月亮是這麼好，天空沒有一片雲，藍色的天，白的圓月，周圍是靜寂的。他便輕輕地開了門，帶了孩子們，走下院子裡去。明月已經斜在頭頂了，他們都披了一身灰白的月光。他叫孩子們圍了四周，就一齊仰起頭來一面看月一面唱出來。

月光光，
秀才郎，
騎白馬，過南塘。
南塘𣍐得過，
掠貓來接貨……

他們的粗大和微顫的喉音，在銀色的空氣裡悠悠揚揚的浮蕩著。但一忽後，莊玉秋聽見在四面鄰舍忽然起了一陣熱鬧，有喀丹咕咚的開窗聲，有嘿嘿的跑來聲，有木屐聲走近來。他卻知道這定是鄰房在起驚駭起來的。但他只覺得有些痛快把他的心頭包住了。他想：你們不成台灣人呀！台灣人來裝作日本人，就把它來欺凌著台灣人，你眞眞的是人嗎？而現在他也看孩子們的這麼高興得雀躍，假使從明天起再要跑來跑去的找房子，他可也甘願去了。

原載一九四六年十月十七日《新新》第七期

冬夜

淡水河邊的路燈，在這冷落的冬夜裡，似乎更加明亮。強光四射，倒使得這些沒有電燈的貧民窟的那幾間房裡，透點光亮。而且寒冷的夜風，由破舊的窗口悠然直入，戲弄著房裡的補了又補的蚊帳，顯得更加冷落的樣子。但這時候，差不多已十二時左右，楊家的父子三個人都圍蓋著破鋪蓋，好像正在沉沉入睡，張了口打了大鼾，連微動也不動地躺著。他們剛才賣香菸回來，因為明天清早就要賣油炙粿去，所以不顧東西地馬上就睡覺了。除了淡水河上的風聲和由遠方傳來的繁華街的熱鬧聲音之外，不點聲響也沒有，一切都很清靜，儘管讓夜風吹著。

忽然門扉輕輕地鳴響起來了；接著飄然而開，楊家的長女彩鳳由酒館回來了。

似乎已經使盡了最後的一分力，彩鳳拖著沉重的步子，抹過父親小弟弟在睡的大床，便走到自己和母親的房間，將小提皮包放在一個方凳上，伸腰鬆一口氣，而後拿起一把茶壺呷了一口，就惘然坐在床沿。這時候在酒館裡喝的酒醉大概都醒了。她拿開蚊帳一看，看見母親還沒有回來，她便皺了眉頭，嘆了一口氣。她的母親平素好賭，時常賭得深更時分才回來，她說是賭錢並不是白白輸的，而要贏了點錢來扶助生活的。彩鳳向來對母親的這毛病是反對的，但是現在生活費高，一斤米超過二十圓，自己在酒館裡賺的錢來維持一家五口人的生活是不夠的，父親和弟弟賣了零零碎碎的東西而賺的錢也當不了什麼用，那麼只好可不是就讓母親儘管去賭？沒有法子了。不過迄今贏的少，大概都是白白拿錢去輸光了，然而越輸就越期望著萬一的僥倖，結果連彩鳳從酒館裡賺的錢，尚未買米以前就白白送到賭場去，彩鳳無可奈何地搖了搖頭，似乎要逃脫七上八落一些雜亂的念頭，可是一點寂寞的威脅，倒使她全身沒一點勁兒。她忽然想起了什麼，連忙地從小提皮包裡拿出一張報紙，就走近窗邊。

外面是淡水河的堤防，旁邊一枝路燈懸著皎皎的電燈，燈光孤寂地在那上面流動。彩鳳打開窗，拿起報紙照著燈光讀下去。從外面射進來的清冷的燈光，沒遮攔地照在她的臉上，而夜風把她的飄蓬的濃髮吹得微微飄舞。這時候，她的並不美麗的圓臉顯得十分明亮了。二十二歲的一個柔白的臉，一看使別人不相信她是二十二歲的，因受盡了生活煎熬而顯得憔悴了的樣子。不過經過了二回的結婚生活和流浪在男性間的緣故，她的並不大的身材是十分豐滿而柔軟的，在燈光下她的胸脯是那麼豐滿，而凸起處隱隱可以看出兩點的圓暈。

這張報紙是今晚來酒館的很熟識的一位顧客拿給她的。

「來來，彩鳳。我給你一個頂好的消息吧！」

這位顧客看了彩鳳一眼，便笑嘻嘻地這樣說著，一方面就從衣袋裡拿出一張報紙來。

因爲這位客人，在彩鳳從前剛剛來酒館的時候都認識的，而且關於她的第二回結婚的事情，他也是都知道的一個，所以她禁不住地心頭跳躍起來，便走近他的旁邊將報紙接受過來。

「難道有了登載著我的好消息嗎？」

「對了，對了。你腦筋很清楚，不過請你不可看了一眼就大哭一場。」

那個記事原來是個結婚啓事，就是郭欽明的結婚啓事。

「怎麼？你吃了一大驚沒有？」顧客要笑不笑地帶著一種類似輕蔑的眼光在打量她。因爲郭欽明是她的第二個丈夫的名字。

「哼！跟我何干？」

彩鳳雖然心裡忍受了一大打擊，但表面卻裝著冷淡的態度。

現在她再拿起報紙一看，仔細地念著郭欽明結婚啓事的一些字，就不知不覺地感傷起來。她沉默著，甚至沒有發出一點輕微的聲息。她略略埋下頭，但過了一會兒，她猛然地昂起頭來。心裡雖有點難過，於她卻倒覺得憤怒的情感起來。

「鬼！怪物！」

對於郭欽明的結婚，在已脫離婚緣關係的現在，卻沒有什麼嫉妒，就是只有一點怨恨。假使她在酒館裡沒有碰到郭欽明的話，她一定不會感染梅毒，也不會失掉了孤守三年有餘的貞操，更沒有弄出一天比一天地像墮入了深淵的現在的生活來。她牙齒咬得緊緊地，她恨這個人，將她當作只是被俘虜被玩弄的一個溫軟的肉塊的郭欽明。同時，她回憶了決意跟郭欽明結婚的當時的情景像活動影片似的再現出來。

「木火！爲什麼你不回來？同你去的一大批人敢不是都回來了嗎？因爲你不回來，我現在才會弄到這田地，難道你是已經死掉了嗎？」

跟郭欽明結婚的前夜，彩鳳是這樣叫著前丈夫，深恨丈夫當兵一去就不回來。那個時候，她已等候了丈夫的回來有好久了，但連生死的消息都沒有下落，而且爲了生活的所迫她決意再出嫁，不過她整整的哭了一夜。想起當時的難過，再想到現在的生活的慘淡，兩股熱淚從彩鳳的眼睛裡迸瀉出來了。

她是十八歲時跟林木火結婚的。那是一個最平凡的結婚。其生活僅僅是五個餘月，林木火就被迫當了「志願兵」入營，而後被派到菲律賓的前線去了。彩鳳感覺像在作夢，木火出征後，她跟木火的兩親疏散去靠近山的一個寒村居住。在那個鄉下她整整勞動了三個多月，於她是相當的辛苦，在城市生長的她天天都走到田園種作，不過過著戰時下的窮乏的生活是萬般無奈的。木火到了菲律賓以後，僅僅來了一封信就消息斷絕。據報導看起來，似乎跟日本兵一處打敗仗，就戰死的樣子。彩鳳因此失掉了一切的力量，她像一個要死不能死的臨終的人，並且翁姑也不理她了，所以她回到娘家來求得一個休息。

她的父親本來是個市場的青菜販，這時候，已受著政府統制就沒有生意做，日日閒在家裡，所以她爲了生活計不得不走進職業戰線，在肉類小販統制組合當了店員。薪俸雖然不多，可是在最低的配給生活之下是能夠負起一家五口的生活費。

她會走進了酒館裡的種種原因，都是在終戰後所發生的。在光復的歡天喜地之中，一切物價破天荒地飛漲起來了，而且最不幸的就是因統制組合解散而她倒失業了。她的父親屢次重新地圖謀生意的復業，但是需要高額的資本，所以就辦不到了。這時候，在苦難的生活裡她是掙扎著肚餓，她簡直待望著木火的回來，雖然斷絕了音信，無意中由南方回到家來的人也不少，因此她也相信木火一定會回來的。然而木火始終沒有回來。她聽到了木火的同批人回來的消息，馬上就去問他們，據說，有一天木火在美機的機槍掃射下失掉了消息，所以可以看作已故之人。聽到這消息，彩鳳連一點眼淚都沒有滴下來，她感覺太累了，算起來從終戰以後她已等了有一個年頭了。

從次天起彩鳳就走進入酒館裡去。已被翁姑完全放棄了的她，爲了挽救娘家的生活起見，酒家林立的那個時候就選擇了這條路走。對於出賣自己的媚態，她並沒有感覺著什麼，她的念頭只是要錢，要能夠負起一家的生活。

「外頭的批評，是不可不注意。」

父親起初有這樣的間接地反對著，但是彩鳳從酒館帶回來的錢拿給他的時候，他卻沒有一句話了。母親也在「贏點錢可做生活費」的口號之下，一天一天地拿彩鳳賺的錢去賭博。

碰到了郭欽明就在那個酒館裡的。起初屢次來酒館裡花天酒地的郭欽明，對他彩鳳是沒什麼注意著，只是聽了同事說他是個××公司的大財子，浙江人，年紀差不多二十六七歲。他來館的時候，都穿著一套很漂亮的西裝，帶著一個笑臉，很愛嬌地講著一口似乎來台以後才學習的本地話，使女招待們圍繞著他笑嘻嘻地呈現一場熱鬧。彩鳳隨著同事作伴只是站在後邊輕聲地笑著。她的這種慇懃的態度倒使郭欽明感覺著興趣的樣子，有一天，他看女招待們不在旁邊的時候，招呼了她進去。

「你到這裡來好久嗎？」

「差不多四年了。」

彩鳳裝著笑臉答道，只是講了應付的話。

「我不相信，我看起來，你不是這酒館裡頭的女人，的確是人家的女子，是不是？」

「……」

彩鳳便糊糊塗塗的笑了一聲，就不再答道。那一天所發生的事情，現在她還有記得清清楚楚，連那天晚上的月亮是這麼好月光是那麼皎潔都不能忘記了。外面是一個很好的月夜，彩鳳閉館後就一個人默默地走在街上，她只是埋著頭只顧想自己的事，想著娘家生活難，也想著丈夫的下落。清冷的月光沒遮攔地照在她的臉上，涼風吹拂著她的頭髮。夜市的路上，充滿著嘈雜的人聲，輝煌的燈光，人推著人，汽車連接著汽車，表現著光復的歡喜。雖然眼前看了另一個世界的熱鬧，耳邊還聽見熱鬧聲音，但彩鳳倒覺得心裡被不知道從什麼地方來的一種幻滅的悲哀包圍著。她似乎要依靠著一個真實的人可申訴，然而只覺得自己在黑暗中彷徨以外，絲毫都沒有光明。

她到了巷口的時候，她的左膀邊忽然有了一輛駛來的汽車停住了，接著一口很熟識的男聲音在叫著她的名字。

「怎麼，你還在這兒？你是不是要回家去嗎？你住在什麼地方？」

彩鳳吃驚地抬起頭來一看，原來從車窗伸出頭來的就是郭欽明。看了酒館的顧客，她就愛嬌地微微一笑，並不作聲。

「來來，我給你送回，上車來吧！」

郭欽明自己這樣說著，一方面打開車門就捉住彩鳳的左膀，將她強拉入車裡。出乎意外之事，彩鳳要拒絕時已來不及了，她已坐在郭欽明旁邊，同時汽車也開了。

「我不要……」彩鳳這樣喊著。

「請你不要客氣，我不是壞人，請你放心點。現在我的車是閒了，給你送回去是不算什麼的。你住在什麼地方，告訴我！」

郭欽明的臉上顯出一個快心的微笑，他鄭重地坐得規規矩矩，而瞇細了眼睛瞧著彩鳳圓胖的面孔。彩鳳看了他的慇懃有禮貌的態度，而且想起了自己的職業，就相信了他靠得住，決接受了好意，把自己的住址告訴他。

汽車過了六七條街，走進一條幽暗清靜的宿舍巷，就在一軒日本房屋門口停下來。

彩鳳下車一看，猛喫一驚，身體便失了平衡，但一會兒後，她卻就曉得了郭欽明的神氣。

「這是什麼地方呀！我不是住在這裡，謝謝你，我要回去。」

彩鳳像從夢中剛剛醒過來，她倉皇四顧，正想跑走，就疾轉過身去飛跑回巷路。但是她走不上兩三步，她覺得自己的手被抓住了，她又聽得郭欽明的聲音說：

「請你不要弄錯，這是我的家，我不過要請你進入來稍息喝茶而已，而後我才送到你的家裡去。」

彩鳳聽了這句話，覺得一團熱力沖上心裡來，立刻燻紅著雙頰，她很拚命地要脫開郭欽明的手，她給了個哀求似地回答：

「謝謝你，現在太晚了，我要回去了。」

可是她的薄弱的抵抗中什麼用？一會兒後，她被拉入門裡面了。她便銳聲叫著哀救，然而只在冷冷靜靜的房裡空虛地響著。

郭欽明看了彩鳳的動作，他的濃眉毛上泛出了凶悍的氣色，便大膽地從背後來擁抱她。

「我老實說，從前我就愛你了，我會天天走進那個酒館去，都是爲著你。請你體諒著我，我要跟你結婚的。」

「請你不要開玩笑。」

彩鳳的臉色全變了。她感覺到一個意思，但倉卒中找不出適當的走路來，只是用雙手蒙著眼睛輕輕地吁一口氣，偷偷地掉落兩滴眼淚。郭欽明的臉上露出了一個勝利的微笑，但他卻突然得了個主意，便拿出一枝手槍，柔聲說：

「假使你不肯接受我的愛，那麼，我們現在一起在這裡打死好不好。」

彩鳳睜開眼睛看了那枝手槍，便耳管裡轟轟地響起來，又有些黑星在眼前跳來跳去。她想起了自己的娘家的情形，就無聲低首無可奈何地嘆了一口氣。隨後她便覺得頸脖子被郭欽明吻了麻癢的一陣密吻，同時有一隻手撫摸到她的胸前，她覺得自己的乳房被壓著揉著。她剛剛想要脫開時，郭欽明的敏捷的動作完全懾伏了她。她只是閉了眼睛，用力咬自己的嘴唇，讓自己的胸部很興奮地起伏著。

經過了一個月後，她就跟郭欽明結婚。雖然沒有舉行過正式的結婚典禮，但於酒館裡的同事們和近鄰隔壁的都當作很有名的一回事了。因爲郭欽明有繳付三萬圓出來做聘金，所以街頭巷尾都羨望著她。彩鳳的兩親拿到三萬圓就沒作一聲，而彩鳳自己也想起錢來，並且丈夫也沒有回來，可斷定是已經身亡，一切都很順利。

關於自己的過去，郭欽明問她的時候，她都把一切明明白白地告訴他。講到了前夫的事情的時候，郭欽明倒高興，他用著憐憫的眼光注在她的臉上，同情地說：

「你這麼可憐！你的丈夫是被日本帝國主義殺死的，而你也是受過了日本帝國主義的殘摧。可是你放心，我並不是日本帝國主義，不會害你，相反地我更加愛著你，要救了被日本帝國主義殘摧的人，這是我的任務。我愛著被日本帝國主義蹂躪過的台胞，救了台胞，我是爲台灣服務的。」

他的聲音是多麼甜蜜，竟使彩鳳覺得萬分的幸福，雖然這次的結婚是被他強迫所致的，但看了這樣的情形，她就沒有一點兒後悔了。

發現著被傳染了性病是在結婚半年後，這可怕的病毒把她變作一個枯黃的女人，而且也奪取了她的第二回結婚的幸福。郭欽明的態度從此就變了。他說是彩鳳生病之原因係被別人傳染著的，他自己本來沒有病毒，所以由此看來，可見彩鳳在結婚後時常辜負著他，祕密裡回到酒館去賣淫。因此，他立刻主張離婚，而要求還了三萬圓的聘金。

「可惡，賊淫婦，我的好意你倒弄壞，以仇報德。」

郭欽明就無論三七二十一將彩鳳送回娘家去，而且收回三萬圓的聘金。

這像是在神經上被刺了一針，彩鳳驀地清醒過來。她在娘家對於兩親是沒有面子了，而兩親對於隔壁四鄰也是沒有臉可應付了。她在斷續雜亂的沉思中，才曉得社會是多麼無情，郭欽明竟還是那樣的凶悍陰沉，自己現在是弄成什麼田地。但她毫無所謂痛苦，只是要設想對付以後的辦法。因此，病癒後她就再走進酒館裡去。

跟麵線嫂子結成了某一種關係的開始，是在這個時候。她毫無後悔，自自然然地跳下了這條路走去。第一她想起來受盡了郭欽明的冤枉的經過，造成一個男人不可信之結論，二來娘家兩親被迫還款三萬圓後，致使借財萬餘，現在生活難得維持，這想起來都是爲她所致的，所以她也覺得無可奈何了。

起初麵線嫂子不敢親自來到家裡招呼她，但她的兩親裝作似知非知的態度以後，就大膽地來到家裡叫她出去。

如今彩鳳因看了郭欽明的結婚啓事，想起了自己的雜亂的過去和像泡沫似的現在，覺得有些難過。可是一會兒後，她就不再想什麼，只是惘然再坐在床沿，似乎等候著什麼事情。報紙也已落在床下，不能再使她著急了。

未久房門外忽有來了細碎的腳步聲，接著有了女人的乾咳聲音，憑經驗，她知道這一定是麵線嫂子。她便拿著小提皮包連忙走出去。她的父親和弟弟們還是發出吵鬧似的鼾聲，也管不了她的行動。

夜是很寒冷的。風帶著低微的聲音吹過。一片暗裡，迎面有幾點黯淡的燈光在晃動，一堆房屋睡在那裡，就像幾個大怪物擠在一起，閃爍地眨著眼睛。麵線嫂子在不遠的前面慢慢走。

「彩鳳，今夜料不到狗春仔回來了。」麵線嫂子低聲說。「他說今夜一定要和你見一面。」

「狗春？」

彩鳳一瞬間想不出了是誰，她回憶著過去有接觸的男人的一個人一個人的面龐，終竟探出了一個野狗似的面孔，兩隻陰沉沉的眼睛，立刻在她的記憶中勾起了從前和自己糾纏的情形，彩鳳忍不住微微笑了。

狗春本名叫做王永春。彩鳳在麵線嫂子家裡已和他接過數次。他是個高身材，寬肩膀，濃眉寬額，鷹鼻的青年。他每和彩鳳見面時，都笑嘻嘻地張開臂膊，作出擁抱的姿勢來。而後馬上就拿彩鳳抱入自己的懷裡，嘴唇就碰在一處作了一陣的密吻。他的這種行爲是和外人不同的。他在擁抱、軟癱、陶醉之中，時常對彩鳳說，他的這種行爲是在菲律賓跟美兵學習的，他如何如何由日本軍隊裡跑到美軍裡去投降，如何如何展開著游擊戰。這一套話都使彩鳳喜歡的，她想起了丈夫的下落，也問過他數次，但結果他們互相根本是沒有認識。他似乎很喜歡彩鳳的樣子，每嫖後都不吝惜而心願地拿給她比普通更多的報酬。

這晚上，狗春果然跟兩三個青年在等候著她，他的同伴的對手娼婦也已經來了兩三個，她們正在大鬧一場的把戲。狗春看見彩鳳進去，就進一步來擁抱著她。時間也不早了。狗春簡直像發了狂，但彩鳳卻是始終冷冷地不作聲。她是像孩子們用繩逗引著小貓玩，輕易地就給他。不過當她的溫柔的身體被擁在強壯的臂彎內時，她就覺得不禁毛骨悚然，起了無窮的悲哀。只是在這當中，竟成熟了她的冷酷憎恨的人生觀，她鄙視了一切，唾棄了一切，憎恨了一切。

疏星的寒光從窗外射進來床沿，冷風依舊呼嘯著，時時咕咚咕咚地打著玻璃窗。隔房的人們還在悉悉索索地成爲許多人的話語。彩鳳聽見了狗春的呼息又急又大，多麼擾人，她只好很生氣似的翻過臉去埋在枕頭裡。她想到了至今所有關係的一切，想到了光復以來的這些離了不久的過去，都像數年來的陳跡。

忽然房外起了倉皇的腳步聲打斷了她的惘念。接著忽響起一聲槍聲。彩鳳正要向狗春脫開以前，狗春敏捷地跳起來了，他連忙穿了褲，從褲裡抽出一枝手槍就跑出去。看了他的臉色，彩鳳便覺得一切不好，一定有什麼騷動發生。待她整衣完後才走出房外時，一齊正在爭著往外面跑，每個人都帶著驚惶的面貌和跳動的心。外面已有恐怖似的大聲在叫起來。

接著連續地槍聲一直響。彩鳳走進門口的時候，已看不見狗春和他的同伴，只看見彷彿有好幾個的拿槍的人們在房屋的周圍奔跑，追逐著什麼東西，又連續地開槍。在對面的厝頂那邊好像有些黑影子在動，似乎也在開槍抵抗。

這時候，門口已被拿槍的陌生人堵塞了路了。他的含怒的臉向著擁擠在後面的許多人，生氣地喊著：

「不准出去，現在盜匪在抵抗中，等一等。」

聽了盜匪的一句話，彩鳳就想到了狗春剛才倉皇拿手槍跑出去的姿勢來。突然地她又想到這些拿槍的陌生人一定是警察人員，就禁不住了起恐怖心來。她怕了被拘，就拚命地跑出去。

「喂！危險！不准出來。」

她只聽見了怒聲在後面這樣喊著。她一直跑著黑暗的夜路走，倒了又起來，起來又倒下去。不久槍聲稀少了。迎面吹來的冬夜的冷氣刺進她的骨裡，但她不覺得。

原載一九四七年二月《台灣文化》二卷二期

附錄

呂赫若雜文一篇
林燿德書評
呂正惠導讀
曾健民〈一年級生〉說明
追記我的父親呂赫若
作品年表
評論索引

【呂赫若雜文】

媳婦仔的立場

台北大稻埕地方「媳婦仔」與養女意義相同，在中南部卻有差別。雖然媳婦仔和養女都是從小由他處領來，但媳婦仔明確的將來嫁給兒子爲妻，這一點顯然與養女不同。而在大稻埕，尤其商人們，不是爲兒子將來著想純粹爲收養而來的養女也叫媳婦仔。本來「媳婦」就是兒子的妻子，中南部地方還是嚴守這個定義。

因此，中部地方很少聽到媳婦，北部就不同，家裡的養女很少叫媳婦仔。養媳婦仔的動機大概是，占卜的結果或需要人手幫忙工作，沒有女兒太寂寞，或經濟的原因。

總之媳婦仔是兒孩新娘。夫妻是兒童玩伴，從流著鼻涕的小孩開始在吵架中長大，然後選個良辰吉日結成夫妻。昨日是吵架的對手，今天卻要成爲夫妻。曾經有人因不願意叫昨天吵架的對象爲妻子，所以反對結婚，雖然被逼舉行婚禮，仍拒絕進入洞房，通宵頑固地坐在房外。問其緣由，從小天天見面毫無羅曼蒂克氣氛。大概是過分現實化的原因吧。

如果兒子嫌棄媳婦仔，又與外面女人結婚，媳婦仔也不喜歡男方，這樣的問題極容易解決。萬一媳婦仔喜歡男方麻煩就來了。自己的男人被奪走，而淪作妹妹的媳婦仔，心裡自然不甘。於是嫉妒新娘，虐待新娘，從來不懷善意。大抵這時候媳婦仔多半會巴結已有感情的家人聯手攻擊新娘子，家庭的風波從此層出不窮。所以提親的時候，女方都很注意男方是否有媳婦仔。結婚之後丈夫的妹妹經常冷酷無情，調查結果所謂的妹妹大多是媳婦仔，而小姑或婆婆與媳婦仔站在同一陣線的實例不勝枚舉。

相反的，如果與媳婦仔意氣投合而結婚，家庭都能美滿和諧。意氣雖不投合，但只要媳婦仔喜歡，她會儘量做到賢慧妻室的本分。因爲從小在一起，對對方長處、缺點、癖性都很了解，也多能遷就他，加上兄妹情與夫妻愛，媳婦仔自然成爲溫柔體貼的賢妻，與家人之間的感情也都篤愛相待。同媳婦仔結婚的人都說「果然同媳婦仔結婚眞好，第一與父母之間相處得非常和諧，夫妻間感情很深厚，懷孕生產時父母照顧得周到無缺，不用擔心。」

與媳婦仔結婚心裡多少難免有嫌隙。小時候起，意識中就知道她是自己的妻子，到了青春期生理衝動，雖然並不是愛她也會自作聰明偷嚐禁果。某男子在鄉下有個媳婦仔，他到城裡讀書暑假後都不回去，不知何時媳婦仔懷了孕，父母眼看媳婦仔肚子大起來狼狽得不得了。辛辛苦苦爲兒子養的媳婦卻懷了孕。父母急得追問對方男人是誰，媳婦仔都紅著臉含糊地應付過去，最後興奮地哭叫著說：「去問你兒子吧。」

父母終於開懷含笑。接到父母來信獲知消息的兒子，輕蔑而後悔的說：「畜生，還有什麼可求。」後來在生產一個月前回家舉行結婚儀式。以後兒子對人苦笑地說：「以前的人以爲媳婦仔有多好。混蛋，被耍了。」

媳婦仔實在是相當惱人的一種人。

原載一九四三年十一月《民俗台灣》三卷十一號

淚的寫實與血的浪漫

——評《呂赫若小說全集》

林燿德

坦率地說，在日據時期的台灣小說家中，依個人偏見我喜歡翁鬧甚於喜歡呂赫若；但是撇開作品來論作家身世，呂赫若身爲一個左翼知識分子的生命歷程、理想性格以及死難於革命行動的壯烈結局，在此時此地的台灣卻有「更佳」的條件受到重視。這些年來張我軍和賴和兩人地位的消長，正可以說明文學研究受到政治生態影響（而研究者的自覺或不自覺又是另外一回事）的現象；而呂赫若被中國大陸肯定在先、被台灣文壇重新出土在後，自然也是脫離不了「大環境」的變遷因素。早幾年台灣的左翼文學仍然有「忌口」的疑慮。

呂赫若當然是值得尊敬的，他的創作堅持著寫實主義的意識形態，切入鄉土日常的生活面裡頭，葉石濤說他「給我們留下值得紀念的一幅歷史性繪卷。」所謂「繪卷」也者，是以綿長的橫幅將事物橫展的藝術形態，用來說明這麼一部蒐羅完備的《全集》更顯得妥貼恰當。譯者林至潔對於呂赫若作品與身世的細膩考察，尤其令人欽佩，而且以譯出的中文版小說來看，文辭酣暢，和呂赫若自己晚期的中文創作比較起來，更有流利之感，這不但表示呂赫若的日文比中文好，還表示譯者本身的文學造詣。舉一個實例來說，我們試讀一小段「日翻中」的譯文：「白色的光線中吐出白色的煙，在連呼吸也幾乎得不到的寧靜中，只聽到吸菸管的聲音。」（見〈石榴〉，印刻新版《全集》下冊頁四六一）這樣具備詩質的小說敘述語句，如非原作與譯筆的「雙美」，是不可能呈現在我們眼前的。

從林至潔那篇等同於論文的長序和書末呂正惠那篇〈殉道者〉之中，任何沒有接觸過呂赫若作品的讀者都能得到豐富而完整的資訊，從而產生對台灣左翼傳統的進一步興趣。這部書的問世，無疑是對歷史做出見證，其珍貴的意義在此。呂赫若是不是「台灣第一才子」，對他本人來說可能並不重要；他死後在天之靈如果有知，更高興的應該是被視為「台灣的小林多喜二」吧？如果有一天呂赫若的作品眞的如林至潔所肯定的，能夠「走入世界級作家之列」，那麼日本人或許會將他們的左翼烈士小林多喜二形容為「日本的呂赫若」吧？

不妨這麼說，信奉社會主義寫實風格的呂赫若在本質上仍然是浪漫的，這一點不僅在文章中見端倪，更在他「投筆從戎」的革命行為上發揮無遺。從新歷史主義的角度來看，呂赫若的小說見證了台灣庶民生活的實際狀態；日本台灣總督府各單位輯印的資料只能呈現統計數字，而呂赫若的關懷面保存了社會生活的庶民世界。當然，在呈現被殖民者「淚的寫實」之餘，呂赫若最大的被殺是加入了實踐行動，這是一個「血的浪漫」的典範。從一九三五年以日文小說〈牛車〉崛起於異族統治的島嶼，到三十八歲時因反抗國民政府的「鹿窟武裝基地事件」（一九五一年）而死難，他的一生從不同的角度來看，可以是「匪諜」、可以是「台奸」、可以是「烈士」，但唯一不可動搖的，仍然是他的文學成就。而《呂赫若小說全集》在譯者的苦心經營和出版單位的魄力之下，爲我們重現呂赫若生命中最值得尊敬的部分。

原載一九九五年九月二十一日《聯合報》〈讀書人〉

殉道者
——呂赫若小說的「歷史哲學」及其歷史道路

呂正惠

呂赫若於一九三五年、二十二歲時，發表第一篇小說，即他的成名作〈牛車〉；一九四七年（三十四歲），最後一篇小說〈冬夜〉問世；四年後，他即因逃亡至鹿窟基地而被毒蛇咬死。據現在所發現的，在十三年的創作期間，他總共發表了三十餘篇小說。其中二十三篇日文作品、四篇中文作品，除目前尚未出土或譯寫的〈季節圖鑑〉等篇以外，均一一展現在本書中。

要把呂赫若的作品，按照寫作時間，以及呂赫若的生平經歷分成幾個階段，是比較容易的。在一九三五至三七年間，呂赫若還在台灣時，發表了六篇小說，可視爲初期作品；三九至四一年，他在日本留學時所寫的〈季節圖鑑〉和《台灣女性》等數篇，算是過渡；從一九四二年返台，一直到太平洋戰爭結束，是他創作的高潮期，四年間共發表了十四篇小說；光復後寫於四六、四七年的四篇中文小說，是他一生創作的尾聲。

本文想要比較全面的考察呂赫若這些小說作品，討論它們的藝術發展、重要主題，以及風格特質。本文的探討順序是這樣的：首先分析早期具有明顯「階級鬥爭」意識的兩篇作品，〈牛車〉和〈暴風雨的故事〉。其次，以女性主題爲焦點，綜合討論呂赫若在日據時期的這一類小說；這一方面可以看出，呂赫若「反封建」主題的一個重要方面，同時，在比較之下，也可以了解，呂赫若從初期發展到高潮期的風格變遷。不屬於女性主題的其餘高潮期作品，本文將分成兩類加以處理：一類是社會範圍更爲廣闊的「反封建」小說，另一類則是和日、台親善，以及皇民化問題有關的作品。最後，本文將簡單說明呂赫若的戰後中文小說，並對他的創作生涯及悲劇死亡作個簡短的評論。

1

七〇年代，日據時代的台灣文學，從歷史的塵埃中重新爲人們所發現。但在其後十餘年間，由於白色恐怖的氣氛並未完全消除，也由於呂赫若作品的中譯不夠全面，評論呂赫若的文章並不多見。不過，當時也聽到老一輩的一些「傳言」，說呂赫若是個「大才子」。從呂赫若的早期小說、特別是從他的成名作〈牛車〉來看，呂赫若被稱爲「才子」，可以說名副其實。

〈牛車〉是一篇相當成熟的左翼社會小說，如果考慮到作者當時只有二十二歲，的確不得不讓人驚訝於作者的「天才」。譬如，「台灣新文學之父」賴和，從一九二五年開始創作小說，在思想上從一個文化啓蒙者和反帝國主義者逐步發展，終至於深刻認識到現代社會的階級矛盾，以及殖民統治下日本對台灣農民的剝削方式，因而能夠在一九三一年、三十八歲時創作了深具台灣複雜社會性格的〈豐作〉。又如楊逵，在參與了四年的社會運動及台灣農民組合運動以後，憑著他個人的實際經驗，才在一九三二、三四年間寫了〈送報伕〉（其時楊逵二十八至三十歲）。我們現在對呂赫若的成長背景及早年生活幾乎沒有什麼了解，但是，顯然的，二十二歲的呂赫若，不可能具有什麼豐富的社會經歷，特別是社會運動經歷。然而，這個時候的呂赫若，竟然能夠在〈牛車〉裡表現了他對當時台灣農村經濟的驚人理解力，實在不能不說是「早慧」的了。

整篇〈牛車〉表現的是：在傳統台灣農業生產中，無田可種、只能靠牛車運送貨物、賺取工資爲生的楊添丁，在面臨現代汽車的逼迫下，無可挽回的沒落命運。楊添丁的命運，正如許許多多的無田勞動者一樣，在社會、歷史條件的巨輪下，「命該如此」，無可逃脫。呂赫若精細的文筆，一步一步地描寫楊添丁的掙扎，最後終不免於「慘敗」。就這樣，我們終於完全認清，下層階級如楊添丁者成爲歷史的「犧牲」了。

小說開始不久，呂赫若就讓楊添丁開始意識到，他的生活好像是在「走下坡」：

再怎麼遲鈍的楊添丁，也能感覺到自己的家近年來已逐漸跌落到貧窮的谷底……等到保甲道變成六個榻榻米寬的道路，交通便利時，即使親自登門拜訪，也無功而返。結果，連老婆都得把小孩放在家裡，不是去甘蔗園，就是去鳳梨工廠，否則明天的飯就無著落。是因爲自己不夠認眞嗎……楊添丁自問自答。不！自己還比以前更認眞，一天也不曾懈怠。（上冊，頁五三、五四）

楊添丁自己完全不能理解他的境況爲什麼會越來越差，爲了生活，老婆只好丟下小孩去田裡或工廠裡找零工。老婆阿梅當然更不能了解，只會惡聲惡氣的罵楊添丁偷懶，於是夫妻從吵嘴變成打架，家裡更添加不幸。

呂赫若在初步呈現了楊添丁的困境以後，寫了兩個事件，讓我們更全面的了解到社會的「轉型」。有一次楊添丁去米店找生意，生意沒找著，卻聽到大家的議論：水車碾米被精米機取代了，轎子也讓位給汽車，人家勸他不要再想用牛車運貨賺錢了。另一次他碰到以前的牛車同行老林，才知道老林現在以做賊爲生，被抓到了就進監獄吃「沒錢飯」，說起這些還挺神氣的。

楊添丁終於想放棄牛車生意，租田來種了。然而，租田要押租錢，沒錢有誰要租給他。怎麼辦呢？於是，只能想到一步：要老婆去「賣淫」，以便存錢來租田。

寫到這裡，楊添丁的「命」大概也就「定」了。但好像爲了加深印象，呂赫若又寫了一個事件：楊添丁駕著牛車日夜找工作，極度疲乏，不小心在牛車上打瞌睡被警察抓到，罰款二圓。回家跟老婆要錢，老婆本已委屈，如今更是生氣，無論如何不給。楊添丁只好去偷人家的鵝，最後被警察追到：

突然間，他把扛著的東西拋出去，然後跑起來，跑著跑著，當覺得後面的鞋聲與「咔喳」的聲音越來越近時，他的衣服突然被抓住。

「大、大人……」

他發出一聲垂死般的叫聲。之後，有關他的事就杳無音訊。（上冊，頁八五、八六）

在垂死似的哀叫裡，楊添丁終於走到歷史的「宿命」中了。

在處女作中，呂赫若小說的特質已經鮮明的呈現在我們眼前：對於「歷史進程」的掌握，呂赫若一貫的精確、冷酷、而無情，而下層階級則毫無逃脫可能的成爲這一「進程」的「芻狗」，呂赫若在步步爲營的事件、細節處理上，在無法逃避「命運」的主題選擇上，無疑和自然主義頗爲相近。但是，呂赫若是個「歷史決定論」者，完全不同於左拉的「生物決定論」。

這麼年輕的呂赫若，就對「歷史」表現出這麼深刻而清晰的認識，並對歷史的「命定性」表現了這麼大的無力感，不能不令人感到驚奇與意外。這種特質，遠遠不是「才子」的稱呼所能形容得了的。

在早期的另一篇有關社會階級問題的小說〈暴風雨的故事〉裡，呂赫若企圖拋棄這種自然主義式的命定觀，以更爲戲劇性的情節來加以突破，然而，卻不見成功。

暴風雨來襲，即將收割的稻子全被沖走，佃農老松請求地主寶財明年補繳田租，寶財不肯答應，反而捆去老松的兩頭豬——這是老松僅剩的財產。老松的妻子罔市，在和老松成親前（她是童養媳），被寶財騙到家裡強姦了。寶財威脅罔市不准聲張，不然就要收回佃租地。其後又以佃租作爲威迫、利誘的手段，對罔市百般需索。罔市想起寶財的承諾，去找寶財，請求寶財不要捆走兩頭豬。寶財翻臉不認帳，並以退租要脅。罔市羞憤交加，自縊而死。老松在妻子自殺後得知實情，一次在路上偶然和寶財相遇，拿起竹棒將寶財打死。

從以上的簡述可以知道，本篇情節頗有變化和高潮。但是，呂赫若的小說寫作方式，基本上是以相當傳統的平緩敘述爲主。這種方式不太容易把情節的重大發展處理得具有戲劇性的張力。因此，這一情節構架，剛好暴露了呂赫若的弱點。又因爲情節變化較大，呂赫若沒有充裕的空間去做細部的仔細描繪。但是，以充分的細節描繪來累積氣氛，從容準備，以使下面的情節轉折成爲「可信」，又恰是呂赫若所擅長的。如此一來，優點也就無從顯現。棄長就短，這就造成了〈暴風雨的故事〉的失敗。

譬如，罔市的自殺是全篇最大的轉折，但呂赫若也只是平平道來，缺少強力的震撼效果。在小說中，罔市回想起以前寶財對她的糟蹋，呂赫若寫道：

「啊，死了算了！」這種悲觀的念頭，曾經數次突然掠過罔市的腦海。但一看老松毫不知情的臉，又多了一層顧慮，想到自己死後佃田將被收回，又想到四個孩子，她怎樣也不能死。但是想到失去了貞操卻不能透露一點風聲的自己何嘗不是一個妖精。實在是痛苦。（上冊，頁九三）

這樣的心理描寫，顯得太樸素，力度不夠。因此以下的痛罵寶財，怒斥丈夫軟弱不敢反抗，以至最後自殺，都缺少足夠的「根據」。讓人覺得罔市性格發展不充分，動作太「激烈」，同時也讓人覺得是作者在「牽線」，「駕馭」情節。

2

以上對〈牛車〉和〈暴風雨的故事〉的分析，可以讓我們看到呂赫若小說的長短優劣之處。可以說，呂赫若一九四二至四五年間高潮期作品的最大特質就在於：他不再尋求情節的太大轉折，反而更加強了他的傳統式的平緩敘述，以及更加詳盡的細部描寫。也就是說，他的自然主義風格更爲鮮明，他的無可逃脫的歷史命定觀更爲突出。這是在更進一步的發揮他的專長，因此也就寫出了更好的作品。我們只要比較早期的女性主題小說和後來的〈廟庭〉和〈月夜〉，就可以看出這種發展。

呂赫若早期的女性主題小說共有三篇，即：〈婚約奇譚〉、〈前途手記〉和〈女人的命運〉。在我看來，情節性比較突出的〈女人的命運〉和〈婚約奇譚〉，藝術成就顯然不及描寫性較多的〈前途手記〉，再次印證了我們在比較〈牛車〉和〈暴風雨的故事〉時所得的結論。

〈女人的命運〉敘述一個年輕、還懷抱著愛情理想的舞女雙美和白瑞奇之間的故事。雙美爲了白瑞奇守身如玉，並在白瑞奇失業時「供養」他，完全不聽「有經驗」的眞砂子的勸告。在雙美和白瑞奇生了女兒麗鴿之後，白瑞奇經過長期的掙扎，終於決定背棄雙美，和一個有錢的寡婦結婚。雙美在深受刺激之餘，吶喊著說：

「我要當妓女了。」她叫了出來。雖然無論如何自己都要走上這條路，但是，即使自己墮落，也都是白瑞奇的罪過。這麼一想，越發產生勇氣。她決定等麗鴿長大後，要宣傳她就是白瑞奇的女兒，且讓她當妓女。想著想著於是露出了愉快的笑容。（上冊，頁一九一）

整篇小說就數這個結尾較有力量，寫雙美和白瑞奇爲「經濟」問題而吵架的情節還算不錯，但敘述白瑞奇爲寡婦所「吸引」而掙扎的過程，以及雙美初聽白瑞奇結婚時的反應，都嫌平直而欠缺動人的地方。

另一篇以「敘述性」爲主的〈婚約奇譚〉，更清楚的表現了呂赫若不太具有「說故事」的才能。在城市裡工作的春木，知道同鄉女性朋友琴琴也要到城裡來，到火車站接她。兩人見面以後，琴琴告訴春木，她是爲了逃避她和明和的婚約而出走的，在接著的「倒敘」之中，我們知道琴琴是常和春木、國棟在一起讀書的新女性，明和爲了博取她的愛情，也假裝要讀進步書籍。在一時受到蠱惑的情形下，琴琴和明和訂了婚，但逐漸發現他的眞面目，終於勇敢離家出走，決定到城市找工作，謀求獨立的生活。

呂赫若在「敘述技巧」上的欠缺，可以在一個插曲中看得出來。在小說近結尾處，明和上城找到春木，跟他「要琴琴」。這一段長達三頁，對話很少有衝突的張力。更重要的是，這一段也許根本沒有必要。如果從強調琴琴是個「勇敢」的新女性的觀點來看，或許直接描寫琴琴和明和、琴琴和父母的衝突要更具張力，而呂赫若卻完全不顧及到這些。〈婚約奇譚〉可以說是呂赫若平直敘述故事，最無特色的作品之一。

〈前途手記〉在情節的設計上就比較的成功，整篇小說的重點就只放在林的姨太太淑眉熱切盼望生個小孩這一點上。淑眉知道，只有生下一個兒子，她在林家的地位才有了保障，但偏偏就是肚子不爭氣。她先是要求林讓她領養一個小孩，但林不理不睬。屢次要求無效之後，她要求林讓她去動子宮手術。從醫院出來以後，她心情開朗起來，深信自己不久就會懷孕。這樣盼望了七個月，她終於病倒。最後，當她確信不懷孕是林有問題時，她有意勾引林的侄兒跟她發生關係，但這也沒有什麼結果。最後，她的腹部眞的起了變化，她以爲是懷孕，但診斷結果卻是胃癌，然後她就死了。

這樣緊扣住「想要懷孕」這一中心問題的設計，讓呂赫若有機會大量描寫淑眉的情緒變化。這種變化一再發展之後，淑眉作爲一個沒有地位的女人可憐的一生也就相當淋漓盡致的呈現在我們面前。對於她的死，呂赫若是這樣描寫的：

> 賣豆腐的搖鈴聲沿著醫院的牆壁漸行漸遠，在可以聽到因降霧寒冷的空氣而發抖的職員或病人們的力量充沛的收音機體操加油聲的拂曉，淑眉的臉浮在從醫院的窗子照射進來的晨光裡，頭髮亂亂地，靜靜地死了。護士一見那樣就慢慢地打開門出去了。在枕邊只有老母親一人哭泣著。（上冊，頁一五七）

結尾的抒情筆調的動人力量，其實是前面一再出現的淑媚無數希望與挫折的累積的最後結果。在這種緩慢敘述加上許多仔細描繪的情節發展中，我們看到淑眉的一生早就被「命定」了，即使她不病死，在她年老色衰之後，她也會被人棄置不顧。我個人覺得，呂赫若所擅長描寫的主題，社會體制下無助者無可逃脫的命運，在〈前途手記〉所獲得的成功，是初期作品中僅次於〈牛車〉的一篇。就發揮抒情性而引發讀者的惻隱之情而言，本篇尤其有其特色，不同於〈牛車〉的冷峻客觀。

呂赫若在日本留學時，曾寫過一系列有關「台灣女性」的小說。就目前已找到、並已譯成中文的第一部分〈春的呢喃〉來看，正如〈婚約奇譚〉一般，是以新女性爲主角。但也如〈婚約奇譚〉一樣，這一篇也並沒有什麼特別出色之處。

呂赫若在回國之後的寫作高潮期裡，只寫了兩篇有關女性題材的作品，即：〈廟庭〉和〈月夜〉。這兩篇其實只能算一篇，因爲這是一個故事的上、下兩部分。但是，這一篇卻可以算是呂赫若這方面作品的傑作。在他的筆下，舊式婦女無可逃脫的悲劇命運，具有一種極其凝重而悲愴的氣氛，充分表現了一種進步知識分子所面對的壓力無力感。

這兩篇小說的敘述者是一個從遠地歸來、受過現代高等教育的知識分子。在〈廟庭〉裡，他一回到家鄉，就得知舅父要他去他家一趟。他一面準備，一面想起兒童時代在舅父家附近關帝廟前與表妹翠竹嬉戲的情景，胸中湧起憶舊的柔情。但這時母親告知他，翠竹在初次結婚喪夫後，雖然已再婚，不過第二次婚姻非常不幸，舅父可能就是要他去幫忙解決這個問題。敘述者在到舅父家途中，以及初進舅父家時，都一再回憶起兒時跟翠竹在一起的快樂時光，特別在獨自漫步於破舊的關帝廟庭、想起表妹以前領他在這裡遊玩的具體情景，更是不勝感傷。就在他完全沉湎於回憶中時，突然看到了正要回娘家的翠竹：

「翠竹！你回來了嗎？」

我笑著跑過去。可是，翠竹的眼角只稍微掠過一絲笑意，立刻移開視線低下頭來，痛苦似地嘆息，想要逃避我。就在我呆立時，翠竹稍微欠身經過我的面前，以非常沒有精神、彷彿生病的步伐，頭也不回地向前走。……從背後所看到的翠竹，右手拿著一把褪色的洋傘，穿著好像是從前訂做寬大的洋裝。走路的神態宛如病重的病人。……（上冊，頁三一四）

這樣的翠竹，和敘述者一直在懷想著的那個快樂、活潑的小翠竹，產生強烈的對比。

當敘述者回到舅父家時，舅父即跟他談起翠竹的不幸婚姻，並說翠竹想要離婚。舅父說，「因爲你頭腦比較新，而且懂很多事情」，要他勸翠竹和她丈夫和好。事實上，敘述者是無能爲力的，他只能眼睜睜的看著舅父和舅母爭吵，看著舅父一直在「教導」著默默無言的翠竹。在整個過程中，下面這一段爭吵是很有典型意義的：

……翠竹一副痛苦的表情，動也不動。舅舅發怒，再度逼問時，她突然激動地用雙手扶著臉，放聲哭泣。……翠竹掩臉奔回臥室。……

「你想殺了翠竹嗎？」向舅舅展開攻擊。「這不是再清楚不過的事嗎？要她再度想起往事，太過分了。」

舅舅也生氣了。

「不要說蠢話了。要解決問題就必須這樣吧。」

「你說要解決什麼問題？是想再把她趕回去被虐待吧。」

聽到這句話，我因羞愧與過意不去而抬不起頭來。因爲作這個提議的就是自己，所以在道義上應抑止舅父母的爭吵。可是，我羞愧得提不起勇氣，只能默默不語。

「妖婆！你要女兒嫁幾次才甘心。混帳。」舅舅提高聲音。

「這是沒有辦法的事吧？」

「不可以，這次說什麼也不行。我已經用盡方法才使翠竹再婚。對方拿了我三百圓的陪嫁金與日用家具。絕對沒有白白捨棄的道理。」

「你愛錢勝過愛翠竹的命嗎？」

「我是愛錢。而且離婚看看，你認爲那麼輕易就能再婚嗎？如果不行，後果又會如何？」

「這是沒有辦法的事。都是翠竹的命運。」

「哼！還不是因爲祖先的牌位不祭拜姑婆（女性的直系長輩）。」

舅母終於哭了起來，然後走進臥室。……（上冊，頁三二〇、三二一）

不管舅母多麼疼女兒，她都不能不屈服於舅父的最後一句話：女人不能不出嫁，不能在父母家養到死。但是，一旦嫁的男人早死、或有問題，女人的一生也就完了。舅父、舅母、及敘述者誰都清楚這些，誰都疼惜翠竹，但誰也都想不出辦法。這就是封建制度下女人的「命運」，受過新式教育的「我」完全清楚，但也完全無能爲力。

翠竹在父、母爭吵中離家，「我」到處尋找後，終於在關帝廟找到她：

「翠竹！」

沒有回答。翠竹像座雕像，動也不動。靜到連她的呼吸聲都聽不到。……

翠竹默默出神地凝視廟的屋頂。我害怕地窺視她的臉。隱藏在雲間的月光灑下來，我發現停留在她眼瞼中的大顆淚水冷冷地反光。心裡一陣劇痛。……一闔上眼，就想起翠竹少女時代的臉與嬌俏的喊叫聲。……我想畢竟都是因爲翠竹是女人的緣故。有沒有什麼可以救翠竹的方法？……

「或許她去尋死了。都是因爲你的關係。被丈夫拋棄，被婆婆虐待，回家又被父親責罵，翠竹去尋死也是理所當然的。」

從店頭傳來舅母的哭泣聲。

我想催促翠竹走出廟庭。這時，目睹月光下翠竹眼裡的淚珠閃閃發光，一滴、兩滴……靜靜落下的情景，我挺起的身子再度倚靠著金亭，始終不敢動一下。（上冊，頁三二二、三二三）

在翠竹父母的吵架聲中，我們看到翠竹的命運如何被社會體制和觀念所「決定」。但在這裡，翠竹的「必然性的命運」透過她的兒時玩伴的充滿憐惜、而又愛莫能助的眼光看來，呈現了一種肅穆的、抒情的哀愁。不懂事的小孩，兒時充滿了幸福；但一旦面對無法逃脫、卻又無法改變的命運時，除了用這種「抒情的哀感」來加以抒發以外，又能怎樣去面對呢？因此，在這裡，我們看到呂赫若「客觀歷史呈現」和「主觀感情抒發」的兩面性的結合。後者使得他的自然主義式的歷史必然圖像，塗抹上一層極其感人的抒情氣息，代表了呂赫若小說藝術的最高成就。

〈月夜〉是〈廟庭〉的後半篇，描寫敘述著企圖帶領翠竹回到夫家、最後終歸失敗的過程。如果不跟〈廟庭〉比較而只單獨來看，〈月夜〉的藝術水準也並不差，但是，〈月夜〉

所具有的成功因素，〈廟庭〉一點也不欠缺，而且有過之而無不及。因此，從這一角度來看，可能沒有續寫〈月夜〉的必要——翠竹的命運在〈廟庭〉裡已全部「決定」了。

3

從前兩節的討論可以看到，作爲一個熟悉「歷史唯物主義」的小說家，呂赫若處理社會題材的方式大致可以分成兩類：第一類具有明顯的階級意識及政治意涵，如〈牛車〉和〈暴風雨的故事〉，第二類則比較重視社會體制下的個人無可逃脫的命運，並儘可能抽去直接的政治指涉，如〈前途手記〉及〈月夜〉。

當呂赫若於一九四二年從日本回到台灣時，面對當時嚴峻的政治環境，呂赫若當然不可能再去寫〈牛車〉、〈暴風雨的故事〉一類的作品。因此，他的具有馬克斯主義思想傾向的小說只能限於第二類，是很容易可以理解的。這一類作品，除了前面所提及的〈廟庭〉、〈月夜〉之外，還有〈財子壽〉、〈風水〉、〈合家平安〉，及〈石榴〉四篇。

〈風水〉一篇寫周長乾、長坤兄弟爲父母洗骨之事所起的衝突。周長乾代表傳統農業社會善良的一面。他居住農村，長期不知改變，想爲父親「洗骨」純出孝心。但已移居城鎮的周長坤，卻只知現代社會的功利，他堅持反對爲父親洗骨，因爲他相信父親的風水對他這一房有利（由於他的善於適應，他這一房比他大哥那一房「發達」）。等到他家連遭凶事之後，他以爲問題出在母親墳墓。雖然母親逝世不久，「洗骨」時間未到，他卻不顧大哥的反對，堅持要做。在這樣一篇小說裡，呂赫若看到了傳統到現代的轉變的「多面性格」，注意到了善良的風俗爲功利的計較所取代。

〈石榴〉的主題不是很明顯。故事講的是自小喪失父母的三兄弟金生、大頭、木火的悲慘遭遇。已長大的金生帶著兩個弟弟辛苦地種田度日。在地主黃福春的介紹下，金生入贅另一個佃農之家，而他的弟弟木火也在黃福春的安排下，過繼給黃福春的沒落族人當螟蛉子。沒想到木火不久之後就發瘋。小說的重點擺在金生尋找失蹤的木火的過程，以及在尋找過程中想到他未盡大哥之責、愧對父母所感到的痛苦。木火雖然找到，不久就死了，金生決定把次子過繼給木火。小說結尾處，金生看到長子獨自抱著香焦，次子張嘴大哭，「他才察覺次子是木火兒子的事實」：

「喂！」

他對著長子吼一聲。木火的臉再度浮現於腦海。突然他覺得木火的臉出現責備他的表情，於是慌慌張張縮回手，把次子抱過來。（下冊，頁四八七）

木火的過繼、木火的因此發瘋、金生的內疚、金生決定把次子過繼給木火，這連貫在一起的事，顯然是小說的重點，但主題卻無法明白（至少我個人感覺如此）。我相信這不是一篇成功的小說，但全篇小說對佃農之子金生三兄弟的「苦境」的描寫卻頗爲動人。

呂赫若這時期最成熟的社會小說應數〈財子壽〉和〈合家平安〉兩篇。正如〈廟庭〉和〈月夜〉描寫封建社會女性「必然的命運」一般，這兩篇寫的是舊地主世家的「歷史性的沒落」。不過，〈廟庭〉和〈月夜〉表現了作者對女性處境的悲愴式的同情，而這兩篇則純是冷峻的批評。雖然這裡的冷峻客觀和〈牛車〉頗爲類似，但〈牛車〉在言外還能激起同情，而這裡的批判頂多只能說是有一點悲天憫人的味道。

〈財子壽〉寫的是「福壽堂」周家的敗德史。在小說開始，作者即以自然主義風格的筆法描寫「福壽堂」附近的景觀，然後逐漸進入到「福壽堂」本身：

門樓已經是座古老的建築物，牆壁上裝飾的色彩與各種人形雕飾紛紛剝落，僅留下痕跡。門上有塊以青字寫著「福壽堂」的匾額。這塊匾額也快壞了，上面結滿蜘蛛網。一進門樓，……四棟與某個後龍大部分的牆壁已傾圮，窗櫺也脱落，滿目瘡痍，每個入口的門都緊閉。只有最靠近門樓那棟的末端房間，牆壁漆得雪白，門也漆上青色，非常漂亮……門口掛著一塊寫著「六角莊第三保保正事務所」的大木牌。……（上冊，頁二六四、二六五）

這樣的描寫長達四頁，顯示呂赫若企圖以自然主義的描寫背景來爲「福壽堂」周家的敗落奠定基礎氣氛。

周家前一代主人周九舍，妻妾三人，大房無子，且早死，二房生海文、海山，一妾生海瑞、海泉，但海泉卻是妾和村民私通所生。

九舍死後，海文繼承家業。海文爲人刻薄慳吝，因此引發親弟海山煽動兩個異母弟要求分家，最後只剩下海文獨守福壽堂。

小說的重點是海文、他的繼室玉梅、和海文母親的下女秋香之間的複雜關係。玉梅爲人善良，甚至前妻之子都把她當下女使喚。秋香和海文私通，被趕出門，多年後卻又回來找海文。秋香生性潑辣，海文對她無可奈何。秋香又欺負玉梅，在玉梅生產後不給她東西吃，逼得玉梅發瘋。小說結尾時，秋香偷走海文一筆錢逃掉，海文母親病死，玉梅被海文送進精神病療養院。

對於許許多多的家庭瑣事，呂赫若全以平直的敘述和精細的描寫加以累積，裡面包含許多精采的片段，如在海文母親葬禮之後，呂赫若寫道：

> 等所有的葬禮結束、一切都收拾整齊後，海文把弟弟們與寡嫂召集到祭拜母親靈位的

正廳。由於睡眠不足，大家都臉色蒼白，出現黑眼眶。一坐下來，睡意自然就湧上來……當海文提到要立刻分配葬儀費時，大家突然睜大眼睛，重新坐直。海文以傲慢的口吻說：

「葬禮已經結束了，不趕快還我錢的話，可就傷腦筋了。我所代墊的部分，照理說是要加上利息的。不過，我沒有把它計算在內。今天內一定要把錢還我。」（上冊，頁三〇一、三〇二）

呂赫若以「財子壽」這種中國人所嚮往的吉祥語來爲這篇小說命名，無疑充滿了諷刺意味。封建式的地主大家庭的解體命運，應該是這篇小說重點之所在。

〈合家平安〉寫的也是傳統地主大世家的敗落史，不過，作爲主角的范慶星，並不像周海文那樣的慳吝而無人性。他的毛病是因從小享福而養成抽鴉片的習慣。他的後妻玉鳳因能嫁到這樣的家庭而覺得非常的幸福，她的見識不足以預見到范家會因此而敗落。她不但不反對丈夫吸鴉片，甚至還歡迎丈夫的親戚、朋友一起到他們「大厝」內吸食鴉片，因爲這正足以表現他們范家的光彩。於是——

日復一日，寬敞的大厝內，到處可見像猴子般消瘦的人影，而且常常突然響起咳嗽聲劃

破寧靜的周遭。原本很少有人氣的大厝，因這些人而出現未曾有過的熱鬧。最初只有白天，逐漸延續到夜晚……（下冊，頁四二五）

范家就這樣賣掉一甲一甲的田而逐漸敗落下來。更糟糕的是，范慶星即使在家產敗盡之後，他的好吸鴉片、懶散而不工作的習性已深入骨髓，無法面對現實：

他吸食鴉片到半夜，一直睡到隔天的中午。一醒來後，就勞動老妻，又是香菸又是茶，消磨了一整個下午。當黑夜來臨，又緊緊抓住鴉片盤不放。等資金殆盡，終於從床上起來，去住在近郊的長子那兒，死皮賴臉地大聲叫喚（按：指跟長子要錢）。（下冊，頁四二二）

富豪子弟因從小所養成的不良習性，而種下無法更改的敗家性格，在這一段文字中表露無遺。

范慶星前妻的娘家爲了解救范家的經濟困境，介紹范慶星到一家商店去當職員。但不久范慶星故態復萌，常偷公款去買鴉片，不得不離開。後來，賣掉僅存的「大厝」，並在前妻娘家的資助下頂下一間大飲食店。剛開始范慶星儘量克制自己，又在玉鳳的善於經營下，生意蒸蒸日上。但維持不了多久，范慶星又開始吸鴉片了，而次子、三子也養成走花街柳巷的壞習慣。當然，店面到最後又頂讓出去了。

小說結尾處，玉鳳所生的次子、三子，看到父親無可救藥，遠走他鄉，置之不顧。范慶星只好懇求前妻所養的、從小爲他所拋棄的長子搬回家奉養他們夫妻，但卻被前妻妻舅大聲訓斥：

「怎麼樣？還不明白嗎？去！如果明天沒有勇氣住院接受戒掉鴉片的治療，那就無藥可救了。已經到了今天這般山窮水盡的地步，還不能清醒，倒不如死掉算了。怎麼樣？我幫你出費用。」（下冊，頁四四七）

這篇小說在結構上並不是沒有缺點，譬如許多有關長子成長史的大段落妨礙了主線的發展。不過，因這些段落和范慶星的敗落史不是全無關聯，不會有兩條平行線的感覺。就范家敗落的「過程」而言，呂赫若自然主義風格所累積的細節，以及對范慶星性格的描述，形成一種「不得不然」的力量，使這篇小說的「社會性」似乎要更勝過〈財子壽〉。

以呂赫若呈現「歷史社會的必然力量」的最佳小說，如〈牛車〉、〈廟庭〉、〈財子壽〉，及〈合家平安〉而言，他的歷史圖像顯然是極其悲觀而黯淡的。在歷史進程中，他看不到個人有擺脫其影響力的可能性。這種思想傾向，應該有其歷史現實的基礎。關於這一點，我們在下節中再進一步申論。

4

呂赫若在一九四二至四五年創作高潮期所寫的小說，除了上兩節所論述的、具有強烈社會性格的作品外，另有幾篇可以稱之爲鼓吹日、台親善、或廣義「皇民文學」的小說。從這些作品可以看到，呂赫若不得已爲了應付日本殖民當局而寫作時，在遷就規定的題材之餘，如何儘可能的保持自己的藝術自主和台灣人尊嚴。

〈鄰居〉和〈玉蘭花〉都在寫日本人的友善：台灣人原本對日本人敬而遠之，但在長期接觸之後，終於發現，這些日本人其實是極好相處，並且對台灣人還能以平等相待。

我個人閱讀這兩篇小說的感想是這樣的；首先，呂赫若所選擇的日本人都是較一般的日本「人民」，他似乎有這樣的言外之意：他們和一般的台灣人的「親善基礎」是他們的「階級」，而不是他們的「國籍」。這一點「主觀的感想」可能不太容易「證明」，但呂赫若其他的特殊設計卻頗堪注意。

在〈鄰居〉裡，作爲日本一般小職員的田中夫婦，因無子而「領養」台灣人的小孩。他們對這小孩的百般疼惜讓敘述者非常感動，從而減少對他們的「戒心」，覺得他們並不像其他日本人那麼「可怕」。當田中夫婦遠調他地而把小孩帶走時，小孩的父母李培元夫婦也到車站相送。當火車駛了開去時，敘述者問：

「阿民已經正式送給田中先生了嗎？」

我問呆呆站著的李培元氏。李氏的視線沒有離開火車，回答說：「還沒有。」（上冊，頁三四四）

很顯然，李先生捨不得孩子，還不願意過繼給田中先生，而小孩卻被田中先生帶走了。日、台「人民」微妙的不平等關係躍然於紙上。

〈玉蘭花〉透過敘述者的回憶，描寫他小時候所遇見的一個日本人，這個日本人跟他叔叔從東京來他們台灣家中住過一陣子。敘述者原來非常懼怕日本人，一直不敢、也不願跟他接近。後來發現這個日本人對小孩極好，不知不覺受到吸引，最後成爲最好的玩伴。這個日本人已離開多年，但敘述者仍對他念念不忘。呂赫若的敘述設計最有意思的一點是，回憶是由一些舊照片所引發的：

即使到了今天，我也依然擁有二十餘張少年時與家人合照的相片。雖然說每一張都已經

褪色而變成茶色了，而且其中一部分連輪廓都消失了，變得模糊不清。（下冊，頁四八九）

從這裡敘述者才談起拍攝這些照片的日本人鈴木善兵衛。到小說結尾時，小孩爬上樹望著逐漸走遠的善兵衛，敘述者因年紀小爬不高，只能在低處聽爬到高處的哥哥的說明：

「傻瓜！爬上來。」從風吹過玉蘭花樹葉的沙沙聲中，傳來阿兄的聲音。我如何能再爬上去呢？單是現在的高度，只要風一吹稍微動搖，我就會手腳發抖，只能緊緊抓住樹幹。「啊！鈴木先生回過頭來了！」「和他一起談話的是叔父。」「再見！」我聽到堂兄弟們愉快的聲音。「讓我看！讓我看！」我於是抱緊樹幹，哭了起來。（下冊，頁五〇八）

呂赫若高明的抒情筆調明顯可以從這一段體會出來。但小說開頭模糊的照片，小說結尾望不到的善兵衛，是否也意味著鈴木和他們的「友誼」，是遙不可及的「舊夢」呢？

不論上面的詮釋是否可以成立，在我看來，〈鄰居〉和〈玉蘭花〉都寫得不卑不亢，一點也沒有折損台灣人的尊嚴，同時也沒有表現出台灣人對日本人的屈服跟歆羡。

呂赫若在維護台灣人的尊嚴上表現得最有風骨的，可能要數表面上最具「皇民文學」傾向的〈清秋〉。這篇小說提及許多台灣人響應日本政府的號召，「要到南方去」（即到南洋參加戰爭或服務）。但如果我們仔細閱讀，就會發現，台灣人的「熱烈響應」其實是「另有原因」的。

小說的主角耀動在日本學醫，也在東京的醫院服務過三年。現在應祖父的要求回到台灣，祖父希望他在家鄉結婚、開業。耀動對於是否留在家鄉開業，一直遲疑不決，其中一個重要原因是：爲了開業，他們家要收回街上租給人家作爲飲食店的店鋪，而這又會使開飲食店的那一家人頓時陷入困境，這讓耀動感到不安。另外，他覺得鎭上的醫師都已成爲「商賈」，成爲金錢的奴隸，他深怕自己也會墮落下去。他就一直懷疑，鎭上的小兒科醫師江有海會因怕他參加競爭，而阻礙當局發給他「開業許可」。

在小說近結尾處，耀動參加「志願到南方去」的人的送別會。會上，開飲食店的黃明金意外親切的跟他敬酒，並告訴耀動，他也要到南方去，飲食店就交還耀動家。當耀動深感不安、頻頻向他道謝時，黃明金說：

「謝醫師，這件事就此作罷。我反而想謝謝您。經營飲食業早晚都會陷入僵局的，您的開業反而提早我的決定。托您的福，我也可以早點找出新生之路……」（下冊，頁五六二）

黃明金說：經營飲食業早晚都會陷入僵局的，並不純是客氣話。從小說中可以了解到戰時環境中台灣人生活的艱難，「到南方去」其實只是不得已的「尋求解決之道」，所謂「找出新生之路」，不過是「應時」的冠冕堂皇的話罷了。這一點，從歡送會後江有海對耀動的「剖心」之言，可以看得更清楚。江有海說：

「事實上……爲了地方的醫療，我必須助你一臂之力。因爲顧忌到這件事還沒有發表——就是從開業醫生被徵召爲野戰工作者。這次由於年齡的關係，國家已經對我下了密令。如果我被徵召離開本莊，那就沒有小兒科醫生了。如此一來，會帶給莊民極大的不安。」（下冊，頁五六五、五六六）

當耀動告訴江有海說，他不想開業時，江有海又說：

「沒有這回事。就是需要像你這種能作爲主導的學術與經驗，我深深期待著，如今我也不打算做一個鎮上的庸醫。我已覺悟到會有萬一的情形，所以來拜託你。無論如何都要爲本莊的人民從事醫療的服務。……」（下冊，頁五六六）

江有海的話，按「皇民文學」的觀點，當然可以解釋成：我到南方去爲「國」效力，你留在「國內」盡你的責任。但由於他說的是：沒有小兒科，會給莊民帶來不安，請你無論如何都要爲本莊的人民從事醫療的服務。這話說得很曖昧，即使解釋成：在這個時代裡，我們台灣的村民需要你，也未嘗不可。至少我個人感覺，在送別會當天，黃明金、江有海和耀動之間的「熱誠交流」，並不只是爲了：大家都要獻身於「偉大的運動」，似乎他們之間還有一種特殊的默契——我們「台灣人」在這樣的時代「也只能如此」，我們走了，此地就交給你了。〈清秋〉的這種曖昧性，以呂赫若高明的寫作技巧而言，應該是有意造成的。

這種「曖昧」的兩重性，在呂赫若另外兩篇鼓吹「艱苦奮戰」精神的作品裡也可以看得出來。〈風頭水尾〉寫徐華夫婦遷居到海邊務農。這裡是「風頭水尾」，正如這一塊地的開拓者洪天福所說：

「這裡是風頭水尾。自然很威猛。因此，一偷懶，就會立刻被擊垮。就算是一秒鐘，也必須要工作。如果能有這樣的覺悟，才能完成這裡的工作。」（下冊，頁六〇〇）

徐華住定下來的第一天，到海邊田地裡觀察，他看到這樣的景象：

由於正面迎接海風，他緊按住似乎要被吹走的褲子。揚起白色波頭……蜂擁而至的海浪，與青翠的耕作地相形之下，更令人驚於與海作戰、開墾的危險性。覺得海很恐怖，自己即將被海壓倒的壓迫感，使他正想折回時，發覺白色波頭附近的海濱，有四、五人正在工作的身影。對抗著強烈的海風，無視靠近身旁的海浪的咆哮。仔細一瞧，在海濱植草中……（下冊，頁六〇五）

整篇小說，就正如這一段引文所顯示的，一直在描寫這種與惡劣的自然環境搏鬥的堅忍、奮鬥的樂觀精神。單獨來看，我們或許可以說，這是在呼應太平洋戰爭後期的決戰文學氣氛。但是，如果它和〈山川草木〉配合來看，我們也許會懷疑，呂赫若是否「另有所指」。〈山川草木〉的女主角寶連本是富家女，在東京學鋼琴，極有才華，前途看好。不幸的是，父親突然得腦溢血去世。在分配財產時，她爭不過風塵出身的繼母，下定決心帶著同母所生的二弟一妹，遷居於偏僻的山村，獨自經營一塊貧瘠的田地，以把弟、妹撫養長大。

呂赫若這樣描寫在東京留學時的寶連：

時常穿著合身時髦的洋裝。深邃烏黑的瞳孔、雙眼皮、長睫毛，既理智唇形又美的雙唇笑起來渾然一體，表情非常具有智慧。（下冊，頁五七一）

遷居鄉村、親自勞動的寶連完全變成了另一個樣子。

四、五個月不見，差點認不出來，臉被太陽曬黑了，也變得結實，看起來有年輕人的光彩。我從未看過這麼有朝氣而又健康……（下冊，頁五九〇）

寶連是「積極」地「認命」的。她接受父親死後的現實，勇敢的拋棄以前當藝術家的夢想，在勞動和大自然中找到她可以掌握的眞實的生命。寶連指著蓮霧對來看她的朋友說：

「這棵蓮霧已經二十年了，二十年間，這棵樹在這兒動也沒動過。且它的葉子年年新鮮翠綠。我認爲這種生存的方法是很美的……」（下冊，頁五九七）

呂赫若在這篇小說所塑造的、現代版的「佳人」，具有面對無法逃避的現實命運的「堅忍」精神。其靜肅、優美的抒情力量，似乎還要超過跟海浪搏鬥的洪天福和徐華們。我們還可以把這篇小說視爲「決戰文學」的精神表現嗎？似乎也還可以，但就不能像〈風頭水尾〉那麼肯定了。

讓我們再回到〈牛車〉、〈廟庭〉和〈合家平安〉所表現的那種命定無法逃避的「歷史哲學」，那是一種個人完全無能爲力的歷史條件。我們再來看寶連遭逢惡劣命運時所表現的、接受一切、積極活下去的堅忍精神。後者不是面對前者的一種「似乎可取」的態度嗎？因此，我相信，呂赫若創作高潮期的這兩類作品，應是他面對太平洋戰爭時台灣人「無路可走」的歷史命運的表現方式，至少也是一種心理投射。從這個角度來看，他遷就殖民當局所寫的小說，似乎也不應該「等閒視之」。

5

呂赫若於一九四二至四四年間寫作〈廟庭〉、〈合家平安〉和〈山川草木〉時，恐怕不會設想日本戰敗的可能，當然更難設想台灣從日本人手中「解放」的日子。然而，這一天「竟然」來到了。據日人池田敏雄在〈張文環兄及其周邊事〉一文的回憶：

> 敗戰當初，有事要找楊逵兄，我和立石兄（按：指日人立石鐵臣）到台中時，正好遇到第一次雙十節，街上喜氣洋洋，解放氣氛甚濃，在那兒遇到呂兄（即赫若），正陶醉於亢奮中，與過去的他大爲不同。

「過去」的呂赫若在所能見到的歷史條件下，找不到台灣人的出路。現在日本戰敗，台灣解放，重回中國懷抱，這麼大的「歷史」變化，怎麼能不令他陶醉、亢奮呢？

呂赫若在一九四六年二至十月間所發表的三篇中文小說，都以日據時代作背景。但時隔四個月，四七年二月五日所發表的〈冬夜〉就完全不一樣了，它寫的是台灣社會的當代現實。

在這篇小說裡，淪爲妓女的彩鳳的悲慘命運來自於新、舊兩個方面。以前，她的丈夫被日本人徵調當兵，一去不回；現在，她受騙於據說是大財子的大陸人郭欽明，被傳染到梅毒。時局紛亂、經濟蕭條，她只能拖著剛病癒的身子賣淫爲生。在一次「交易」時，對象可能是「盜匪」，就在警察追捕的槍戰聲中，彩鳳驚恐的逃了出去：

> 「喂！危險！不准出來。」
>
> 她只聽見了怒聲在後面這樣喊著。她一直跑著黑暗的夜路走，倒了又起來，起來了又倒下去。不久槍聲稀少了。迎面吹來的冬夜的冷氣刺進她的骨裡，但她不覺得。（下冊，頁六五〇）

先是感到個人對歷史無能爲力、後來意外的見到歷史有了大轉機、但旋即又發現歷史可能重又掉進深淵裡的呂赫若，表現出這種前所未有的「淒厲」，應該是可以了解的。

這篇小說問世的二十八天之後，就發生了二二八事件。我們現在找不到文字資料足以重建呂赫若這時的心路歷程。他也許徬徨過，也許痛苦過，但他最後選擇中共「台灣省工作委員會」的地下組織，想要追求台灣人的「再解放」，從他的歷史哲學來看，應該是有跡可循的。

如果以他的歷史知識，他相信澎湃於中國各地的群眾力量是唯一可以擊敗以前他那麼無可奈何的那種歷史條件的因素，有什麼理由阻止他不去選擇這條「大有可能」的道路呢？歷史會折磨人，但人也能改變歷史。看到了這樣的機會，像呂赫若那種歷史認識，怎麼會不勇敢的投入呢？雖然他因此而英年早逝，但，求仁得仁，又何怨乎？

（本文作者為淡江大學中國文學系系主任）

略談新出土呂赫若小說〈一年級生〉

曾健民

一九四三年，日本在台灣的殖民政府——台灣總督府，對殖民地的國民小學教育實施了「義務教育」制，對屆入學年齡的兒童採取強制入學的措施。表面上的宣傳口號是為促進「內台一如」或「一視同人」，實際上，卻是為了在「南進基地」台灣進一步推動「戰爭總動員體制」，強化人力與物力的戰爭動員。

當時台灣的新學期與日本相同，都是春季的四月一日開學。為了宣傳實施「義務教育」，在一九四三年四月新生入學前後，各大報紙都刊登了許多慶祝的文章。唯一由台灣人經營的報紙《興南新聞》（《台灣新生報》前身）也不例外；特別在一週一次的文藝副刊上，連續數週登載了許多台灣人寫的有關「國民小學」教育的文章。呂赫若的這篇短篇小說〈一年級生〉

就是其中之一。這篇小說刊登在一九四三年四月四日的「文化」版，同版上也刊登了張文環的〈公學校的回憶〉，以及小學六年級學生柯絹子的〈迎接實施義務教育的新學年〉等文。兩週後的四月十九日，同版上也刊出了吳新榮的〈對恩師的回憶〉、劉煥文的〈本島教育的回顧〉等等。當然，這些文章的題目上面都被冠上了「慶祝實施義務教育」的大標題；但是，如果細讀張文環、呂赫若、吳新榮的這些文章，我們可以發現其中並未有「慶祝」的內容，也依然保有各個作家的個性或者隱含的批判性。由此可見，「腹背面從」一直是戰爭總動員體制下「皇民化運動」時期大多數台灣作家的創作傾向。

呂赫若的這篇〈一年級生〉故事情節雖然簡單，但充分發揮了在「難言」的高壓時代下「嘲諷」小說的張力。小說中唯一的主角，是一位八歲的一年級新生——陳萬發，他在入學前從母親學到了幾句簡單的「國語」（日語），便開始日夜背誦，盼望早日入學在老師面前表現他學到的「國語」，以便得到老師的誇讚。小說大部分都在刻畫陳萬發的這種心情，因此很容易讓讀者錯覺作者似乎是在「正面」渲染「普及國語」或「義務教育」，然而，當故事情節發展到最後，卻完全不是如此。小說最後描寫了陳萬發終於抓到機會，在老師面前複誦了他學到的四句「國語」，但他和從內地（日本）來的女老師所講的「日語」之間卻產生了無法溝通的語言落差，可以說完全是「雞同鴨講」，故事也在陳萬發以爲女老師會心的笑容是對他的誇獎而洋洋得意時驟然結束，表現了呂赫若在小說上的功力，也隱然諷刺了皇民化時期的「國與普及」運動。

此篇小說和呂赫若在台灣光復初（一九四六年十月）用中文寫的〈月光光〉有異曲同工之妙，兩篇皆用高度的諷刺手法批判了皇民化運動的「國語」政策。只不過〈一年級生〉是在高壓時代下的創作，因此表現得更為隱晦而已。

聯合文學版的《呂赫若小說全集》中的「呂赫若創作年表」上記有〈一年級生〉，但它把這篇小說誤認為「雜文」，且把創作年誤記為一九四四年；可能是因為如此，才使這篇小說一直被忽略，也沒有人認真對待它。數年前，呂赫若公子呂芳雄先生好意贈送我一套呂赫若日記的影印本，我方得從該日記確認這篇小說的寫作情形。他寫於一九四三年四月二日，刊登於四月四日的《興南新聞》上。而該新聞「文化」版的主編是吳天賞先生，這篇小說是在吳天賞的催稿下，只花了一天的時間寫成的。這又再次表現了呂赫若在小說創作上的天份。

二〇〇五年十二月十四日

追記我的父親呂赫若

呂芳雄

1

曾祖父呂成德，祖籍廣東省饒平縣，何時遷居來台已不可考，原世居桃園龍潭。年輕時家境貧困，曾祖父在二十六歲父親去世後，開始四處流浪，居無定所，帶領著三個年幼的弟弟離開龍潭，沿途靠做零工謀生，最後來到台中縣潭子鄉校栗林村定居。曾祖父雖然從事過各種勞力工作，生活依然沒有改善，過著困苦的生活，更不幸的是，年輕的妻子又感染疾病，因無力負擔醫藥費，一病不起與世長辭。曾祖父在悲傷之餘，感嘆到貧困的悲哀，於是發憤圖強，把悲傷化爲一股力量，更加勤奮的工作，勤儉的生活。

據族裡的長輩說，有點聰明、體力又好的曾祖父，每次挑東西時一次總是挑兩擔，先把第一擔挑走五十公尺，再走回來挑第二擔，走一百公尺，之後再回頭挑第一擔，走一百公尺，如此來回的挑。有時同行的同伴會好奇的問：這樣不會很累嗎？曾祖父總是說：走回頭路時，就算是休息。其實曾祖父一心只是想多做一些工作，增加一些收入，寧可忍受勞累之苦。

在這樣勤奮賣力的工作之後，曾祖父終於有點積蓄，便在庄內購買一些田地，然後又從事糧食買賣，賺到的錢，每年又購買了一些田地。日積月累之下，財產日見增加，加上弟弟們均已長大成人，相繼成家，於是把田圃裡的事交給他們，自己專心買賣糧食。

爲了擴大經營，曾祖父還經常遠到靠海的梧棲港，做大筆的生意，一去就是數日。平常曾祖父在家時，勤儉度日，即使逢年過節也是簡單度過，家中所有日常用度均以勤儉爲原則。由於曾祖父平日就有些霸氣，全家大小對他敬畏三分，也就事事如他所願，少有意見。即使有些意見，在曾祖父的霸氣之下也不敢違抗，日子總是在清淡中過去。遇到曾祖父難得離家數日時，在曾祖母（再娶）的主導下，會做些平常想吃卻吃不到的東西來慰勞家人，免得曾祖父見了又不高興，由此可見平常曾祖父是過著如何省吃儉用的生活。

在曾祖父的領導之下，兄弟們同心協力，田圃裡的收穫、糧食買賣的成功，賺了很多錢財，終於累積了爲數可觀的財產。不再從事田圃工作的曾祖父，本來已可過著幸福舒適的生活，雖然再娶的曾祖母並無生育，但領養了一位養子，可以說是合家歡樂；只是沒有親生的子女，曾祖父依然感到有些空虛與遺憾，每思及此，總免不了會唉聲嘆氣、心中悶悶不樂。

四十二歲那年，曾祖父終於在媒人的媒言之下，娶了第三房妻子，也就是父親口中年輕的祖母。年輕的曾祖母果然不負曾祖父的厚望，育有三男四女：祖父呂坤霖是三房的長子，在出生的那一年，長兄呂漳秀很不幸的以二十一歲之英年告別人生。老曾祖母悲痛萬分，又認養了一位年紀比祖父大三歲的男孩做養子，也就是我的二伯公呂坤泉。曾祖父在有了親生的子女之後，日子便過得非常快樂高興、眉開眼笑，有子萬事足，終日陶醉在幸福快樂的日子裡，不再霸氣十足，對糧食的買賣也就不太關心，終於放棄。

有了龐大的家財，曾祖父在鄰近幾處庄內也開始小有名氣，可以說是名利雙收，足可安享晚年。但是曾祖父並未因富裕而忘記年輕時困苦流浪的生活，每當回想起年輕時生活的困境，心中便燃起一股希望，要建造一幢自己滿意的房屋。一方面可以讓逐年增多的家人有個寬敞舒適的住宅，另一方面也好讓自己在晚年能夠兒孫環繞，合家團聚，過著幸福快樂的日子。主意既定，曾祖父便依照自己心中的理想，在自己廣大的土地上選擇一處滿意的地方大興土木，朝自己的理想大步邁進。據族裡的長者說，當年在蓋房屋的時候，平均每餐有兩桌的建築工人。曾祖父也時常督導工人工作，使用的建材也是經過挑選，雖然不是什麼豪門巨宅，但也花費了曾祖父一番心血，前後大約蓋了兩年才完成。遺憾的是，新居尚未落成，曾祖父卻告別人世間，享壽六十八歲。

一生中從窮困掙扎致富，到了晚年，未能如其所願，住進自己一手辛苦建造的新居。新居落成之後，依照曾祖父生前的願望取名「建成堂」，是一幢閩南式的三合院住宅，堂前有一副對聯：

建不世奇勳讓他雄才大略，成數椽陋室慰我求田問舍

建且從新敢此遺模誇遠大，成非易事要知創業實艱難

曾祖父去世時，祖父呂坤霖二十二歲，與兄弟們承接了曾祖父遺留下來的龐大家產。

2

一九一四年八月祖父二十五歲時，父親呂石堆誕生於台中縣潭子鄉栗林村建成堂（日據時代大正三年台中州豐原郡潭子庄校栗林）是祖父的第三位子女。那時候建成堂在地方上已是具有聲望的大戶人家，也是建成堂興盛的時期。

曾祖父去世後，年老的曾祖母早已不再過問家中事務，過著休閒隱居的日子。年輕的曾祖母整天高高興興忙碌的照顧自己寶貝的孫子，生活在幸福歡樂中。由於四叔公九歲時不幸

因病早逝，五叔公坤瑞當時年紀尚輕，只顧吃喝玩樂，家中的事務便由祖父及二伯公來共同管理。

年輕時便過著豐衣足食舒適生活的祖父，已不再像曾祖父那樣勤勞的工作，靠著曾祖父所遺留下來龐大的田地收益，過著富足安康的生活，對勤勞的工作也就興致缺缺，除了收取田租外，無所事事。即使這樣，祖父在地方上仍然是小有名望的人物，並參與皇民奉公會，也被推舉擔任庄協議會議員。

一九二二年父親九歲，進入潭子公學校就讀一年級。十歲二年級那年因成績優異，得獎獲贈童話集一冊，開始進入兒童文學世界。在這一年，祖父與兄弟分家，在建成堂附近又另建新居，取名「建義堂」。建義堂的規模以及使用的材料比起建成堂毫不遜色，在那個年代來說，可算是一幢美輪美奐的房屋。地面上鋪著紅色的六角形地磚，屋簷上還繪上一些彩色的圖畫，屋外有兩層漆上黑色的圍牆，在兩圍牆之間種植了一些果樹，外層圍牆的大門入口處，有一小門樓，古色古香，小有氣派。房屋前面不遠處，就是縱貫鐵路，後面有條小河流過。房地的位置又是祖父親自選擇的，對地理方面略知一二的祖父，在房屋落成之時，頗引以自豪。分家後的祖父仍然有此財力，足見當年曾祖父的財力確實雄厚。

由於祖母陳萬里體弱多病，經常臥病在床，無法工作。算命先生向祖母遊說，說她命中注定要讓祖父再娶二房，身體才會健康平安，而且二房還會幫助家事。相信算命的祖母，聽信建言，才答應讓祖父再娶，經由媒人介紹，正式娶了二房，戶口上登記爲妾。該女時年十七歲，因家境困苦，其父又貪圖聘金可以全數收取不用退還，才答應讓女兒嫁做二房。

十四歲時，父親以第一名的成績畢業於潭子公學校，十五歲同時考上台中一中與台中師範學校，當時考上師範學校的，潭子鄉只有父親一人，豐原鎮有兩位（江漢津先生是其中一位）。父親比較喜歡台中一中，但是節儉的祖父認爲就讀師範學校可以免費，畢業後又有工作，在父命難違之下，父親遂遵照祖父的意願，就讀台中師範學校。

在當時建成堂堂號下，就數父親最會讀書，深得長輩們的歡心與寵愛。大伯父就不喜歡讀書，考不上家鄉的學校，祖父不得已只好帶大伯父遠到淡水的學校讀書。但是祖父一回家，大伯父就跟著搭下班車回家，祖父爲之氣結，只好叫大伯父去學習木匠的工作。

進入師範學校就讀時，父親的操行十分不好，一年級學期結束，導師進藤常雄的評語是：態度不良，不服從命令，操行成績乙等。

一九二九年父親十六歲，師範學校二年級，在學校學習由秀才教導的漢文，遇上文學啓蒙老師磯江先生，島崎藤村的〈千曲のスケッチ〉則是初讀的文學作品。同年大伯父呂石墩因肺炎病逝，留有一女名叫愛治。大伯父去世後，曾祖父以下具有血統遺傳的孫子，只有父親一人會讀書又聰明，頓時更加受到長輩們的關愛，事事讓他三分，凡事只要父親有需要，多會盡量滿足父親的需求。那時候的父親，在建成堂下的家族中，可說是天之驕子。

父親十七歲師範學校三年級時，祖母陳萬里因久病醫治無效，在三月病逝，享年四十一歲。父親哀痛不已，在以後的作品中可見到有十七歲喪母的描述。前後兩年大伯父及祖母相繼病逝，就有迷信上的傳言說，是祖父所蓋的房屋建義堂造型及風水不好所造成。祖父在受此重大變故之後，對人生的看法有了很大的轉變，對宗教產生了虔誠的信仰，把建義堂又做了局部的改造。把大廳布置得像一間佛堂，並請木匠製作一些神桌上用的供具，供奉神像，開始吃齋念佛，生活在暮鼓晨鐘、梵音嫋嫋中。同年父親開始閱讀世界文學全集，時常到台中市政府對面的「柵邊」書店閱讀《中央公論》、《改造》、《資本主義的詭計》、《貧乏物語》等書刊。

十八歲時父親遇上第二位國文老師古澤秀雄先生，並開始嘗試創作。十九歲時師範學校五年級，音樂成績優異，十一月在校表演鋼琴獨奏。在這幾年之中，父親在校的操行並無明顯改善，依然我行我素，陽奉陰違，操行成績還是乙等。

父親二十歲升讀演習科，並經常到社口父親的堂姐夫林寶煙住處閒話家常。林寶煙先生是日本法政大學畢業，時為「台灣赤色救援會」豐原地方班委員之一，經常在社口地方廟口演講，而社口的便衣巡佐則在一旁監視，偶爾日本皇族來台時，日警也會因安全理由加以拘禁。有時為了避免被拘禁，必須一連數日逃到山上躲起來。林寶煙先生的夫人，也是父親的堂姐呂葉，曾多次半罵半勸，要求父親不要受到堂姐夫的影響，也不要學他，最好少往來。

還曾傷心的對父親抱怨說：嫁了一位這樣的丈夫已經受夠了，不想再看見自己的堂弟步他的後塵，加深她的傷心。但是父親均不爲所動，可見當時父親的思想上多少受到林寶煙的影響。

父親二十一歲師範學校畢業後，與林寶煙的妹妹林雪絨結婚。外祖父林春妹爲人老實敦厚，在地方上小有名氣，時任社口庄保正（今稱村長）。林家在地方上是有名望的家族，在當地人稱三崑——即崑偉、崑賽、崑山三昆仲之另稱，亦爲林氏之族號。外祖父是崑山的孫子，族人中以崑賽的兒子林振芳最爲出色，授中書科中書職銜晉同知職銜。林家有名的大宅院「大夫第」由林振芳一手建造，並資助過丘逢甲先生到大陸的費用，林家至今仍留有丘逢甲先生寫給林家的感謝狀。

外祖父住家占地廣大，有前廳、中間、後院，一般客人均只在前廳爲止，中間是儲存物品的地方，後院才是住家。已婚的大舅、二舅、三舅在後院均有各自的房屋。婚前父親每次到外祖父家，只找他堂姊呂葉、堂姊夫林寶煙，母親完全不知情，也從未見過面，更談不上認識。母親與父親的婚姻，是由於姑媽呂葉用媒人般的語言，向外祖父推薦自己娘家的堂弟是如何的好，相貌堂堂、一表人才，和自己小姑是郎才女貌、天造地設的一對。在外祖父同意之下，由呂葉姑媽作媒，那年母親十八歲，一九三四年九月三日在建義堂結婚。外祖父給母親的嫁妝是「半廳面」。結婚當日祖父爲了壯大場面，還邀請在當地有秀才之稱的仕紳，潭子庄長傅鶴亭先生蒞臨婚禮。

3

父親在校成績優秀，但是操行不良，從入學到畢業，操行成績最好是乙等，導師對他的評價很差，所以婚後被分發到新竹峨眉山腳下的峨眉公學校訓導。峨眉地方，山明水秀民風純樸，是客家族居住的地方，講的是客家話。雖然我的家族也是客家族，但是父親年輕時已不講客家話，因此在語言上有些障礙。母親還記得父親是教四年級，因爲四年級學生已有日語的基礎，語言上溝通比較方便。由學校在附近租一間民房，有三間寬大的房間，不會說客家話的母親很少外出，日常的生活用品則委託學生購買，如鴨蛋五個一角，豬肉一斤兩角，當時父親的月薪是四十五元。

由於在人生地不熟的地方，生活十分單調，晚上父親便開始用筆名「赫若」從事小說創作。筆名「赫若」兩字的意思，是希望做一位赫赫有名的年輕人。〈暴風雨的故事〉及〈牛車〉均是這時候的作品。〈牛車〉是父親的成名作，由日本《文學評論》在一九三五年一月刊登，刊登之後受到好評，「赫若」兩個字才在台灣文壇上初露聲名。

峨眉獅頭山，風景優美，是有名的名勝古蹟，旅遊的好地方，遊人如織。山上有一古刹名叫「海會庵」，在峨眉教書期間，父母親也曾在遊玩之時於「海會庵」午餐。

新竹峨眉地方，在當時交通極爲不便，路程遙遠，沒有車輛通行，進出多是依賴步行，必須走約七、八公里路，有些地方還是山坡路。偶爾母親坐轎子，父親在一旁走路，到了頭份，搭客運車到竹南，再轉乘火車回潭子。在這樣交通不便的情況下，父親仍然每星期回家探望。

一九三五年四月，二十二歲的父親轉調南投營盤公學校。營盤公學校坐落在現今南投市市郊的一個小村莊，當時人口稀少，一個年級只有一班學生。父親教的是五年級，教六年級的是日籍校長。

父親在營盤公營學校教職期間，負責盡職、考績優良，深獲校長的好評及學生的愛戴。但是教學嚴格又認眞的父親，偶爾也會教訓學生（一九九九年一月我訪問營盤國小時，父親教過的學生還記憶猶新）。學生還記得父親是住在學校的旁邊，清晨腳下穿著木屐，邊走邊刷牙，頭髮由中間分兩邊，鬆鬆的不擦髮油，乍看之下十分瀟灑。當時的老師是不分科教的，舉凡國文、數學或農業均一手包辦。母親還記得有一次，父親拿幾個學生實習種的大番茄回家，這也是母親第一次見到番茄。

營盤公學校雖地處郊區，但交通尚稱方便。當時台灣中部地區種植大片製糖用甘蔗，興建有運輸甘蔗的小火車鐵軌，俗稱五分車，爲了方便居民出入，每列五分車均掛有一節客用車廂，以方便旅客搭乘。父親便利用五分車做為出入的交通工具，只是班次並不多，仍然維持每星期回家的父親，唯恐帶有小孩的母親會耽誤時間，即使在學校也趁著短暫的休息時間，回家看看母親是否已經準備妥當。

在這段期間，每次回潭子家鄉、路過台中時，父親均會到台中師範學校磯江老師的家中拜訪。磯江先生是父親所尊敬的老師，對父親從事文學與音樂影響巨大。

這時祖父又聽信一些地理師的建議，把建義堂外層的圍牆拆除，據說是住得不十分平安順利。

大哥出生後，祖父高興萬分，除了準備大量雞酒供前來道賀的客人享用外，還交代家人要做大號的「新丁粿」——在重男輕女的農業社會，當時鄉村的習俗，家有男孩出生，就要做一種粿，名「新丁粿」，分送親朋好友。祖父並且高興的說，每次總是吃別人的「新丁粿」，難得自己家中添新丁，才有此榮幸請人吃「新丁粿」，所以一再交代不能做得太小，一定要大，而且要比別人做的更大，足見當年祖父是多麼高興，也多麼照顧面子。

一九三七年十二月，祖父因傷寒病去世，享年四十九歲。祖父出生勤勞致富的家庭，從小就過著無憂無慮的生活，不工作，依賴分配到的財產度過一生。錢不夠用時，便賣田地來應付，到了晚年，僅剩下田地三甲多，又背負了許多債務。

祖父去世前三天，自知不久於世，即要求家人把大長板桌椅放在大廳，他要睡臥在上面。神智清醒的祖父，似乎還不想讓遠在南投營盤教書的父親知道。祖母眼看祖父病情危急，便拍電報告知父親，接到電報後，父母親急忙的趕回來。在大廳內建成堂家族中的長輩均已聚集一堂，睡臥在大廳的祖父，見到父親便問道：是誰通知你？父親肅然的站立一旁，淡淡的回應一下。祖父顯然有點不悅，寬闊的大廳中頓時凝聚一股不祥的氣氛，增添幾許的肅穆。祖父在交代一些後事之後，便閉目不語。

在一片哀傷哭泣的聲音中，年方三十四歲的祖母，含淚向前問祖父對她的後半生如何安排，請求祖父給她一個明示。但是閉目不語的祖父，一直沒有回應她，任憑祖母再三懇求，祖父依然無動於衷。經過眾人婉言相勸，祖母才退立一旁。不久之後，祖父便告別人間，得不到祖父回應的祖母便耿耿於懷，是導致日後改嫁的原因之一。

一九三八年四月父親轉任到家鄉潭子公學校，回到學生時代求學的母校，又見到昔日的師長，當年的學生。對這位具有作家身分的年輕新老師，學校師生多很高興、歡迎。

這時學校距離家裡很近，父親便以腳踏車代步，偶爾學校有聚餐，不善飲酒的父親，總是被師長們灌得酩酊大醉，騎著腳踏車一路搖搖晃晃的回家，一進家門便倒地不起。

同年八月，父親爲償還祖父所遺留下來的債務，以及堂姐愛治因骨膜炎住院開刀的醫藥費，把祖父在建成堂房地所分配到的產權賣掉。事前父親請示了長輩二伯公，二伯公聞訊之後大爲震驚，繼而憤怒。他料想不到平常看起來還很有分量的弟弟，身後竟然留有債務，而且還爲數不少。當時在父親的面前十分生氣，口中不停的怒罵道：才住幾個人，怎麼這麼會花錢。但是氣歸氣，罵歸罵，最後還是同意父親把祖產出售。父親把出售所得償還債務外，還付了堂姐的醫藥費，就所剩無幾了。

在潭子公學校任教期間，父親便決定到日本學習聲樂，在老師磯江先生的推薦之下，每年暑假均到日本學習聲樂。一九四〇年三月二十七歲教滿公學校義務教職六年，父親辭去了教職。其實父親對爲人師表並不熱衷，教職期間，曾多次向祖父表明不願意教書，而願意賠款，均爲祖父所拒，並挨罵。可能那時候祖父的經濟已臨捉襟見肘、外強中乾的局面，眞正要賠款，說不定又要賣田地了，這可不是當時父親所能夠想到的。

從以前家中父親所遺留下來的照片，教職期間，每次拍團體照，總是不戴帽子，有時還把頭歪向一邊，不面對鏡頭，可惜的是這些照片，後來均不知去向。

4

離開教職後，父親便獨自一人到日本去。剛到日本時，是和已在日本東京上大學的堂哥呂芳庭一起住在中野區。一方面找日後全家居住的地方，一方面學習聲樂，進入下八川圭祐聲樂研究所，並受到長坂好子教授個人指導，長坂好子當時在日本音樂界享有盛名，是著名的女聲樂家，並未正式進入音樂學校。父親每日清早起來，必須練習發聲，堂哥覺得很吵，影響他的學業，便離開父親，另外租屋居住。

幾個月後，母親把大姐及二姐留在社口外祖母家，帶著大哥及出生才幾個月的三姐緋紗，一起坐船到日本。船到外海，風浪較大，母親暈船，幸賴船上一位好心的年輕女子沿途照顧，才順利抵達日本。抵達時，父親已在那裡等候多時。

在東京時，父母居住在中野區川添町十三番地。一段時間之後，約在四月中，再回到台灣帶已在潭子公學校上一年級的大姐及二姐。

在日本居住期間，潭子建義堂家中住有祖母、姑媽、堂姐等三人，依靠田租收益來維持生計，生活還過得很好，所有的收入均由祖母來支配使用，父親並未從家中獲得所得。父親也曾經說過，從他進入台中師範學校就讀以後，就很少再花費家中的錢。而且父親也不太重視錢財，平常在家裡，父親固定把錢放在盒子裡面，母親要用時就往盒子裡拿，也不在意母親如何使用，錢少了父親再想辦法。在日本生活的那段日子，父親並未帶很多的錢，生活條件不寬裕，爲了養家活口，在「歐文社」編輯部擔任編輯字典方面的工作，月薪八十五元，四個月後便離開。

在這段期間，父親學習聲樂並未停止，退出「歐文社」後，由長坂好子女士推薦，得以順利進入「東京寶塚劇團」演劇部。在東京東寶劇團主要工作是在合唱團合唱，例如著名女聲樂家李香蘭女士在東京舉行演唱會時的合聲，在演劇部學習歌舞劇，並隨團在東京日比谷劇場、日本劇場、東寶劇場等地演出，十分忙碌，也十分辛苦。

當時大姐已在中野區塔之山國民小學上一年級，左鄰右舍，相處十分融洽，並未因是殖民地的人而有所差別。住在隔壁的日本小女學生，還每天早上與大姐相偕一起上學。我家人口較多，父母親以外有子女四人，開支費用較大。父親愛逛書店，喜歡買書，見到喜愛的書，即使身上的錢所剩不多，仍然照買不誤，因此總是入不敷出，必須依賴家鄉匯款接濟。匯款延誤時，父親便經常進出當舖，把西裝或手提箱等拿去典當，等經濟寬裕時再行贖回。

那時日本正處於戰爭中，物質缺乏，實施配給制度，配給的食物總是不夠，有時候一連幾天用副食品地瓜或麵包來代替三餐，日子過得十分清苦。後來父親向當地管區員警投訴，小孩子配給的食物不夠，才由管區員警出具證明，食物才獲得改善（好心的員警還對父親說，小孩子不可以沒有東西吃，如果還不夠可以再說）。

在這樣生活品質不好、營養不良、身心勞累，生活上感到空虛與寂寞，身體虛弱的環境中，父親仍然堅持著對文學的執著，在窮困中並未潦倒。疲憊的夜晚，仍然持續不斷的要多創作，必須一篇接一篇的寫。短篇小說〈財子壽〉，戲劇《百日內》相繼在這時候完成。

身體本來就有些不適的父親，經此長期的勞累，加上營養不良，更加顯得虛弱。父親經過幾番思考，不想把自己的身體累壞，自認在東京舞台的經驗已有，如果適應不了東京寂寞的生活，倒不如回歸自己的故鄉；台中師範學校、磯江老師也一再來信勸他回台。一九四一年十月僑居印尼爪哇、父親唯一的叔父坤瑞，也因時局動盪不安，由印尼返回台灣，經常來信也要父親返回台灣。當時坤瑞叔公和父親來往的書信，多是用中文書寫，對叔公十分尊敬的父親，更加深了返回台灣的決心。

父親終於在一九四二年五月因身體不適患有肺疾，決定不再粉墨登場，退出東京寶塚劇團，帶著在東京所學習到的一切，揮別了東京生活上的寂寞。同月由神戶搭乘最後一班輪船「富士丸」返回台灣。

臨登船之前，因母親懷有身孕，船方拒絕孕婦登船，經過一番交涉之後，父親表示在日本已無可居之處，而且願意自負一切後果，並由船醫出具證明，才獲准登船返台。

5

回到台中潭子老家之後，父親並未獲得休息，又展開了另一頁文學與音樂的生涯。七月加入《台灣文學》編輯，並擔任「台灣文藝家協會」小說部理事，並時常到中部地區文藝界人士經常聚集的地方——台中中央書局，和文藝界知名人士商談一些有關文藝界方面的事情，也常去拜訪所尊敬的磯江老師，偶爾也會到豐原和堂姐夫林寶煙閒話家常。

潭子家中與繼母之間原來存在的一些感情上衝突的問題並未平息，與舊厝「建成堂」之間爲了曾祖父洗骨遷移墓地的事情，由於觀念不同，各房堅持己見，導致家族之間意見對立。建成堂下兄弟之間分配財產，養子是否應和親生子分配一樣，父親也加入了爭論。父親認爲養子既然已經認養，也認祖歸宗，其目的也是延續香火，自然是家族的一員，是應該和親生子一樣均分，不應該有所差別。

小孩子的一些零碎之事，讓父親在潭子、社口、豐原之間不停的奔走。有一次在大姑媽呂花家，姑媽心想自己的弟弟很會讀書，而且也當過老師，何不請他教導自己的孩子讀書，但爲父親所拒，父親一直認爲讀書是自己的事。家中人口眾多，日常生活的一切開銷，也逼得父親焦頭爛額，感嘆到沒有錢的煩惱。

在這樣不如意的生活環境中，父親並未因此而停止寫作，〈廟庭〉、〈風水〉、〈鄰居〉、〈月夜〉都相繼在這時候發表，並爲「台灣演劇協會」撰寫大眾劇本《結婚圖》，又撰寫廣播劇《林投姐》由台北放送局播放。

然而爲了台北工作的方便，父親決定搬到台北租屋居住，行前曾徵詢繼母是否願意一起到台北士林同住，但是對自己生活另有規畫的祖母並不願意，不久之後便改嫁了。對此，父親雖然感到氣憤，但也無可奈何。自從祖父過世以後，祖母改嫁的心意並未改變，相信算命的祖母曾經告訴母親，根據算命先生的告知，她命中是有小孩的，但是嫁到呂家以後一直未曾懷有小孩，使她感到非常失望。遲遲未改嫁是因爲要照顧來于姑媽，必須等姑姑嫁了以後才會改嫁。改嫁之後，祖母果然有了兩個孩子，而且也經常保持來往。

在台北士林租屋居住之後，父親便進入台北「興行統制會社」編輯部，做有關戲劇方面的工作，並參加「雙葉會」劇團《阿里山》演出，演唱音樂家江文也的歌曲，又參加「厚生演劇研究會」。不過父親的寫作仍然沒有停止。孩子們吵鬧，父親感到相當無奈，也會埋怨母親沒有好好管教，心情不好的時候，偶爾也會教訓孩子，但事後又十分後悔。爲了怕子女吵他，有時候便到北投去寫作，但是自己又覺得不太關心家庭了，自問要常陪孩子玩，要更溫柔，更合理的來對待孩子。其實父親也有他風趣幽默的一面，心情快樂的時候，也會和孩子們玩小孩遊戲，學狗爬，讓孩子坐在他的背上玩樂。爲了家庭，也爲了賺錢，開始寫布袋戲劇本《源義經》。沒有工作做的時候，偶爾還得向朋友借錢應急，有時候家中因米不夠，也以麵條裏腹。小孩子健康亮起黃燈，母親也因營養不良常感頭痛，父親自思自己窮不要緊，可是家人可憐，對從事文學害家人在現實生活上不幸，感到十分傷神。

然而更傷神的是《文藝台灣》在「文藝時評」裡對父親的作品提出嚴厲的批評，對此父親雖然感到氣憤不滿，還是以「隨他去窮嚷吧」，並未做出正面的回應，相信自己只要孜孜不倦的創作，寫出好的作品，其他則不予理會，只是氣憤台灣小說鑑賞水準不高。在另一方面則思考文學運動的形態，考慮憑藉單行本來發聲，爲了寫作上的方便，特別印製了自己專用稿紙五千張，準備大量創作，以作品來反擊「文藝時評」的批評。

這時《台灣文學》在經營上有些狀況，父親頗為關心，幾次與同仁之間交換意見，如何充分地讓《台灣文學》維持下去。值得高興的是《台灣公論》八月號，日本知名作家高見順先生在「文藝時評」裡發表文章，對父親的作品大加稱讚，台北帝大國文系教授瀧田貞治打電話告訴父親說，好高興恭喜你，父親回說謝謝時感動得熱淚欲滴，給父親很大的鼓舞與肯定。

一九四三年十一月，父親三十歲，參加「台灣決戰文學會議」，以短篇小說〈財子壽〉獲得第一回「台灣文學賞」。短篇小說〈清秋〉脫稿之後，母親因長期勞累，身體不適，經常發燒，經醫師診察，確定是傷寒病。十一月二十一日早上在父親的護送下，母親進入台北帝大醫院住院醫治，家中頓時亂成一團，孩子四散，託人照顧，父親因此像被重擊一拳似的，受到很大的打擊。當天下午在台北公會堂舉行第一回「台灣文學賞」頒獎典禮，除獲得榮耀外，還獲得獎金五百元。典禮結束後，有非常盛大的座談會，一時冠蓋雲集，台灣文藝界知名人士均來參加。晚上父親依然回到醫院，整晚看護母親，切身感受到家庭主婦的重要性，覺得應該更加深深的愛護母親。

母親住院期間，父親在短短的五天之內，完成短篇小說〈玉蘭花〉。〈玉蘭花〉這篇小說的前面是在敘述曾祖父的興起：曾祖父年輕時生活困苦，四處流浪，一無所有，經過努力奮門，成爲大富人家，一手建造的新居「建成堂」尚未落成便撒手歸西，成爲一位傳奇性的人物。父親曾試圖以「建成堂」爲題，想寫成一部長篇小說，可惜事與願違。

父親在世時，風度翩翩，英俊瀟灑，集作家、聲樂家於一身，多才多藝，是一些女性崇拜的偶像，在當時的文藝界，被戲稱爲「文化界的風流人物」。於「興行統制會社」工作期間，認識一名女子，名叫蘇玉蘭，並在外金屋藏嬌，育有一女一男。母親知道後雖然很不高興，但是面對父親的霸氣也無可奈何，只有視而不見、聽而不聞——畢竟母親是出自社口有名望的林家，一個舊式思想有教養的家庭。然而個性與母親完全不同的外祖母知道後極爲生氣，還到萬華蘇玉蘭當時的住處興師問罪。被外祖母責罵後的蘇玉蘭，於事後向父親哭訴，父親還一度責備母親不該讓外祖母知道，後來在父親的好友傅雄飛醫師出面澄清是他讓外祖母知道的，並責備父親的行爲不端，父親才不再多言。

父親因案離家去世後，蘇玉蘭因不堪生活的困苦，在王白淵先生的夫人倪雲娥女士的帶領下，於舅舅在中山北路開設的藥房前，請求到台中社口同住，爲舅媽拒絕。之後蘇玉蘭便另嫁做人婦，女兒送人撫養，兒子後來在一次車禍中不幸遇難。雖然小說〈玉蘭花〉裡面的情節與蘇玉蘭毫無關連，兩個「玉蘭」是出自父親的有意或是巧合，就耐人尋味。倒是母親的三哥，年輕時到日本學習有關輪胎方面的知識與技術，學成回來時有一位日本人五十嵐先生同行來台與三舅共同工作，以後就長期居住在外祖父家中，如同一家人。五十嵐先生後來因病在社口逝世，遺體火化後，骨灰由其家人來台領回。這和小說〈玉蘭花〉裡的日本人，似乎有些聯想。

短篇小說〈合家平安〉發表後，閱讀過的親戚便問父親，這篇小說乍看之下好像是在描寫你大姑媽家的家庭興衰，父親只是笑了笑，既不否認，也不承認。其實〈合家平安〉小說裡面的情節和父親的大姑家，有些地方是十分吻合的。如父親的大姑媽呂教，婚後不到幾年即因病去世，生前有認養一子，乳名阿獅，雖然不是親生子，但也深得其外祖父母的寵愛。阿獅在家境沒落之後，在祖父資助下從事木器家具的工作，不喜歡讀書的大伯父在祖父的命令下也曾經和阿獅共同工作。父親的大姑丈，興盛的時候，也是富甲一方，爲當地有名老舍的長子，有過華麗舒適的住宅，過著富裕的物質生活，後來因吸食鴉片而衰落。再娶的妻子，乳名阿緞，也對前妻的娘家畢恭畢敬，視前妻的娘家爲娘家（即祖父家），並時常到前妻娘家走動，還是父親結婚時的媒人之一。而「姑丈，姑丈」也正像是父親小時候到父親的姑媽家玩時的叫聲。小說裡面范慶星是父親的姑丈，資助有福的三舅正是祖父（祖父在兄弟中排行第三）。

一九四四年三月，父親的小說專集《清秋》由台北清水書局出版，前有台北帝大國文系教授瀧田貞治作序，後由父親寫跋，收錄有〈鄰居〉、〈財子壽〉、〈合家平安〉、〈廟庭〉、〈月夜〉、〈清秋〉等七篇，是當時台灣文學界唯一出版的小說集，也是父親在文學創作時期的高峰。

同時父親對音樂仍然十分熱忱，經常在新公園電台歌唱。早年父親到日本學習音樂與舞台劇，並積極收購《近代劇全集》，希望融合音樂、文學、舞台劇成爲一名劇作家，這也是父親最大的願望，並開始著手構想創作長篇小說計畫。然而很不幸的是，在六月發生了一件對我的家庭打擊很大的不幸事情，聰明乖巧深受父母親疼愛的三姐緋紗，五歲時因腦膜炎在台北帝大醫院病逝，父母親悲痛萬分，父親還以〈星星〉爲題，寫下懷念悲傷心情的小說，以表達對三姐緋紗的哀思（後來小說寫好並未發表，母親是唯一看過的人）。

八月「台灣文學奉公會」爲強化陣容，增加五名常務理事，父親是其中之一也是唯一的台灣人。同時在工藤好美先生的介紹、龍瑛宗先生的推薦之下進入「台灣新報社」之「旬刊台新」編輯部，以社員資格任用，月薪九十圓。年底礙於局勢的轉變，全家由台北士林搬回潭子老家。

6

一九四五年八月，日本無條件投降，結束了五十一年台灣殖民地統治，台灣光復，回歸中國，全台灣省的省民歡欣鼓舞熱烈慶祝，父親也和全省的省民一樣，十分興奮，對中華民國抱有高度的期許與熱愛，並以歡樂的心情，教導子女唱中華民國國歌。九月他參加「三民主義青年團」，並擔任該團中央直屬台灣區團台中分團籌備處股長。在全省的省民還陶醉在光復歡樂的餘溫中。國民黨政府卻處處顯示出無能腐敗，像一股北方來的寒流，爲光復後歡樂的餘溫，注入一股寒氣。各地物價上漲，比光復初期竟高達數十倍，民眾生活逐漸困苦，也開始在寒流中清醒過來，開始認清國民黨醜陋的面目。

一九四六年一月父親加入記者行列，擔任《人民導報》記者。二次世界大戰結束後，居住在台北市的日本人便陸續返回日本，留下很多日式建築的房屋，一些比較晚回日本的日本人，拿出家中的器具在路邊出售以便換取現金，充做經費。父親在現在的和平東路與羅斯福路口處巷內，選購一間比較寬大的日式房屋，並自己擁有一間書房。白天房門緊閉，從不讓小孩進入，也自己清理房間，並且爲了合聲的需要，用十幾兩黃金的代價，購置了二手鋼琴一架。有時家中孩子吵吵鬧鬧，父親深感無奈，曾對母親抱怨說像是動物園。母親每天忙著家務事，對父親在外面的活動從不過問，也知道得很少，除非是父親主動提起。有時候父親也會帶大姐或大哥出去工作，但是又嫌帶在身邊很麻煩，就把大姐或大哥帶到朋友家中寄放，等回家時再帶回。

坐落在延平北路的山水亭料理居老闆王井泉先生，對台灣文藝界出錢出力，熱心文藝，貢獻甚多，有「古井伯」之稱。山水亭是台灣文藝界人士經常聚集的地方，父親也是山水亭的常客，與王先生可以說是莫逆之交。母親還記得，旅日期間每次回來，王先生必熱情招待，父親有時「手頭」不便，也會向王先生借錢應急，在山水亭偶爾碰上三兩知己會斟上幾杯，帶著濃濃的酒味回家。

父親雖然脾氣不好，小孩吵鬧時會不高興而大發雷霆，若剛好此時外祖母來訪，父親依然畢恭畢敬，笑臉相迎，前後判若兩人，完全看不出有生氣過的樣子，而且還小心翼翼的，唯恐有怠慢不周的地方，對母親也不再大呼小叫。外祖母來時，總是會坐在鋼琴旁邊守著鋼琴，怕小孩頑皮用手去觸摸鋼琴留下手印，父親回來看見又不高興。院子裡種植一些花木，空閒的時候，父親也會刻意的去栽培，花開的時候，母親便一再叮嚀小孩不可以去碰，以免惹父親生氣。面對霸氣十足的父親，母親顯得有些無奈，整天忙於家務事，又要照顧一群小孩，十分辛苦。

由於白天孩子們的吵鬧，在這時候父親大部分是在晚上小孩睡覺後再從事寫作，並開始用中文創作，二月發表第一篇中文小說〈改姓名〉，三月發表第二篇〈一個獎〉。

六月在國民黨的壓力下，《人民導報》編輯部改組，父親與王添灯等人退出《人民導報》。繼而參加「台灣文化協進會」舉行的第一回文學委員會座談會及第一回音樂委員會座談會，與會人士均是當時台灣文藝界與音樂界的知名人士，隨後又受聘文化協進會爲音樂演奏會籌備委員，同時與蘇新、王白淵等人於台北創辦週刊《自由報》，並由王添灯先生擔任社長。

台灣光復後，由大陸回到台灣，先在台灣大學文學院任教的陳文彬先生，隨後在八月出任建國中學校長。父親在陳校長的邀請下，從八月開始擔任建國中學音樂教員。同時從海南島回來不久、還是單身、住在我家的舅舅林永南也在父親的介紹下到建國中學擔任化學老師。父親在什麼機緣下認識陳校長，目前並不十分清楚。

十二月台灣文化協進會召開音樂比賽大會籌備會，父親獲聘爲聲樂專門審查委員。一九四七年一月父親以座長身分主持《新新》雜誌主辦「未婚女性座談會」，又出席「台灣文化協進會」召開音樂比賽大會第一次籌備會，這時候可以說是父親在文化界與音樂界最繁忙的時期。

二月，第四篇，也是最後一篇中文小說〈冬夜〉刊載於《台灣文化》。

由於國民黨政府政治腐敗，全省的省民對國民黨的施政已失去信心，物價上漲、生活困苦，宵小猖獗，治安敗壞，抱怨之聲隨處可聞。二月二十八日震驚全台的「二二八事件」爆發，全省各地發生動亂，一發不可收拾。國民黨政府爲鎭壓各地對政府處理「二二八事件」不滿而發生的暴動，由大陸派遣國軍第二十一師來台，各地民眾傷亡慘重。

本來對國民黨政府抱有高度期許的父親，眼看國民黨政府無能，政治敗壞，心情由亢奮跌入谷底，心中充滿失望，繼而和大多數的省民一樣產生不滿。這時候的父親，眼看社會秩序失控、動亂不安、局勢緊張，唯恐家人受到傷害，叫母親帶著小孩暫時回社口外祖母家避一避，之後父親在台北的活動，母親便一無所知。

國民黨政府爲處理「二二八事件」暴動後的創傷，安撫民怨，同意成立「二二八事件處理委員會」。然而國民黨政府在表面上成立「二二八事件處理委員會」，但是對社會上一些對政府有意見的知名的知識分子，卻暗地裡加以逮捕或殺害。陳文彬校長在目睹這種情況之下怕被波及，爲了明哲保身，在七月辭去建國中學的校長職務，又攜家帶眷回到北京。父親和舅舅在陳校長離開建國中學之後，也跟著辭職。

同年八月北一女中校長胡婉如女士在離開北一女之前，又邀請父親到北一女擔任音樂老師。十二月父親又當選「台灣藝術建設委員會」候補理事，並於中山堂舉行音樂演唱會及新公園電台歌唱。

一九四八年父親擔任《光明報》主編，這時父親對政府施政的不滿已是溢於言表，並經常與一些社運方面的人士來往，終而投入地下工作組織，之後就停筆不再寫作，也不再發表作品。

7

七月學期結束後，父親辭去北一女中教職，十月把潭子家鄉建義堂房地出售，一些不用的家具分送親友，母親的嫁妝，則是一件不少的搬回台北。祖父在建義堂大廳內所供奉的神像，則移請到附近山上觀音亭供奉（但也有傳言說是被丟棄在附近的橋邊）。出售之前母親並不知道，售後只淡淡的向母親說，潭子老家房地已售出。父親平常喜歡向母親炫耀說他做事明快，像出售建義堂一事，前後只花了兩天的時間便完成，說完之後還有點得意。其實母親知道，父親的所謂明快，只是賤賣而已。

後來住進建義堂的新主人，住得並不平安順利，婦女也不敢照鏡子，據說是一個人照鏡子，鏡子裡會出現兩個人，嚇得只好把鏡子罩起來。到後來又有人亡故，更不敢居住，建義堂成爲空屋後才拆除。

建義堂出售後，居家從台北市和平東路口搬到信義路三段前國際學舍的對面。每次搬家，父親專用的稿紙從不交給搬運工人，而是由年紀較大的姐姐、哥哥小心翼翼的每人拿一些。

這時父親的經濟比較寬裕，便經常帶回一些零食送進孩子們的肚子裡。小孩如有病痛，就叫母親帶去給醫師看病，如果症狀未見改善，就抱怨母親未把病情向醫師說明清楚；如果是自己帶去，症狀仍然未見改善，便向母親解釋是醫師的醫術不高明。

五弟出生之後幾個月，可能是身體有些不適，時常哭叫吵鬧，到了晚上仍然哭鬧不停。不耐煩的父親，叫母親背到隔壁房間不要吵到他，溫柔的母親聽從父親的要求，怕小孩的哭鬧聲吵到父親，整夜背著五弟連哄帶騙，未曾合眼，直到天亮，導致隔天牙齦酸痛。可見父親是一家之主，但也霸氣十足，十足的大男人主義。

住在附近新生南路舅舅家中誕生一名女嬰，舅舅請父親代爲命名，父親向舅舅推薦一個名字叫「可紅」，但後來舅舅並未採納。舅舅還記得父親與朋友約定極爲守時，與人約定在家碰面，如果約定時間已過、父親又有他事，必然離去不再等候。

父親把房地出售後的所得，在台北經營「大安印版所」，出版有《孕婦保養須知》、《小學音樂課本》、《世界名曲樂譜》、《俠盜羅賓漢》等書，實際上是印製地下工作宣傳文件。不明底細的舅舅林永南想致贈禮物祝賀「大安印版所」開業，但爲父親所拒，怕舅舅在祝賀的禮品上留有名字，日後受到牽連。

新學期開始，北一女中校長陳士華女士還坐三輪車親自到信義路家中，當面懇請父親續任，但是父親深知自己背後的工作是具有危險性的，因而婉謝。

一九四九年三月父親在台中二舅林寶煙的住家舉行堂姐愛治結婚喜事，完成堂姐的終生大事。

五月「台灣省保安司令部」發布全省戒嚴令，一時風聲鶴唳，全省籠罩在一片緊張恐怖的氣氛中。不久保密局逮捕散發地下刊物的《光明報》，身爲《光明報》的主編，父親的處境已出現危機，而結束「大安印版所」的營業。

十月一日中華人民共和國在大陸成立，年底國民黨中央政府由大陸撤退來台，蔣介石政權爲鞏固台灣最後一塊淨土，對不滿政府施政的異議分子大肆搜捕，五〇年代台灣白色恐怖終於發生。蔡孝乾、郭秀琮、許強等社會上知名人士相繼被捕，頓時全省民眾人人自危，民眾在集會、言論上受到很大的限制。

繼「二二八事件」後，又有一些社會上的菁英流亡海外，已受到有關當局密切注意的父親，對自己的處境相當清楚，已有逃亡的打算。他把家中笨重的物品先行處理，收藏的一些有關文學與音樂方面的書籍與物品（如唱片）均分散寄存在朋友家中；母親的嫁妝及一些家用物品運送到社口外祖母家；再把居住在信義路三段的日式房屋賣掉；「大安印版所」的所有權狀，交由好友蕭坤裕先生代爲處理；分別在北一女及成功中學就讀的大姐及大哥，就暫時寄居在舅舅家中；較小的孩子則親自帶去社口外祖母家。還記得父親先帶我回社口，接著又帶二姐。

在豐原往社口的途中，二姐乘坐機車，不幸腳後跟被機車後輪所傷，傷勢頗爲嚴重，父親委託好友張深堂醫師治療以及父親的學長在豐原任教的廖金照先生代爲照顧，無暇顧及二姐的傷勢便匆匆離去，可見當時父親的行動已經受到很大的約束，走後的父親諒必爲二姐的傷勢十分的擔憂。

而二姐的受傷在台北的母親並不知道，那時母親懷有身孕，在舅舅家中待產。父親臨走時留給母親新台幣一萬元（相當五兩黃金）做爲生活費用，並交代母親說，生男的叫芳民，生女的叫民芳。還安慰母親說，多則數月、少則一兩個月必定回來；往後的生活費用，不必操心，會有人送來；產後回社口暫住一段時間，也不必帶太多的衣物。

父親走後，放心不下，又幾次冒險回到舅舅家中探視。有一次父親回來探視母親之後，到信義路蕭先生家，想知道「大安印版所」是否已經脫手出售。那時蕭先生已被逮捕，當局並派人在蕭先生家監視，不知情的父親在按下門鈴之後，出來開門的情治人員便查問父親的來意及身分。父親知道事跡已經敗露，便聲稱自己是呂石堆，不是呂赫若，只是從台中鄉下來拜訪久未見面的朋友而已。情治人員並不知道呂石堆即呂赫若，經過一陣查問之後才釋放。父親回來後還向母親提及此事，並說好險。第二天早上，父親隨著上學的大哥一起離開舅舅家中，半路上，大哥眼睜睜的看著父親離去。

母親見到父親最後一面是產前約一星期，晚飯後的一個夜晚，父親帶著疲憊的身體，來到舅舅家中，經過一番閒談之後，小睡片刻。在凌晨天空尚是一片黑暗之際，臨走時向舅舅拿了一個卡其色的背包，就行色匆匆地消失在黎明前的夜色中，留下傷心的母親，以及舅舅、舅媽，站在門口目視父親的離去。從此天人永隔。

8

父親離開後的一星期，最小的弟弟出生，依照父親的原意命名芳民。情治單位在後來知道呂石堆即呂赫若之後，深感惋惜，沒有想到自動上門的重要人物，竟然輕易的又走了。便把一股怨氣轉向舅舅家，在沒有任何文件之下將舅舅逮捕，連尙在北一女及成功中學就讀的大姐及大哥也一併帶走，三星期後大姐及大哥才被釋回。

舅舅在審訊時表示，對父親的事情一無所知，但是情治人員並不相信舅舅所說的一切，就嚴刑逼供，但是實在不知其情的舅舅是無話可供，只好忍受皮肉的痛苦。

被保安司令部拘留期間，舅舅很榮幸的和任職於台大醫院的許強醫師同房。有一次舅舅很好奇的問許醫師，您是台大醫師的內科主任，是名醫，爲何您會從事地下工作組織？許醫師回答說，沒錯，我是醫師，我每天在醫院醫治病，是一種救人的行爲，但是在門診中一天能救多少人？我從事這種組織活動，是拯救全民的。

在牢房裡的早餐是很稀的稀飯和一小盤花生米，由於人數眾多，根本不夠食用。在牢房中備受難友們所尊敬的許醫師對舅舅說，你是藥劑師，最會調劑，花生米由你來分配最好。當舅舅把許醫師應得的一份，僅是幾粒花生米送到他面前時，許醫師對舅舅說，將死的人吃不吃這幾粒花生米已無所謂，而你要走的路還很漫長，要多保重身體。說完把花生米送給舅舅。小小的幾粒花生米，就可以顯示出許強醫師這樣崇高的人格，舅舅一生念念不忘。

斗室大的牢房中，一間就擠滿了十幾二十人，連睡的地方也沒有。如果同房中有人被刑求，大家便站著，讓他躺下休息。舅舅也曾幾次被刑求，雙腿腫脹難受，最後還是在難友們的協助下，把褲管撕破，減輕痛苦。在患難之中，最是能夠見到眞情。

舅舅被關了將近一年，查不出有共謀叛亂的意圖，被無罪釋放，就像被捕時一樣，也無任何文件，只有被刑求過後雙腿所留下來的疤痕，及一顆創傷的心。

產後的母親，在舅舅家休息了半個月，心中掛念著社口鄉下的孩子，懷著一顆破碎的心，迫不及待的回到社口娘家。除了父親以外，算是全家團聚，懷中抱著才出生半個月的嬰兒，環繞在身邊的有兩歲、四歲、六歲等不同年齡嗷嗷待哺的孩子，心中陣陣酸痛。回想過去彷彿隔世，往後漫長的日子，不知將如何度過。平常在父親面前，看似柔弱的母親，這時毅然的鼓起勇氣，堅苦面對現實的生活，無怨無悔的照顧身邊的孩子。

大姐在北一女初中部畢業考試考完後，沒有參加畢業典禮就回社口，之後到一家醫院做護理工作。大哥唸成功中學二年級，想轉校到台中一中，學校要求保證人，在白色恐怖氣氛籠罩下，無人敢擔保，只好休學找工作做。母親則含辛茹苦養育著身邊的幼兒，日復一日，過著艱苦的生活。唯一照顧我們的是外祖母及舅舅林永南（尤其是舅舅，爲了父親的案件受到波及，家中也因此被情治人員搜查。無罪出來後，毫無怨言，仍然照顧著一群年幼無知的外甥，實在令人敬佩），大部分的親戚均不敢來往，白色恐怖像龐大的烏雲覆蓋全台，暗無天日，人心惶惶。

外祖母惟恐父親留下來的手稿及書籍，會有帶來二次傷害的恐懼，在外祖母的一聲令下，大哥和我就在家中前面荔枝園中，挖了坑，把父親所留下來的手稿及書籍全部埋掉，埋好之後，還在上面潑了幾桶水。父親的手稿，寫好尚未發表的〈星星〉以及收藏的書籍，就此化做一堆塵土。唯一倖存的一本日記，是因爲裡面有記載子女出生年月日而保留下來。不知情的孩子，偶爾好奇的向長輩們問起父親，長輩們便會用很不高興的口氣，要求不准發問，並警告以後也不許問，即使在外面也不可以說你的父親是誰。頓時在孩子們的心中，產生一團迷惑。父親的名字「呂石堆」三個字倒像是個禁忌，有了身分證以後，父親那欄底下也寫著行蹤不明。

不久之後，接到「保安司令部」通知，說父親案件已結案，要母親前去領回物品。臨行時，驚慌的外祖母，一再的叮嚀母親，在這款沒有天良的世界，人都死了，順著他們不要有任何堅持，平安無事就好。

母親回到闊別已久的台北，回首往事，人事已非，不堪回想。在舅媽的陪同下到「保安司令部」，承辦人員向母親說，父親已在台北縣石碇山區被毒蛇咬死，案件自然結束。但要求母親簽字拋棄「大安印版所」產權，在戒嚴時期，白色恐怖的陰影，仍然像噩夢一樣尚未消除。想起臨行時外祖母的交代，萬念俱灰之下，也別無選擇，簽字了事。後來「大安印版所」原址改爲「國防部碾米廠」。母親雖然也曾試圖把父親寄存在朋友處的一些物品取回，但是白色恐怖的陰影尚未消除，戒嚴令高張之際，基於自身的安全，朋友多矢口否認，甚至還有佯裝不認識的，結果一件也沒有要回，心灰意冷之下，從此不再提起。

日復一日，年復一年，孩子們在鄉下過著鄉村純樸的生活，雖然經濟狀況不好，生活品質差，但是在母親細心照顧以及舅舅的關心之下，還是相安無事。唯一辛苦的就是母親，忍受身心痛苦的折磨，整天勞累，照顧一群年幼無知的孩子。

隨著年齡的成長，孩子們也逐漸從長輩的口中，以及家中一些父親生前的照片，多少了解到父親原來擁有聲樂家、作家、教師、記者等多重身分，而對父親產生敬仰。但是對父親不幸的原因仍然一知半解，不清楚是什麼理念會讓父親走上這條不歸路。同時也覺得除了外祖母、舅舅一家以及偶爾前來看望的阿姨外，好像沒有什麼親戚朋友了。除每年一次去探視來于姑媽外（姑丈也是因白色恐怖被逮捕，並且關了十年），父親方面的親戚幾乎已無來往，更由於家境貧困，也不敢貿然前去。已在外面工作的大哥，偶爾在路上看見父親生前的的朋友，也不敢貿然前去打招呼。陪伴我們的是鄰居以及林中一些不知名的小鳥，鄉村樸實的生活。社口鄉下，可以說是十分清靜的好地方。

在熾熱又亮麗的「才子」光環下，父親走過他的人生，但卻留給他的家屬寒冷又黑暗的「冬夜」般的生活。

一九九九年八月於澳洲

呂赫若創作年表

林至潔／輯

一九一四年　一歲

生於台中縣豐原鎭潭子（舊台中州豐原郡豐原街）。原名呂石堆。

一九三四年　二十一歲

台中師範畢業。

一九三五年　二十二歲

一月，短篇小說〈牛車〉載於日本《文學評論》二卷一號，爲其處女作。

五月五日，短篇小說〈暴風雨的故事〉載於台灣文藝聯盟發行的《台灣文藝》二卷五號。

七月，短篇小說〈婚約奇譚〉載於《台灣文藝》二卷七號。

一九三六年　二十三歲

一月，隨筆〈關於詩的感想〉載於《台灣文藝》三卷二號。

三月三日~五日，短評〈文藝時評〉載於《台灣新民報》。

四月，小說〈牛車〉，與楊逵〈新聞配達伕〉（即〈送報伕〉）、楊華〈薄命〉，被選入《朝鮮台灣短篇集——山靈》，胡風譯，上海的文化生活出版社譯文叢書，是日據時代第一次被介紹到中國的台灣小說。

五月四日，短篇小說〈前途手記〉載於楊逵主編的《台灣新文學》一卷四號。

六月，短評〈兩種空氣〉載於《台灣文藝》三卷六號。

八月，短評〈舊又新的事物〉、小說〈女人的命運〉載於《台灣文藝》三卷七、八合併號。

一九三七年　二十四歲

五月六日，短篇小說〈逃跑的男人〉載於《台灣新文學》二卷四號。

一九三九年　二十六歲

負笈日本東京學習聲樂，進入武藏野音樂學校聲樂科，師事聲樂家長坂好子女士，參加東寶劇團，演出《詩人與農夫》歌劇，前後有一年多的舞台生活。

中篇小說〈季節圖鑑〉，載於《台灣新民報》日刊之「新銳中篇小說特輯」，策劃人是黃得時。

一九四〇年　二十七歲

三月，短篇小說〈藍衣少女〉載於《台灣藝術》一卷一號。

五月一日，中篇小說《台灣女性》連載於《台灣藝術》，第一篇〈春的呢喃〉載於一卷三號。

七月，《台灣女性》第二篇〈田園與女人〉，載於《台灣藝術》一卷五號。

一九四一年　二十八歲

六月，新詩〈謹呈陳遜仁君靈前〉、隨筆〈我思我想〉載於張文環主編的《台灣文學》創刊號。

一九四二年　二十九歲

一月，雜文〈拉青與八卦篩——結婚習俗的故事〉載於《民俗台灣》二卷一號。自日本返台，爲《台灣文學》同仁，並擔任《興南新聞》記者。

四月二十八日，短篇小說〈財子壽〉載於《台灣文學》二卷二號。

五月二十日，劇評〈陳夫人公演〉載於《興南新聞》。

七月二十日，雜文〈農村與青年演劇〉載於《興南新聞》。

八月，短篇小說〈廟庭〉載於《台灣時報》。

九月七日，雜文〈日本新劇與新派〉載於《興南新聞》。

十月，短篇小說〈鄰居〉載於《台灣公論》。

十月十九日，短篇小說〈風水〉載於《台灣文學》二卷四號。

一九四三年　三十歲

進入興業統制會社（一電影公司），一邊上班，一邊創作，認識前來應徵女性蘇玉蘭。

一月三十一日，短篇小說〈月夜〉（〈廟庭〉續篇）載於《台灣文學》三卷一號。

二月十二日，劇評〈阿里山〉載於《興南新聞》。

四月四日，短篇小說〈一年級生〉載於《興南新聞》。

四月二十八日，短篇小說〈合家平安〉載於《台灣文學》三卷二號。

七月三十一日，短篇小說〈石榴〉載於《台灣文學》三卷三號。

籌組「厚生演劇研究會」，發起人爲王井泉、張文環、林博秋、簡國賢、呂泉生等人，會員有一百多人，九月三日起五天，在台北市永樂座公演《閹雞》（張文環原作、林博秋編劇）。

十一月一日，雜文〈媳婦仔的立場〉載於《民俗台灣》三卷十一號。

十一月十三日，在台北公會堂舉行台灣決戰文學會議，台灣文學奉公會主辦，會中由會長山本眞平頒獎，以〈財子壽〉一作，獲得第一回「台灣文學賞」。

十一月二十七日，短篇小說〈風水〉被選入《台灣小說選》，大木書房出版，全爲日文。選集中另收有王昶雄〈奔流〉、龍瑛宗〈不知道的幸福〉、楊逵〈泥娃娃〉、張文環〈媳婦〉、〈迷兒〉。

十二月二十五日，短篇小說〈玉蘭花〉載於《台灣文學》四卷一號。

一九四四年　三十一歲

三月，小說集《清秋》由台北清水書店出版，前有台北帝大國文系教授瀧田貞治的序，後有呂赫若的跋，收有〈鄰居〉、〈石榴〉、〈財子壽〉、〈合家平安〉、〈廟庭〉、〈月夜〉及未發表的〈清秋〉等七篇。

四月一日，雜文〈前線報告——家有妻守著前線戰士更勇〉載於《新建設》三卷四月號。

五月一日，短篇小說〈山川草木〉載於台灣文學奉公會發行的《台灣文藝》創刊號。

六月十四日，聲言〈合音〉載於《台灣文藝》一卷二號的「台灣文學者總崛起」專輯。

八月二十三日，雜文〈處女作回憶——子曰空空如也〉載於《興南新聞》。內容敘述他的處女作應該是〈暴風雨的故事〉，〈牛車〉則是他第二篇作品。當時他把一篇小說（篇名他已記不清）寄給張文環，想要發表於《福爾摩沙》，結果沒被刊出。後來他將該篇小說修改後投給《台灣文藝》，這篇就是〈暴風雨的故事〉。第二篇作品〈牛車〉，寄到日本東京給《文學評論》主編渡邊順三，後來得獎，於一九三五年一月刊出。呂赫若並於文中道出心境：「我創作小說已九年，尚未寫出一篇稱心滿意之作，而感到遺憾。」

十二月一日，短篇小說〈百姓〉載於《台灣文藝》一卷六號。

一九四五年　三十二歲

被派遣於台中州下謝慶農場參觀，撰寫〈風頭水尾〉，載於《台灣時報》，後收錄於《決戰台灣小說集》坤卷，台灣總督府情報課編。

（八月十五日，日本接受波茨坦宣言無條件投降。）

九月十五日，呂赫若參加三民主義青年團，擔任該團中央直屬台灣區團台中分團籌備處股長。

（十月二十四日下午三時，陳儀率領長官公署官員及國軍抵台，長官公署正式成立。）

（十月二十五日，在台北公會堂舉行台灣區受降典禮。）

據池田敏雄〈張文環兄及其周邊事〉一文，有如下記述：

「敗戰當初，有事要找楊逵兄，我和立石兄（按：立石鐵臣）到台中時，正好遇到第一次雙十節，街上喜氣洋洋，解放氣氛甚濃，在那兒遇到呂兄（按：呂赫若），正陶醉於亢奮中，與過去的他大爲不同。」

一九四六年　三十三歲

一月，擔任《人民導報》記者。

二月，中文小說〈故鄉的戰事一——改姓名〉載於《政經報》（半月刊），是第一篇中文小說。

三月，中文小說〈故鄉的戰事二——一個獎〉載於《政經報》。

十月十七日，中文小說〈月光光——光復以前〉載於《新新》第七期。

一九四七年　三十四歲

二月五日，中文小說〈冬夜〉載於《台灣文化》二卷二期。

（二月二十八日，因私菸查緝員之暴行引起公憤，台灣民衆對陳儀之失政而發生暴動。）

十二月二十三日，當選「台灣省藝術建設協會」候補理事，另兩位是藍蔭鼎、葉葆懿。

一九四八年　三十五歲

受當時建國中學校長、也是「台灣民主自治同盟」盟員陳文彬的影響，思想逐漸左傾。

一九四九年　三十六歲

擔任台北第一女中（北一女初中部）音樂教師。

並於中山堂舉行音樂演唱會，兼營印刷廠，時有外省籍人士來往。

一九五〇年　三十七歲

據《歷年辦理匪案彙編》（國家安全局編），在「鹿窟武裝基地案」之「通訊方法」一節，有如下記述：

「第二次爲一九五〇年七月上旬，再派呂赫若至香港，由林良材介見古中委，請示工作方針，呂匪往返均乘大武崙走私船，同年八月下旬回台。匪古中委曾允派數名高級幹部，來台擔任訓練部工作，並允送三部電台備用，另計畫密送僞台幣，作爲工作費用及擾亂台灣金融，至配合作戰迫近時，即空投武器及傘兵，以加強戰鬥力量。此外，古匪並曾與呂匪約定於一九五〇年十一月二十日，在鹿窟光明寺會晤，但屆時並未前來，以後因聯絡困難，遂與香港斷絕消息。」

按：「鹿窟武裝基地案」策劃人爲陳本江。

一九五一年　三十八歲

在「鹿窟武裝基地事件」中死難於台北縣石碇附近的鹿窟。據呂赫若遺孀蘇玉蘭（呂另有原配）追憶：

「這年，呂跟我說等候琉球的船隻，要到日本經商，離家後，報載呂因籌措逃亡路費，四處告貸，被人控告詐欺。四個月後，國民黨政府開始抓人，呂之台北住屋被搜查，全套日文版世界文學名著被查扣，呂之表哥被捕判刑，當時懷孕的我則被約談。根據事後出來投案的人說，有人因怕呂出來自首，在山裡頭先槍殺了他，也有人說是被毒蛇咬死，總之都找不到屍體。」

（一九九三年林至潔訪問汐止鹿窟人王文山先生，他說有天晚上在鹿窟基地，他目睹了呂赫若被蛇咬傷毒發斷氣，由他們的同志李石城等將他葬在鹿窟山頭。王文山先生也是基地中人，當時十六歲，後來被國民黨保密局逮捕判刑，坐政治牢十二年，成爲白色恐怖的被害者之一。）

呂赫若作品分類速覽

一、小說

一九三五年（民國廿四年／昭和十年）

一月　〈牛車〉，《文學評論》二卷一號

五月　〈嵐の物語〉（〈暴風雨的故事〉），《台灣文藝》（台灣文藝聯盟版）二卷五號

七月　〈婚約奇談〉，《台灣文藝》二卷七號

一九三六年（民國廿五年／昭和十一年）

五月　〈行末の記——或る小さな記錄〉（〈前途手記——某一個小小的記錄〉），《台灣新文

學》一卷四號

八月〈女の場合〉（〈女人的命運〉），《台灣文藝》三卷七、八合併號

一九三七年（民國廿六年／昭和十二年）

五月〈逃げ去る男〉（〈逃跑的男人〉），《台灣新文學》二卷四號

一九三九年（民國廿八年／昭和十四年）

九月〈季節圖鑑〉，《台灣新民報》

一九四〇年（民國廿九年／昭和十五年）

一月〈一本のラケット〉（〈一根球拍〉），廿三日《台灣新民報》

四月〈青いく服の少女〉（〈藍衣少女〉），《台灣藝術》一卷二號

五月〈春の囁き〉（〈春的呢喃〉），《台灣藝術》一卷三號

七月〈田園と女性〉（〈田園與女人〉），《台灣藝術》一卷五號

八月〈花の表情〉，《台灣藝術》一卷六號

九月〈深山にて〉（〈在深山〉），《台灣藝術》一卷七號

十月〈曉の露か〉（〈是朝露嗎？〉），《台灣藝術》一卷八號

十一月〈轉落の日〉（〈西沉的落日〉），《台灣藝術》一卷九號

一九四二年（民國卅一年／昭和十七年）

三月　〈同宿記〉（未發表）

〈碗二枚箸四本〉（未完成）

四月　〈財子壽〉，《台灣文學》二卷二號

〈鴻河堂四記〉（未完成）

六月　〈常遠堂主人〉（未完成）

八月　〈廟庭〉，《台灣時報》

十月　〈谷間〉（未完成）

〈風水〉，《台灣文學》二卷四號

〈鄰居〉，《台灣公論》

一九四三年（民國卅二年／昭和十八年）

一月　〈月夜〉，《台灣文學》三卷一號

二月　〈雙喜〉（未完成）

四月　〈一年級生〉，四日《興南新聞》四三八六號，四版

〈合家平安〉，《台灣文學》三卷二號

五月　〈山峽記〉（未完成）

七月〈石榴〉，《台灣文學》三卷三號
十一月〈嘷〉（未發表）
十二月〈玉蘭花〉，《台灣文學》四卷一號

一九四四年（民國卅三年／昭和十九年）

三月〈清秋〉，《清秋》，台北：清水書店
五月〈山川草木〉，《台灣文藝》（台灣文學奉公會版）創刊號
十月〈星〉（未完成）
十一月〈百姓〉，《台灣文藝》一卷六號

一九四五年（民國卅四年／昭和廿年）

八月〈風頭水尾〉，《台灣時報》廿七卷八號，（收入《決戰台灣小說集》坤卷，台北：台灣出版文化株式會社）

一九四六年（民國卅五年／昭和廿一年）

二月〈戰爭的故事——改姓名〉，半月刊《政經報》二卷二號
三月〈故鄉的戰事——一個獎〉，《政經報》二卷三號
十月〈月光光——光復以前〉，《新新》第七期

一九四七年（民國卅六年／昭和廿二年）

二月　〈冬夜〉，《台灣文化》二卷二號

二、評論

一九三六年一月〈詩にのいての感想〉（〈關於詩的感想〉），《台灣文藝》（台灣文藝聯盟版）三卷二號

三月〈文藝時評〉，三～五日《台灣新民報》

一九四一年五月〈陳夫人の公演〉，廿～廿五日《興南新聞》三七〇七～三七一二號，六版

一九四二年三月〈新劇と台灣人觀客〉（未發表）

七月〈農村と青年演劇〉，廿日《興南新聞》四一三〇號，四版

九月〈新劇と新派〉（〈日本新劇與新派〉），七日《興南新聞》四一七九號，四版

一九四三年二月〈阿里山〉，十二日《興南新聞》四三三五號，四版

三月〈台灣音樂放送意義〉，廿二日《興南新聞》四三七三號，四版

〈音樂放送再說〉，廿九日《興南新聞》四三八〇號，四版

五月〈台陽展を觀と——魂と腕の鍊磨の連續〉，三日《興南新聞》四四一四號，四版

七月〈音樂の文化性〉，十二日《興南新聞》四四八四號，四版。
一九四四年二月〈演劇教養の必要〉，廿三日《興南新聞》四七〇九號，四版

三、隨筆、雜文

一九三六年五月〈文學雜感——二つの空氣〉（〈兩種空氣〉），《台灣文藝》（台灣文藝聯盟版）三卷六號
八月〈文學雜感——古い新らしいこと〉（〈舊又新的事物〉），《台灣文藝》三卷七、八合併號
一九四一年五月〈想ふままに〉（〈就只這麼思慕著〉），《台灣文學》創刊號
一九四二年一月〈拉青と八卦篩——結婚習俗の故事〉，《民俗台灣》二卷一號
七月〈羅漢堂雜談〉，《台灣文學》二卷三號
十月〈羅漢堂雜談〉，《台灣文學》二卷四號
一九四三年一月〈羅漢堂雜談〉，《台灣文學》三卷一號
五月〈嗚呼！黃清呈夫婦〉，十七日《興南新聞》四四二八號，四版
八月〈思ひ出の處女作——子曰空空如也〉（〈處女作回憶——子曰空空如也〉），廿三日《興南新聞》四五二六號，四版

十一月〈媳婦仔の場合〉（〈媳婦仔的立場〉），《民俗台灣》三卷十一號
十二月〈台灣文學賞第一回受賞者感想〉，《台灣文學》四卷一號
一九四四年六月〈一協和音にでも〉（〈合音〉），《台灣文藝》（台灣文學奉公會版）一卷二號

四、詩

一九四一年五月〈陳遜仁君の靈前に捧ぐ〉（〈謹呈陳遜仁君靈前〉），《台灣文學》創刊號

五、報導文學

一九四四年四月〈現地報告妻ありて強し新しき誇り〉（〈前線報告——家有妻守著前線戰士更勇〉），《新建設》三卷四號

六、演出腳本

一九四二年四月〈七夕〉（未完成）
〈百日內〉（未發表）
〈聘金〉（未完成）

九月〈結婚圖〉（台灣演劇協會）
一九四三年一月廿八日〈高砂義勇隊〉（發表媒體不明）
四月十六日〈日本の子〉（發表媒體不明）
五月五日〈源義經〉（小西園人形劇腳本）
一九四四年五月〈順德醫院〉，《台灣藝術》五卷五號

七、放送（廣播）劇

一九四二年十二月三十日〈林投姐〉（台北放送局）
一九四三年二月十二日〈演奏會〉（台北放送局）
六月八日〈麒麟兒〉（台北放送局）

相關評論及訪談索引

一、報刊或期刊雜誌之報導、論文

下村作次郎，〈《風水》解說〉，《咿啞》十三號，一九八〇年四月三十日。

中島利郎，〈呂赫若〈風水〉について〉，《咿啞》十三號，一九八〇年四月三十日。

王浩威，〈招魂——林至潔譯《呂赫若小說全集》〉，《自立晚報》，一九九六年二月三日。

王建國，〈呂赫若〈清秋〉的再詮釋〉（上、下），《文學台灣》三十九、四十期，二〇〇一年七月、十月。

台灣文學研究室，〈台灣第一才子的小說藝術——呂赫若的文學評價〉（一～四），《民眾日報》，一九九二年三月五日（十七版）、六日（十一版）、七日（十一版）、九日（十五版）。

——〈呂赫若生平再評價〉（一～四），《民眾日報》，一九九〇年十二月三日（十八版）、四日（二十版）、六日（二十版）、七日（二十版）。

包黛瑩，〈呂赫若——歷史沒有遺忘他的丰采〉，《中國時報·開卷周報》，一九九五年十二月。

朱家慧，〈藝術追求或社會責任？——從〈順德醫院〉及其樂評看呂赫若的藝術觀〉，《文學台灣》三五期，二〇〇〇年。（收入《台中縣作家與作品論文集》，文建會，二〇〇〇年十二月。）

江仁傑，〈龍瑛宗、呂赫若小說中的台灣知識份子與階級〉，《台灣歷史學會通訊》第六期，一九九八年三月。

呂芳雄，〈父親呂赫若與我的家族〉，《印刻文學生活誌》十六期，二〇〇四年十二月。

呂淳鈺，〈都會？田園！——呂赫若的東京經驗與日語小說中對現代性的態度之考察〉，《台灣文學評論》，二〇〇四年一月。

沈慶利，〈殖民時代的叛逆精靈——呂赫若的早期經歷與其小說創作〉，《台灣新聞報》，二〇〇三年四月七日。

——〈政治高壓下的智性求索——從呂赫若〈鄰居〉看日劇時期台灣作家抗拒「皇民化」的策略〉，《中國世界華文文學學會會刊》，二〇〇三。

巫永福，〈呂赫若的點點滴滴〉，《文學台灣》創刊號，一九九一年十二月。

尾崎秀樹，〈決戰下之台灣文學〉，《文學台灣》第三卷第五期，一九四二年二月。

林至潔，〈期待復活——再現呂赫若的文學生命〉，《聯合文學》一二〇期，一九九四年十月。

林宏安，〈鄉村醫師的苦悶——論呂赫若的短篇小說〈清秋〉〉一～七，《民眾日報》，一九九一年六月。

林明德，〈日據時代台灣人在日本文壇——以楊逵〈送報夫〉、呂赫若〈牛車〉、龍瑛宗〈植有木瓜樹的小鎮〉爲例〉，《聯合文學》一三二期，一九九五年十月。

林美琴，〈台灣第一才子——呂赫若意識形態探究與生平再評價〉，《台灣文藝》（新生版）一五九期，一九九七年十月。

林彩美，〈站在人民的立場寫作：從呂赫若的「清秋」談起〉，《台灣文學館通訊》，二〇〇四年三月。

林瑞明，〈還魂：閱讀《呂赫若小說全集》〉，《中國時報》，一九九五年九月廿三日。

——〈呂赫若的「台灣家族史」與寫實風格〉，《台灣新文學》第九期，一九九七年十二月。

林燿德，〈淚的寫實與血的浪漫——評《呂赫若小說全集》〉，《聯合報．讀書人》，一九九五年九月二十一日。

——〈呂赫若小說全集〉，《聯合報》，一九九六年一月一日。

邱雅芳，〈導讀：自願到南方去——論呂赫若的小說〈清秋〉〉，《聯合文學》一八二期，一九九九年十二月。

垂水千惠，〈被叫作Ro（呂）的人——台中師範時代的呂赫若〉，許佩賢譯，《文學台灣》廿四號，一九九七年十月。

——〈呂赫若文學中〈風頭水尾〉的位置〉，張文薰譯，《台灣文學學報》第三期，二〇〇二年。

洪珊慧，〈女人與婚姻的糾葛噩夢——論呂赫若的女性主題小說〉，《南亞學報》廿二期，二〇〇二年八月。

洪錦淳〈悲歌兩唱——論呂赫若〈牛車〉與王禎和〈嫁妝一牛車〉，《台灣文學評論》第二卷第一期，二〇〇二年一月。

施淑，〈最後的牛車——論呂赫若的小說〉，《台灣文藝》八十五期，一九八三年十一月。

胡風，〈介紹兩位台灣作家——楊逵和呂赫若〉，《大陸人民政協報》，一九八五年一月十八日。

胡錦媛，〈集體建構呂赫若日記〉，《印刻文學生活誌》十六期，二〇〇四年十二月。

范博淳，〈論呂赫若的女性小說〉，《台南師院學生學刊》廿三期，二〇〇二年三月。

唐毓麗，〈以契約的毀壞與建立看呂赫若〈暴風雨的故事〉〉，《弘光學報》，二〇〇三年五月。

徐士賢，〈大學國文教學的新嘗試——以呂赫若小說專題爲例〉，《世界新聞傳播學院人文學報》，一九九六年七月。

——〈從賴和到呂赫若：一桿「稱仔」與牛車之比較〉，《世新大學學報》，一九九八年十月。

張金墻，〈台灣文學中的女性生活空間——以呂赫若、李喬、李昂的小說爲主〉，《台灣新文學》第八期，一九九七年八月。

張秀君，〈呂赫若及其筆下的台灣女性初探〉，成功大學歷史系《史學》十六、十七期，一九九一年六月。

——〈簡介呂赫若幾篇以女性爲主的小說作品〉，《史學》十六期，一九九一年六月。

張恆豪，〈赤燄的文藝彗星——呂赫若〉，《台北畫刊》三九四期，二〇〇〇年十一月。

張達雅，〈呂赫若小說中的家庭及主要角色的心理糾葛〉，《樹德學報》廿三期，一九九九年五月。

張德本，〈作家的風骨〉，《台灣時報》，二〇〇〇年七月十五日。

許維育，〈理想的建構——談龍瑛宗〈蓮霧的庭院〉與呂赫若〈玉蘭花〉〉，《水筆仔：台灣文學研究通訊》第一期，一九九六年十二月。

莊培初，〈讀んだ小說から〉，《台灣新文學》一卷八號，一九三六年九月。

野間信幸，〈呂赫若——描寫孝的台灣作家〉，《中國哲學文學科紀要》創刊號，一九九三年三月三十日。

陳文淵，〈試探呂赫若小說〈牛車〉〉，《台灣文藝》一二九期，一九九二年二月。

陳貞吟，〈呂赫若筆下的婦女樣貌及其對婚姻的積極思維〉，《高雄師大學報》，二〇〇三年十二月。

陳姿妃，〈呂赫若小說中女性受害因素析論〉，《台灣文學評論》第四卷第四期，二〇〇四年十月。

陳建忠，〈在台灣歷史的冬夜裡召喚光明：呂赫若傳奇〉，《台灣文學館通訊》第四期，二〇〇四年六月。

陳銘芳，〈呂赫若的女人故事〉，《台灣新生報》，一九九七年七月廿二日。

陳萬益，〈呂赫若的生平及其文學〉，台中圖書館《台灣文學研習專輯》，一九九九年八月。

——〈文學是苦難的道路，是和夢想戰鬥的道路——讀《呂赫若日記》〉，《印刻文學生活誌》

十六期，二〇〇四年十二月。

彭瑞金，〈呂赫若與〈風頭水尾〉〉，《台灣文藝》（新生版），一九九五年十月。

黃蘊綠，〈試析呂赫若的「皇民文學」〉，《台灣新文學》第七期，一九九七年四月。

——〈呂赫若的「皇民文學」探析〉，《內湖高工學報》，一九九八年四月。

黃靖雅，〈悲愴的傳奇——林至潔印象中的呂赫若〉，《聯合文學》一二〇期，一九九四年十月。

黃儀冠，〈日據時代呂赫若小說中之性別權力結構〉，政治大學中文系《中華學苑》五一期，一九九八年二月。

黃瓊華，〈〈牛車〉：台灣農民血淚的悲歌——試析呂赫若及其〈牛車〉〉，大甲高級工業職業學校《甲工學報》十七期，二〇〇〇年六月。

塚本照和，〈日本統治期台灣文學管見〉（上、下），張良澤譯，《台灣文藝》六九、七十期，一九九〇。

溫文龍，〈受難女性的代言人——論呂赫若小說中的女性角色〉，《台灣文藝》一五四期，一九九六年四月。

葉石濤，〈台灣的鄉土文學〉，《文星》九七期，一九六五年八月七日。

——〈從〈送報伕〉、〈牛車〉到〈植有木瓜的小鎮〉〉，《大學雜誌》九十期，一九七五年。

（亦收入葉石濤《作家的條件》，台北：遠景，一九八一初版。）
葉芸芸，〈試論戰後初期的台灣智識份子及其文學活動〉，《文季》十一期，一九八五年六月。
廖淑芳，〈閱讀《呂赫若作品研究論集——台灣第一才子》〉，《水筆仔：台灣文學研究通訊》十一期，一九九八年三月。
劉至瑜，〈台灣作家筆下的妓女形象——以呂赫若〈冬夜〉、黃春明〈莎喲娜啦．再見〉、王禎和《玫瑰玫瑰我愛你》和李喬《藍彩霞的春天》爲例〉，台灣師大人文研究中心《台灣人文》第四號，二〇〇〇年六月。
薛宗明，〈哭泣的鹿窟：台灣第一位男高音——殉道者呂赫若素描〉（上、下）。《樂覽》八、九期。二〇〇〇年。
鍾肇政，〈完整出土的才子書〉，《中國時報》，一九九五年九月廿一日。
——〈評《呂赫若小說全集》〉，《中國時報．開卷周報》，一九九五年十二月廿八日。
藍博洲，〈呂赫若專輯　戰後初期——呂赫若的中文小說〉，《民眾日報》二十版，一九九〇年十一月十日~十四日。
——〈台灣第一才子——呂赫若生平再評價〉，《民眾日報》，一九九〇年十二月三日。
——〈揭開台灣第一才子呂赫若的生死之謎〉，《新新聞》，一九九七年五月。

簡瑞龍，〈消失在鹿窟的身影──台灣第一才子呂赫若〉，《少年台灣》，二〇〇三年八月。

二、研討會與專書論文

大藪久枝，《戰前日本文壇重視的三篇台灣小說研究》，東吳大學中國文學研究所碩士論文，一九九七。

王建國，《呂赫若小說研究與詮釋》，中山大學中國文學研究所碩士論文，一九九八。

公仲，〈眞實──呂赫若的抗爭藝術〉，北京社科院、台灣台聯會「呂赫若作品學術研討會」，一九九八。

古繼堂，〈呂赫若〉，《台灣小說發展史》，台北：文史哲，一九八九年七月。

白少帆，〈呂赫若的創作〉，《現代台灣文學史》，瀋陽：遼寧大學，一九八七。

包恆新，〈呂赫若與張文環的創作〉，《台灣現代文學簡述》，上海：上海社會科學院，一九八八三月。

──〈台灣現代文學簡述〉，《台灣現代文學簡述》，上海：上海社會科學院，一九八八年三月。

羊子喬，〈呂赫若作品解說〉，《光復前台灣文學全集卷五──牛車》，台北：遠景，一九七九年七月。
朱家慧，《兩個太陽下的台灣作家——龍瑛宗與呂赫若研究》，成功大學歷史語言研究所碩士論文，一九九五。
朱家慧、垂水千惠、黃英哲編，〈呂赫若著作年譜〉，《日本統治期台灣文學台灣人作家作品集》第一卷，東京：綠蔭書房，一九九七年七月。
朱雙一，〈呂赫若小說創作的中國性〉，北京社科院、台灣台聯會「呂赫若作品學術研討會」，一九九七。
何標，〈暴風雨到來之前——讀呂赫若的小說〈冬夜〉〉，北京社科院、台灣台聯會「呂赫若作品學術研討會」，一九九七。
呂正惠，〈「皇民化」與「決戰」下的追索——呂赫若決戰時期的小說〉，《呂赫若作品研究——台灣第一才子》，台北：聯合文學，一九九四年十月。
——〈殉道者——呂赫若小說的歷史哲學及其歷史道路〉，《呂赫若小說全集》，台北：聯合文學，一九九八年八月初版四刷。
沈曼雯整理，〈呂赫若文學座談會〉，《呂赫若作品研究——台灣第一才子》，台北：聯合文學，一九九四年十月。
沈慶利，〈呂赫若小說的詩性追求〉，世界華文文學論壇，二〇〇四。

林至潔，〈呂赫若最後作品——冬夜之剖析〉，清華大學「賴和及其同時代的作家——日據時期台灣文學國際學術會議」論文，一九九四年十一月。

——〈呂赫若與志賀直哉文學作品之比較：〈逃跑的男人〉、〈到網走〉的剖析〉，淡水工商管理學院台灣文學系籌備處「台灣文學研討會」論文，一九九五年十一月。

林明德，〈呂赫若的短篇小說藝術〉，《呂赫若作品研究——台灣第一才子》，台北：聯合文學，一九九四年十月。

林瑞明，〈呂赫若的「台灣家族史」與寫實風格〉，《呂赫若作品研究——台灣第一才子》，台北：聯合文學，一九九四年十月。

林載爵，〈呂赫若小說的社會構圖〉，《呂赫若作品研究——台灣第一才子》，聯合文學，一九九四年十月。

垂水千惠，〈初期呂赫若的足跡——以一九三〇年代日本文學爲背景〉，許佩賢譯，《呂赫若作品研究——台灣第一才子》，台北：聯合文學，一九九四年十月。

——〈論〈清秋〉之遲延結構——呂赫若論〉，清華大學「賴和及其同時代的作家——日據時期台灣文學國際學術會議」論文，一九九四年十一月。

——〈二次大戰期間的日台文化狀況與呂赫若——以其音樂活動爲中心〉邱若山譯，靜宜大學「第一回台灣文學學術研討會」論文，一九九八年十二月十九日。（收錄於《第一屆台杏台灣文學學術研討會論文集——殖民地經驗與台灣文學》，台北：遠流，二〇〇〇年二月。）

施淑，〈簡析〈牛車〉〉，《中國現代小說選析》，台北：長安，一九八四年二月。

——〈呂赫若〉，《中國現代短篇小說選析》，台北：長安，一九八四年二月。

——〈最後的牛車——〉，《台灣作家全集‧呂赫若集》，一九九一年二月。

——〈首與體——日據時代台灣小說中頹廢意識的起源〉，《呂赫若作品研究——台灣第一才子》，台北：聯合文學，一九九四年十月。

柳書琴，〈再剝〈石榴〉——決戰時期呂赫若小說的創作母題（一九四二～四五）〉，《呂赫若作品研究——台灣第一才子》，台北：聯合文學，一九九四年十月。

張明雄，〈農村社會的冷峻批判——呂赫若的小說〉，《台灣現代小說的誕生》，台北：前衛，一九九〇。

張恆豪〈冷酷又熾熱的慧眼——呂赫若集序〉，《台灣作家全集——呂赫若集》，台北：前衛，一九九一初版。

——〈日據時期的三對童眼——以〈感情〉、〈論語與雞〉、〈玉蘭花〉爲論析重點〉，《呂赫若作品研究——台灣第一才子》，台北：聯合文學，一九九四年十月。

——〈比較楊逵、呂赫若的「決戰小說」——〈增產之背後〉與〈風頭水尾〉〉，淡水工商管理學院台灣文學系籌備處「台灣文學研討會」論文，一九九五年十一月。
張嘉元，《呂赫若研究》，東海大學歷史研究所碩士論文，二〇〇二。
張譯文，《呂赫若小說之社會思想與女性意識探討》，高雄師範大學國文研究所碩士論文，二〇〇二。
許俊雅，〈冷筆亦熱腸——論呂赫若的小說〉，中正大學「第二屆台灣經驗研討會」論文，一九九三年十一月五日。
——〈呂赫若〉，《日據時期台灣小說研究》，台北：文史哲，一九九五年二月。
——〈日據時期台灣小說中的婦女問題〉，《台灣文學論——從現代到當代》，台北：南天書局，一九九七年十月。
野間信幸，〈關於呂赫若作品〈一根球拍〉〉，《呂赫若作品研究——台灣第一才子》，邱振瑞譯，台北：聯合文學，一九九四年十月。
陳芳明，〈殖民地與女性——以日據時期呂赫若小說為中心〉，《呂赫若作品研究——台灣第一才子》，台北：聯合文學，一九九四年十月。
——〈紅色青年呂赫若——以戰後四篇中文小說為中心〉，《第二屆台灣本土文化國際學術研討會論文集》，師大人文教育研究中心，一九九六。
——〈廢墟之花——呂赫若小說的藝術光澤〉，《呂赫若小說全集》，台北：印刻，二〇〇六年三月。
陳映眞，〈激越的青春——論呂赫若的小說〈牛車〉與〈暴風雨的故事〉〉，《呂赫若作品研究——台灣第一才子》，台北：聯合文學，一九九四年十月。
陳姿妃，《呂赫若小說中女性宿命觀研究》，國立屛東師範學院語言教育研究所碩士論文，二〇〇四。
陳萬益，〈蕭條異代不同時——從〈清秋〉到〈冬夜〉〉，《呂赫若作品研究——台灣第一才子》，台北：聯合文學，一九九四年十月。
陳黎珍，《呂赫若の研究：人とその作品》，東吳大學日本文化研究所碩士論文，一九九三。
粟多桂，〈薄命的抵抗文學戰士——呂赫若〉，《台灣抗日作家作品論》，重慶：西南師範大學出版社，一九九一。
楊千鶴，〈呂赫若及其日文小說之剖析〉，《第二屆台灣本土文化國際學術研討會論文集》，台北：師大人文教育研究中心，一九九六。
葉石濤，〈清秋——僞裝的皇民化謳歌〉，《小說筆記》，台北：前衛，一九八三年九月。
——《台灣文學史綱》，春暉出版社，一九八七年二月。
——〈日據時代的抗議文學〉，《走向台灣文學》，台北：自立晚報，一九九〇年三月。
——〈呂赫若的一生〉，《走向台灣文學》，台北：自立晚報，一九九〇年三月。（亦收於張恆豪主編《呂赫若集》。台北：前衛，一九九九初版四刷。）

劉登翰，〈社會風情畫與呂赫若的創作〉，《台灣文學史》，福州：海峽文藝，一九九一。

黎湘萍，〈試論呂赫若小說的現代性——透視殖民地語言權力結構中的台灣文學〉，北京社科院、台灣台聯會「呂赫若作品學術研討會」，一九九八。

鍾美芳，〈呂赫若小傳〉，《台中縣文學發展史田野調查報告書》，台中：台中縣立文化中心，一九九三。

——〈呂赫若創作歷程初探——從《石榴》到《清秋》〉，清華大學「賴和及其同時代的作家——日據時期台灣文學國際學術會議」論文，一九九四年十一月。

——〈呂赫若的創作歷程再探——以〈廟庭〉、〈月夜〉爲例〉，淡水工商管理學院台灣文學系籌備處「台灣文學研討會」論文，一九九五年十一月。

藍博洲，〈呂赫若的黨人生涯〉，《呂赫若作品研究——台灣第一才子》，台北：聯合文學，一九九四年十月。

瀧田貞治，〈呂赫若君のこと〉，《清秋》序文，台北：清水書店，一九四四年三月。

藤井省三，〈呂赫若與東寶國民劇——自入學東京聲專音樂學校到演出「大東亞歌舞劇」〉，《呂赫若作品研究——台灣第一才子》，張秀琳譯，台北：聯合文學，一九九四年十月。

三、書籍資料

呂赫若，《清秋》，台北：清水書店，昭和十九年三月，第一刷。
——《呂赫若日記》，鐘瑞芳譯，台北：印刻，二〇〇五年一月。
——《月光光》，台北：遠流，二〇〇六年二月。
——《呂赫若小說全集》，林至潔譯，台北：聯合文學，一九九五年七月。
——《呂赫若小說全集》，林至潔譯，台北：印刻，二〇〇六年二月。
李懷、桂華，《文學台灣人》，台北：遠流，二〇〇一年十月。
垂水千惠，《呂赫若研究——一九四三年までの分析を中心として》，東京：風間書房，二〇〇二。
張恆豪主編，《呂赫若集》，台北：前衛，一九九〇。
陳映真等，《呂赫若作品研究——台灣第一才子》，台北：聯合文學，一九九四年十月。
黃英哲編，《日本統治期台灣文學・台灣人作家作品集》第二卷，東京：綠蔭書房，一九九九年七月。

四、其他

呂赫若，〈專輯：呂赫若日記選（昭和十七～十九年）〉，《印刻文學生活誌》十六期，二〇〇四年十二月。

巫永福訪問記錄，二〇〇二年二月七日。（未刊稿）

陳瑳瑳訪問記錄，二〇〇二年二月七日。（未刊稿）

吳敏惠製作，李行導演，賴豐奇撰稿，《作家身影系列二：咱的所在　咱的文學V.2——冷峻的人道關懷者　呂赫若》（影音資料），台北：春暉國際，二〇〇二。

文學叢書 116

INK PUBLISHING

呂赫若小說全集（下）

作　　者　呂赫若
譯　　者　林至潔
總 編 輯　初安民
責任編輯　陳健瑜
美術編輯　黃昶憲
圖片提供　呂芳雄
校　　對　余淑宜　丁名慶　林至潔

發 行 人　張書銘
出　　版　INK 印刻文學生活雜誌出版股份有限公司
新北市中和區建一路249號8樓
電話：02-22281626
傳真：02-22281598
e-mail：ink.book@msa.hinet.net
網　　址　舒讀網http://www.inksudu.com.tw

法律顧問　巨鼎博達法律事務所
施竣中律師
總 代 理　成陽出版股份有限公司
電話：03-3589000（代表號）
傳真：03-3556521
郵政劃撥　19785090　印刻文學生活雜誌出版股份有限公司
印　　刷　海王印刷事業股份有限公司

港澳總經銷　泛華發行代理有限公司
地　　址　香港新界將軍澳工業邨駿昌街7號2樓
電　　話　852-27982220
傳　　真　852-27965471
網　　址　www.gccd.com.hk

出版日期　2006年3月　初版
2023年2月10日　二版一刷
ISBN　978-986-387-641-0
978-986-387-642-7（全套）

定　價　450 元

國家圖書館出版品預行編目資料

呂赫若小說集（下）／
呂赫若 著；林至潔 譯. – 二版. –
新北市：INK印刻文學, 2023.2
面；　公分. -- (文學叢書；116)
ISBN　978-986-387-641-0（平裝）
863.57　　112000689